KB059091

여, 역시!
기억하고 계셨군요!
그것은 실로 몇 년만의 해후.
클로에가 사실을 확인하고
리오에게 바짝 다가섰다.

정령
환상기

오피아의 지도를 받으며 정령술을 훈련하던 중.
날이 갈수록 미하루와 차이가 벌어져서
초조해진 아키는 실망했는지 얼굴에 그늘을 드리웠다.
……나와 미하루 언니는
뭐가 다른 거지?
재능인가?

키타야마 유리
Yuri Kitayama
Illustrator◆Riv

7
여명의 윤무곡

정령 환상기

커버 및 본문 일러스트_ Riv

CONTENTS

정령의 마을

사라
은늑대 수인 소녀

오피아
하이엘프 소녀

아르마
엘더드워프 소녀

아르슬란
사자 수인 소년

벨라
은늑대 수인 소녀이며 사라의 동생

드리어스
정령의 마을에 사는 준고위 정령

라티파
노예였던 여우 수인 소녀이며 이세계 전생자
리오를 오빠라 부르고 좋아한다

벨트람 왕국

세리아 크렐
리오의 학원시절 은사인 백작 영애.
현재는 몸을 숨기며 리오와 함께 행동한다

로아나 폰테인
플로라를 따르는
귀족 영애

플로라 벨트람
벨트람 왕국
제2왕녀

가르아크 왕국

리제롯테 크레티아
공작 영애이자 리카 상회 회장

등장인물 소개

리오

이세계 전생자. 전생의 기억을 가진 소년. 현재는 미하루 일행의 안전을 최우선으로 행동하고 있다

아마카와 하루토

리오의 전생이자 일본 대학생이었던 청년. 미하루와 소꿉친구이며 아키와는 이부남매

아이시아

리오 안에 잠들어 있던 계약정령. 고위 정령인 듯하나, 본인의 기억은 모호

이세계 전이자

아야세 미하루

하루토의 소꿉친구이며 첫사랑인 소녀. 은인인 리오의 전생이 하루토라는 것은 모른다

사카타 히로아키

용사로 이세계 소환된 청년

센도 아키

하루토의 이부남매이며 마사토의 의붓누나

센도 마사토

밝고 솔직한 아키의 의붓동생

【 프롤로그 】 ❈ 예기치 못한 조우

가르아크 왕국 남서부.

아망드 서쪽 숲길.

리제롯테 일행을 습격한 마물 무리와의 전투 종료 후, 벨트람 왕국의 제2왕녀인 플로라는 멍하니 리오의 얼굴을 바라봤다.

'곤란한데…….'

리오는 난처한 표정을 지으며 플로라의 시선을 받았다.

그럴 만도 했다. 리오는 벨트람 왕국의 왕후 귀족에게 누명을 쓰고 모습을 감춘 과거가 있었다. 플로라가 리오를 함정에 빠뜨리지는 않았지만, 벨트람 왕국의 왕후 귀족과는 가급적 다시 만나고 싶지 않았다.

'이 왕녀님과 마지막으로 만난 건 몇 년도 더 전 일이야. 그동안 성장기에 돌입했고, 머리카락 색도 마도구로 바꿨어. 만약 의심하더라도 시치미 떼면 돼.'

하지만 리오는 냉정을 잃지 않았다. 왕족인 플로라의 시선에 어떻게 대응하면 좋을지 몰라 곤란한 척하며 고개를 갸웃거렸다.

"……플로라 님, 왜 그러십니까?"

그러자 리제롯테도 이상하다는 듯이 플로라에게 말을 걸었다. 곁에 있던 유그노 공작도 의아해하며 플로라를 봤다.

"네? 앗, 아뇨, 그게!"

플로라는 자기가 주목받는 것을 깨닫고 황급히 고개를 저었다. 그래도 리오를 살피는 시선은 거두지 않았다.

리제롯테와 유그노 공작은 플로라가 이상한 원인이 리오가 아닐까 의심했다. 두 사람은 얼굴을 마주 보고 리오를 봤다.

"……송구하지만, 제가 무슨 무례라도 범했습니까? 그렇다면 뭐라 사죄를 드려야 할지……."

리오가 선수를 치며 정중하게 오른손을 가슴에 대고 한쪽 무릎을 꿇었다.

"아, 아뇨, 아니에요! 아니에요! 그런 거 아니에요! 그, 그런 게 아니라, 그게……."

플로라는 당황해서 부정했지만, 뒤로 갈수록 말문이 막혔다.

리오 일행은 플로라의 말을 기다렸다. 잠시 뒤, 플로라가 조심스럽게 입을 열었다.

"저, 어디서 만나지 않았나, 싶어서."

"……제가 플로라 왕녀 전하와 말입니까? 짚이는 바가 없습니다만, 비슷한 다른 사람이지 않을까요?"

리오는 다들 보란 듯이 놀라고 시치미를 뗐다. 전혀 연기하는 것 같지 않았다.

"그런가요……."

플로라가 안타까워하며 얼굴에 그늘을 드리웠다.

"……흠, 자네 혹시 어느 나라에 소속된 귀족 아닌가?"

유그노 공작이 천천히 입을 열고 리오에게 물었다. 이름만 밝힌 리오의 출신이 신경 쓰이는 모양이었다. 플로라의 말을 듣고 리오가 어느 나라의 귀족이 아닌가 물어서 떠보려는 듯했다. 그런 거면 리오와 플로라가 어디서 만났어도 이상하지 않았다.

"아뇨, 저는 각지를 여행하며 검을 수련하는 떠돌이에 지나지 않습니다. 하물며 왕족분들을 찾아뵐 출신도 아닌지라."

그러나 리오는 쓴웃음 지으며 고개를 저었다.

"호오, 이 정도 실력의 검객이 어느 나라에도 소속되지 않고 맴돌고 있다니……. 어이쿠, 실례했네. 리제롯테 양이 소개해주었네만, 나는 구스타브 유그노. 보잘것없는 늙은 귀족이네."

유그노 공작이 흥미를 보이며 감탄하고 느긋한 말투로 자기를 소개했다.

"겸손해하지 마십시오. 유그노 공작가는 세상 물정에 어두운 저도 알고 있습니다."

"하하하, 그거 황송하군."

"저야말로 과분하게 평가해주셔서 정말로 황송합니다."

리오와 유그노 공작은 접대용 미소를 지으며 겸손해했다.

'이 사람이 **그** 스튜어드 유그노의 부친, 정말 능구렁이 같은 귀족이군.'

리오는 유그노 공작을 분석했다. 유그노 공작가는 벨트람 왕국의 왕후 귀족 중에도 리오와 인연이 깊은 가문이었다.

실제로 확인하지는 않았지만, 몇 년 전의 야외연습 때, 플로라가 절벽에서 떨어질 뻔한 일로 자신에게 누명을 씌운 주범이 유그노 공작일 것이라고 리오는 확신에 가깝게 예상했다. 그리고 라티파를 노예로 키운 장본인이라는 것도…….

그러나 리오는 그런 인연이 있는 상대를 눈앞에 두고도 이상하게 증오를 품지 않았다. 물론 적극적으로 엮일 생각은 없지만, 필요하면 이용할 정도로 아무래도 좋은 상대니까. 그리고 지금 리오는 다른 목적이 있었다.

'지금은 플로라 왕녀와 유그노 공작보다 리제롯테 크레티아야.'

그렇다. 리오의 목표는 리제롯테다.

리제롯테는 가르아크 왕국의 대귀족으로 유명한 크레티아 공작가의 영애이며, 인근 여러 나라에도 이름을 떨친 리카 상회의 회장이기도 한 매우 중요한 인물이었다.

미하루 일행의 친척이자 친구인 센도 타카히사와 스메라기 사츠키가 가르아크 왕국의 왕성에 용사로 소환됐을 때를 대비해 리제롯테와 우호적인 관계를 쌓는 것은 결코 나쁜 선택지가 아니었다. 잘하면 가교 역할이 되어줄지도 모르니까.

그 점을 생각하면 조금 전의 전투는 세리아의 옛 친구인 아리아를 간접적으로 돕는 목적도 있지만, 리제롯테와 친해질 천재일우의 기회이기도 했다. 결과적으로 생각지 못한 곳에서 원하지 않은 사람들과 만난 것은 조금 계산 밖이었지만…….

어차피 귀족 사회에 접근하면 어떻게든 벨트람 왕국 사람과 만날 가능성이 있었다. 그것이 현실이 됐을 뿐이다. 그러니까 아무 문제 없었다.

리오는 접대용 미소를 짓고 자신에게 말했다. 플로라와 유그노 공작은 완전히 처음 보는 사람이라고 생각하며 마음을 비웠다.

"저, 인사가 늦었습니다만, 플로라 벨트람입니다. 위험에서 구해주셔서 감사합니다."

플로라가 리오의 안색을 살피며 조심스레 감사를 표했다.

"아뇨, 도움이 되었다니 다행입니다."

리오가 부드럽게 고개를 저었다.

"아, 이봐. 저 녀석은 누구야? 아는 사이야?"

그때, 히로아키가 로아나를 데리고 새삼스럽지만, 당당히 모습을 드러냈다. 리오는 히로아키를 보고 눈을 살짝 크게 떴다. 플로라가 "용사님……"이라고 중얼거리는 것을 듣고 바로 정체를 알아차렸다.

'……생각보다 젊어. 이름이 분명, 히로아키 사카타.'

리오는 로다니아의 영관에 숨어들었을 때 조사한 히로아키의 성을 떠올렸다.

“하루토 님이라고 하십니다. 생면부지의 타인인데 우리를 도와주셔서 감사를 드리고 있었습니다.”

리제롯테가 솔선해서 히로아키에게 리오를 소개했다.

“인사 올립니다. 하루토라고 합니다.”

리오는 자신을 소개하고 정중하게 오른손을 가슴에 대고 가볍게 허리를 숙였다. 슈트랄 지방에서 단순한 인사 이상으로 상대에게 경의를 표하는 격식 있는 자세였다. 교양 없는 사람이 아무렇지 않게 할 동작은 아니었다.

리오의 행동을 관찰하던 리제롯테와 유그노 공작은 예의 바른 말투도 포함해서 역시 리오는 평범한 평민이 아닐 것이란 생각을 굳혔다.

“흐응, 그래. ……아, 소개가 늦었어. 나는 히로아키 사카타야. 일단은 용사다. 음, 잘 부탁해.”

한편, 히로아키는 품평이라도 하듯이 리오를 바라보다가 어깨를 으쓱하고 자기를 소개했다.

“……용사님이 소환됐다는 소문은 들었습니다만.”

리오가 자못 놀라며 말했다.

“뭐, 못 믿을 수도 있지만. 진짜라고?”

“아뇨, 당치않습니다. 설마 실제로 뵐 줄이야, 기쁘기 그지없습니다.”

“그래, 그래. 그렇게 겸손할 필요 없어. 너도 꽤 하는 검사인 모양이고. 아까 전투 잘 봤어.”

히로아키가 자신을 낮추는 리오의 태도가 만족스러웠는

지 기분 좋게 말했다.

"황송합니다. 용사님이 계시니 제 도움은 필요하지 않았겠네요. 주제넘은 짓을 했습니다."

"응? 아— 뭐, 응. 근데 용사인 내 힘이 너무 강해서 말이야. 이런 혼란한 전투에는 안 맞아. 물론 싸우지 못할 건 없지만……."

리오가 깊게 고개를 숙이자 히로아키가 겸연쩍어하며 말을 얼버무렸다. 전투에서 활약하지 못한 것이 조금은 창피한지도 모르겠다. 순순히 인정할 수 없는 모양이었지만.

"외람되지만, 히로아키 님의 힘은 너무나 강해요. 아까처럼 작은 전장에서는 조절하기 어렵지 않았을까요?"

로아나가 얼른 히로아키 편을 들었다.

"아, 맞아. 그렇지. 내 온 힘을 쏟은 일격은 광역기 같은 거니까. 참, 소개해줄게. 이 녀석은 로아나, 폰테인 공작가의 영애야."

히로아키가 고개를 끄덕이고 마침 잘됐다며 로아나를 리오에게 소개했다.

"로아나 폰테인이어요. 처음 뵙겠습니다."

로아나는 치맛자락을 가볍게 잡고 얌전하게 인사했다. 예전에 리오와 같은 반이었으나 딱히 리오를 의심하는 것 같지는 않았다.

"처음 뵙겠습니다, 로아나 님. 하루토라고 합니다."

리오는 변장이 통하고 있다고 판단하고 오른손을 가슴

에 대고 로아나에게 공손히 인사했다.

"모두 구름 위에 계신 분들뿐이라 조금 긴장되네요."

그리고 주변에 있는 리제롯테 일행을 보며 어색하게 쓴웃음 지었다.

"어머, 아까 전투에서는 미노타우로스를 상대로 두려워하지 않고 맞서셨잖아요. 그 거대한 마물 앞에 서신 분이 긴장하시다니요?"

리제롯테가 즐겁게 웃었다.

"네, 정말로요. 조금 전의 전투에서 보여주신 난투는 멋졌어요."

로아나도 키득 웃으며 동의했다.

"네, 이야기 속 영웅 같은 전투였어요."

플로라도 고개를 끄덕였다.

"하하하, 나도 조금 전의 전투에 나잇값도 못 하고 가슴이 설레었다네."

유그노 공작까지 그들에게 찬동했다.

"아— 어흠. 계속 서서 이야기하기도 뭣하네. 우리 마차는 날아가 버렸으니 무사한 마차로 이동할래?"

히로아키는 작게 헛기침해서 이야기를 끊고 제안했다.

"그러면 저는 다른 분들을 돕겠습니다. 손이 부족해 보여서요."

리오가 얼른 주변에서 작업 중인 사람들을 돕겠다고 나섰다.

"리제롯테 님, 잠시 보고 드려도 괜찮으실까요?"

그때, 시녀 클로에가 타이밍을 잰 것처럼 조심스레 다가왔다.

"뭔데?"

"마물이 날려버린 마차는 어떡할까요? 같이 날아간 말은 다행히 치유마법으로 회복했지만, 짐칸이 심하게 손상됐고 바퀴가 빠져서 주행이 어렵습니다. 응급수리하려고 해도 직공이 없어서……."

클로에가 난처한 얼굴로 마차 상태를 말했다.

"그렇구나. 가능하면 부상자 반송에 쓰고 싶은데……."

리제롯테는 고민에 빠졌다. 가령 이곳에 있는 귀족이 자기뿐이라면 무사한 마차로 부상자를 운송하면 되지만, 히로아키와 플로라가 있으면 이야기가 달랐다. 입장 상, 걸어달라고 부탁할 수도 없었다.

"외람되지만, 상태에 따라 수리할 수 있을지도 모릅니다. 저라도 괜찮으시다면 확인해 봐도 되겠습니까?"

리오가 제안했다. 정령의 주민의 마을에서 드워프에게 간단한 목공을 배웠다.

"어머, 그래 주시면 감사하지만, 괜찮으시겠어요? 하루토 님."

리제롯테가 휘둥그레진 눈으로 미안해하며 리오에게 물었다.

"네, 별일 아닙니다. 고칠 수 있을지 보장은 못 하지만요."

리오가 흔쾌히 승낙했다.

"……하루, 토?"

클로에가 멍하니 중얼거리고 리오의 얼굴을 빤히 바라보기 시작했다.

"네?"

리오가 이상하다는 듯이 고개를 갸웃거렸다.

"클로에. ……죄송합니다, 하루토 님. 부하가 실례를."

리제롯테가 나무라듯이 클로에의 이름을 부르고 리오에게 사과했다.

"죄, 죄송합니다! 옛날에 한 번 만났던 사람과 같은 이름이라."

클로에가 놀라서 안색을 바꾸고 황급히 리오에게 사과했다.

"아뇨, 괜찮습니다만……. 그 사람과 어디서 만났는지 여쭈어도 될까요?"

리오가 석연치 않은 표정으로 고개를 젓고 클로에에게 물었다. 슈트랄 지방에서 하루토라는 리오의 가명을 아는 사람은 극히 적다. 게다가 클로에라는 이름을 들은 기억이 났다. 그런데 생각날 듯하면서 생각나지 않았다.

"말씀드리렴."

리제롯테는 탄식하고 클로에에게 대답을 촉구했다.

"저, 저기, 몇 년 전에, 아망드 여관에서…… 자고, 주무신 적 없으세요? 거기가 제 본가인데, 그때는 저도 거기서 일했거든요."

클로에가 리오의 얼굴을 살피며 조심스럽게 물었다.

몇 년 전에 리오가 아망드에 들른 적은 한 번뿐이었다. 리오가 누명을 쓰고 벨트람 왕국을 떠나 야구모 지방으로 이동하던 때였다. 그리고 그 때 리오가 아망드에서 머문 여관은 한 곳뿐이었다.

"……아, 그때."

곧 기억이 났는지 리오가 눈을 크게 뜨고 이해했다. 당시, 그 여관 식당에서 술 취한 모험가와 얽혀서 기억에 남았는지도 모르겠다. 그렇다고 해도 다음 날 아침에 라티파와 만난 기억이 더 선명했지만…….

"여, 역시! 기억하고 계셨군요!"

클로에가 사실을 확인하고 리오에게 바짝 다가섰다.

"아, 네. 분명 여관 앞에서 손님을 모으고 있었죠?"

리오는 클로에와의 온도 차이를 느끼고 조금 당황하며 확인했다.

"네!"

클로에가 흥분해서 고개를 끄덕였다.

'용케 기억했군. 그때는 분명히 여관 안에서도 후드로 얼굴을 숨겼었, 지? 이 아이, 이름만 듣고 나를 떠올린 건가.'

리오는 클로에를 보며 감탄했다.

몇 년 전에 딱 한 번 만난 상대의 얼굴과 이름을 기억하다니, 보통은 어지간히 강한 인상을 주지 않는 한 어려우리라. 그런데 클로에는 하루토라는 이름만 듣고 바로 리오를 떠올렸다. 엄청난 기억력이었다.

"그, 당시에는 하룻밤만 머물고 바로 떠나셔서……."

클로에가 머뭇거리며 당시의 일을 말했다.

"네, 당시에 서둘렀던 것 같네요."

리오가 당시의 기억을 돌아보고 대답했다.

'어라, 그러고 보니…….'

리오는 문득 무언가를 깨닫고 리제롯테를 봤다. 당시, 리오는 리카 상회에서 파스타와 보리 등 여행 식재료를 샀다. 그때, 리오를 응대한 아이가 리제롯테와 닮은 듯했다. 머리카락 색도 같고 그때 모습이 보이는 것 같았다.

"정말로 아는 사이셨군요?"

리제롯테는 물끄러미 리오를 보다가 시선이 마주치자 눈을 크게 뜨고 리오에게 말했다.

"네, 대화에 열중하느라 실례했습니다."

리오는 얼른 리제롯테 일행에게 사과했다. 이야기가 그렇게 흘러갔다고는 하나, 왕후 귀족을 앞에 두고 대화에 열중한 것은 결코 바람직한 행동이 아니었다.

"아뇨, 신경 쓰지 마세요."

"음, 흥미로운 장면을 보았군."

리제롯테와 유그노 공작이 흔쾌히 사과를 받아들였다. 리오의 출신 탐색을 일단 접더라도 클로에라는 정보원을 얻은 것이 컸다.

“송구합니다.”

리오가 가볍게 머리를 숙였다.

“……역시, 아닌가?”

한편, 플로라가 리오의 얼굴을 살피며 중얼거렸다.

“어, 뭐라고? 플로라.”

히로아키가 플로라의 중얼거림을 들었는지 그를 보며 물었다.

“아, 아뇨. 아무것도.”

플로라는 황급히 고개를 저었다.

“……그럼 저는 부서진 마차 상태를 확인하러 가겠습니다.”

리오는 이야기가 더 길어지기 전에 마차를 수리하기로 했다.

“저도 함께하겠습니다. 용사님과 다른 분들은 마차에 편히 계세요.”

리제롯테가 즉시 동행을 제안했다.

“아— 뭐, 딱히 내가 할 일도 없으니까. 가자, 플로라, 로아나.”

히로아키가 바로 대답하고 두 사람의 대답을 기다리지 않고 걸음을 뗐다.

“네, 히로아키 님.”

로아나는 얼른 히로아키의 뒤를 쫓았다.

“어, 나중에 또 이야기해주세요.”

플로라는 리오와 더 대화 하고 싶은 듯했으나 멈추지 않고 걸어가는 히로아키를 보고 하는 수 없이 쫓아가기로 했다. 꾸벅 인사하고 잰걸음으로 발길을 돌렸다.

"흠, 그럼 나도 기사들 상태를 둘러보지. 그쪽 일은 맡기겠네."

유그노 공작도 벨트람 왕국 기사들 쪽으로 갔다.

"그럼 하루토 님, 잘 부탁드립니다. 아리아, 클로에, 가자."

리제롯테는 리오에게 꾸벅 인사하고 곁에 서 있던 아리아와 클로에를 불렀다. 두 사람은 "넷." 하고 정중하게 대답했다.

그리하여 리오는 리제롯테 일행과 함께 마차를 수리하게 됐다.

【 제 1 장 】 ❈ 아망드로 가는 길

리오 일행은 부서진 마차 쪽으로 이동했다.

마차는 길옆의 숲까지 날아가 보기 좋게 옆으로 넘어져 있었다. 반석 대검에 맞은 철판으로 만든 짐칸은 심하게 찌그러졌고 바퀴를 포함한 부서진 부품이 주변에 흩어져 있었다. 전부 보기에도 끔찍한 잔해로 변했다. 참고로 마차와 함께 날아갔던 말 두 마리는 시녀들이 치유마법을 걸고 길로 피난시켰다.

"어떻습니까?"

리제롯테가 잔해를 보고 안절부절 못하는 표정으로 리오에게 물었다. 문외한의 눈에는 수리가 불가능해 보였다.

"……이 정도면 어떻게든 될 것 같네요."

리오는 차체와 날아간 부위를 둘러보고 문제없다고 대답했다.

"그렇군요. 아니, 네?!"

리제롯테는 무심코 고개를 끄덕였다가 당황했다.

"겉보기에 심각한 차체는 그렇다 치고, 다행히 바퀴와 차축에 치명적인 피해는 없어 보입니다. 응급처치하면 아망드까지는 달릴 수 있을 것 같네요."

리오가 놀란 리제롯테에게 키득 웃으며 말했다.

아리아도 주인이 이렇게까지 놀라는 일은 드물게 보는

지라 훗 미소 지었다. 클로에도 신기하다는 듯이 리제롯테의 표정을 바라봤다.

"……그거, 다행이네요."

리제롯테는 아리아와 클로에의 시선을 알아차리고 부끄러운지 헛기침을 하고 말했다.

"그럼 바로 수리할게요. 다만, 차체 철판은 이 자리에서 수리할 수 없으니 떼어내도 될까요?"

"떼어……내신다고요?"

리오가 묻자 리제롯테가 이상하다는 듯이 고개를 갸웃거렸다.

"찌그러져서 안으로 들어갈 수 없으니 철판 무게로 차체에 부담이 가지 않도록 경량화하려고 합니다. 문제없으면 제가 손대겠습니다만……."

"물론, 상관없습니다만……."

리제롯테가 어리둥절해 하며 허가를 내렸다. 의도는 이해했지만, 대체 어떻게 그런 작업을 한다는 것일까.

"그럼 물러나 주세요."

리오는 바로 작업을 시작하기로 했다. 허리춤에 찬 검집에서 검을 뽑아 들고 옆으로 쓰러진 마차로 다가갔다.

"앗?!"

그리고 일 섬. 마치 종이를 자르듯이 철판을 차체에서 깨끗하게 잘라냈다. 리제롯테 일행은 그 광경을 보고 눈이 휘둥그레졌다.

그러나 한 번으로는 모든 철판을 잘라낼 수 없어서 리오는 자리를 바꾸며 솜씨 좋게 검을 휘둘렀다.

"……정말, 훌륭한 솜씨예요."

그렇게 철판을 완전히 마차에서 떼어내자 리제롯테가 간신히 감상을 짜냈다.

"이 검 덕분입니다."

리오가 드워프제 검을 들어 보였다.

"아까 전투에서는 그 검으로 바람을 조종하시던데, 마검, 이죠? 그것도 고대 마도구급(덧말$1)인……."

리제롯테가 조심스럽게 물었다.

마검은 넓은 의미로는 말 그대로 마술이 담긴 검을 뜻하지만, 코어하게는 현대마술로 재현하기 어렵거나 불가능한 고대 마술이 담긴 검을 가리킨다. 일반적으로 후자로 쓰는 경우가 많지만 범의로 쓰이지 않는 것은 아니다.

미노타우로스와 정면으로 맞설 정도의 신체강화도 그렇고, 상급 마법에 필적한 위력이 담긴 바람 포격을 쏜 마지막 일격도 그렇고, 리오가 가진 마검의 성능은 슈트랄 지방의 현대마술로 제조할 수 있는 성능을 훨씬 뛰어넘었다. 리제롯테는 리오가 소지한 검이 그런 의미의 마검이 틀림없다고 짐작했다.

그러나 고대 마도구급 마검은 시중에 나도는 물건이 아니었고 설령 나돌더라도 일반인이 손 댈 수 있는 가격이 아니었다. 리제롯테도 몇 자루만 소유했을 뿐이다(참고로 그중 하나를 심복인 아리아에게 지니게 했다).

“친한 지인에게 받은 거라 소중하게 쓰고 있습니다.”

리오가 부분적으로 정보를 공개하고 고개를 끄덕였다. 아까 전투에서 본 리오의 힘이 전부 마검의 효과에 근거한 것이라고 리제롯테가 오해하도록. 리오의 검에 마술이 담긴 것은 맞지만, 진짜 효능은 쓰는 이의 정령술을 검에 두르는 것이었다. 참고로 정령술 위력을 증폭시키는 효과도 있다.

리오는 슈트랄 지방에 정령술의 비밀을 퍼뜨릴 생각이 없기 때문에 겉으로는 마검 성능에 의지해 싸운다고 착각하게 하는 것이 좋았다.

“어머, 그렇군요…….”

리제롯테가 눈을 크게 뜨며 생각했다.

‘적어도 마검을 받을 정도의 인맥은 있다는 거군. 정말 수수께끼투성이야. 하지만 인품이 좋고 이 정도 실력자에게다가 은인인걸. 무례하게 들쑤실 수는 없지. 우호적인 관계를 쌓으면 좋을 텐데…….’

“이제 바퀴를 끼우고 쓰러진 마차를 세운 다음에 안 좋은 데는 없는지 확인만 하면 되니 괜찮으시면 리제롯테 님은 다른 종자 분들을 지휘하세요. 저기서 지시를 기다리는 것 같네요.”

리오가 뒤쪽 길을 보며 리제롯테에게 말했다. 시선 끝에는 흥미진진하게 리오 일행을 보는 시녀들이 있었다.

“……그럼 실례하겠습니다. 시녀 아리아를 두고 갈 테니 도움이 필요하면 말씀하세요. 가자, 클로에.”

리제롯테는 멀찍이서 보는 시녀들을 알아차리고 작게 한숨을 내쉬었다. 아리아를 여기에 남겨두고 클로에를 데리고 발을 돌렸다.

“네, 네!”

클로에는 황급히 대답하고 얼른 리제롯테의 뒤를 쫓았다. 가려는 순간, 리오를 신경 쓰는 시선을 보냈다.

“뒷일을 맡길게, 아리아. 손이 더 필요하면 사양 말고 말해.”

리제롯테가 가는 길에 말하고 아리아에게 작게 윙크했다. 리오가 어떤 인물인지 둘만 있는 동안 분석하라는 뜻이었다.

“……맡겨주십시오.”

아리아는 눈빛만으로 주인의 의도를 파악하고 정중히 고개를 끄덕였다.

“너희들, 왜 놀고 있어?”

리제롯테가 클로에를 데리고 길로 돌아와 기막혀하며 시녀들에게 말했다. 그러자 시녀들을 대표해 코제트가 한 걸음 앞으로 나왔다.

"리제롯테 님의 지시를 기다리고 있었어요. 주변 경계와 마석 회수는 기사분들이 해주시고 부상자와 말 치료도 끝나서요. 흩어진 짐 회수도 서둘러 끝냈습니다."

코제트가 생글거리며 대답했다.

"그래."

리제롯테가 탄성을 흘리듯이 이해했다. 할 일을 다 했으니 트집을 잡을 수도 없었다. 그러자 이번에는 다른 시녀 나탈리가 앞으로 나왔다.

"그리고 길에 꽂힌 대검 뒤처리 말입니다만, 그것은 기사분들이 마석 회수를 마치고 하기로 했습니다. 옮기려 해도 손이 부족한 모양인지라."

나탈리가 길 한쪽을 보며 추가로 보고했다. 그곳에는 미노타우로스가 휘둘렀던 반석 대검이 꽂혀있었다. 족히 3미터는 됐다.

"그래. 저것도 뒤처리해야 하지……."

리제롯테는 조금 전의 전투가 떠올랐는지 반쯤 멍하니 반석 대검을 올려다봤다. 대조적으로 시녀들의 시선은 숲에서 마차를 수리하는 리오에게 쏠렸다.

"무시무시한 전투였죠. 저 사람이 누구인지 알아내셨습니까?"

나탈리가 리오를 보며 조심스럽게 질문했다. 고지식한 그도 리오가 신경 쓰이는 모양이었다.

"맞아요! 저 말도 안 되게 강하고 잘생긴 소년은 누구예요?"

코제트도 흥미진진한 표정으로 물었다.

다른 시녀들이 나란히 귀를 쫑긋 세웠다.

"……클로에와 아는 사이래."

리제롯테가 태연하게 클로에에게 화살을 돌렸다.

"넷?!"

클로에는 자기한테 화살이 날아올 줄은 몰랐는지 흠칫했다.

"잠깐, 뭐야, 치사해. 나중에 소개해줘, 클로에."

코제트가 클로에에게 바짝 다가갔다.

"아, 아뇨! 아는 사이라고 해도 옛날에 본가 여관에 딱 한 번 머물고 가셨을 뿐이지 소개할 정도의 사이는 아니에요!"

클로에가 황급히 고개를 저었다.

"에이~ 그래? 가까워질 구실로는 충분하다고 생각하는데, 그보다 당시의 에피소드 같은 거 없어?"

코제트가 이야기를 끄집어내려고 클로에에게 들이댔다.

"적당히 해, 코제트. 클로에가 난처해하잖아."

나탈리가 기막힌 표정으로 코제트를 나무랐다.

"정말, 그러니까 애인 하나 안 생기는 거야, 너는."

코제트가 못 살겠다며 한숨을 내쉬고 나탈리에게 반박했다.

"뭐! 그냥 못 넘기겠는데, 숫자가 많다고 좋은 게 아니라고!"

나탈리가 얼굴을 붉혔다.

"자, 자, 거기까지. 너희 싸우는 거 아무도 안 듣고 싶어해."

리제롯테가 질려서 두 사람을 말렸다.

"아하하."

다른 시녀들이 입을 모아 즐겁게 웃었다. 코제트와 나탈리는 얼굴을 마주 보고 "우으." 하고 조금 부끄러워하며 입을 내밀었다.

한편, 클로에는 숲에서 마차를 수리하는 리오를 보며 조금 울적한 표정을 지었다. 리제롯테가 클로에의 표정이 어두운 것을 알아차리고 물었다.

"왜 그래? 클로에."

"아, 아뇨, 아무것도, 아니에요."

클로에가 어색하게 고개를 저었다.

"알았다! 클로에 혹시 저 사람 좋아했어?"

코제트가 엉큼하게 웃으며 물었다.

"아, 아니에요! 그런 게 아니라, 그리고, 저를, 기억하지 못하신 것 같고……."

클로에가 황급히 부정했지만, 풀이 죽어 어깨를 떨궜다.

"흐음, 이거 무슨 일이 있었는지 물어봐야겠는데."

코제트가 강한 호기심을 느끼고 말했다.

"그전에 마석 회수를 끝낸 기사분들에게 음료수를 나눠드려. 부근에 작은 파편이 흩어져있지는 않은지 한 번 더 확실하게 확인하자."

리제롯테가 새로운 지시를 내리고 못을 박았다.

"네, 음료수 준비는 그레이스 조가 하고 있습니다! 그러니 괜찮다면 하루토 님을 도와드리고 싶은데요."

코제트가 힘차게 대답하고 리오가 있는 곳을 보며 제안했다.

"안 돼. 너희가 가도 방해만 되니까. 자, 행동개시!"

리제롯테가 싱긋 웃으며 고개를 젓고 명령을 내렸다.

◇ ◇ ◇

한편, 리오는 솜씨 좋게 부서진 마차를 수리했다. 아직은 도움이 필요하지 않아서 아리아는 곁에서 작업하는 리오를 바라봤다.

"……참으로 훌륭한 솜씨로군요."

아리아치고 무척 감탄한 투로 리오에게 말했다.

"각지를 여행하면서 간단한 목공일을 배웠거든요."

리오가 떨어진 바퀴를 끼우며 대답했다.

"훌륭합니다. 조금 전의 전투도 검 실력이 대단했습니다."

"무기 덕분이죠."

"겸손하시군요. 훌륭한 마검을 가지셨으나 사용자의 실력은 그 이상으로 훌륭해 보였습니다. 하루 밤낮의 훈련으로 익힐 수 있는 기량이 아닙니다. 상당한 수련을 쌓지 않으셨나요?"

아리아가 리오의 힘을 칭찬했다.

"감사합니다. 어릴 적부터 되도록 쉬지 않고 단련했습니다. 그러는 아리아 씨야말로 대단하셨어요."

리오도 아리아의 힘을 칭찬했다.

"황송합니다. 저는 실력을 인정받아 아가씨께 스카우트된 지라. ……이런, 실례했습니다. 저와 이야기하면 작업에 집중하지 못하시겠군요."

아리아가 쓴웃음 지으며 사과했다.

"아뇨, 기분 전환되고 좋은데요. 괜찮으시면 어울려주세요."

리오는 의젓하게 고개를 저었다. 아리아와 리제롯테가 리오에게 흥미가 있듯이 리오도 리제롯테와 세리아의 옛 친구인 아리아에게 흥미가 있었다. 둘만 있는 동안, 대화해보고 싶었다.

"물론, 저로 괜찮으시다면."

아리아가 흔쾌히 승낙했다.

"……그럼 아까 하던 대화에 이어서 한 가지 여쭤봐도 될까요?"

리오는 무슨 이야기를 할까 생각하고 아리아에게 물었다.

"물론입니다."

아리아는 즉시 수긍했다.

"아리아 씨는 리제롯테 님을 오래 모셨나요?"

"그렇군요. 정식으로 모시게 된 것은 5년 전입니다."

아리아가 과거를 돌아보며 대답했다.

"5년 전이라면 아직 아망드가 크게 발전하기 전이죠?"

"네. 주인님이 아망드 대관으로 취임하시기 조금 전 일이니 리카 상회를 일으킬 때부터로군요. 실제로 만난 것은 조금 더 전입니다."

"그럼 아리아 씨는 리제롯테 님에게 그야말로 심복이겠네요."

리오가 손을 멈추고 흐뭇해하며 말했다.

"그렇다면 좋겠습니다만."

아리아가 낯간지러워하며 미소 지었다.

"그러고 보니 하루토 님은 몇 년 전에 아망드에 오신 적이 있다고 하셨죠. 혹시 그때 스쳐 지나갔을지도 모르겠습니다."

그리고 웃으며 리오에게 말을 돌렸다.

"그럴지도 모르겠네요. 그때는 하루만 머물렀는데, 최근에 다시 들러보고 겨우 몇 년 만에 도시가 무척 커져서 놀랐습니다."

리오가 다시 손을 놀리며 아리아에게 대답했다.

"영광입니다. 주인님은 대관으로 취임한 이후 도시 발전에 매진하셨거든요."

"각지를 여행했는데 정말로 훌륭한 도시예요. 너무 지내기 좋아서 요즘은 자주 들릅니다."

"그러십니까. 주인님께서 분명 기뻐하실 겁니다."

아리아가 기뻐하며 리오에게 꾸벅 인사했다.

"꼭 말씀해주세요. 특히 장을 볼 때는 리카 상회에 자주 신세 지고 있다고요."

리오가 방긋 웃었다. 아리아가 미소 지으며 "알겠습니다" 하고 아름다운 목소리로 대답했다.

"그리고 그냥 궁금해서 여쭙는 거라 죄송합니다만, 하루토 님은 어릴 적부터 여행하셨습니까? 아직 10대 중반에서 후반 정도로 보이십니다만……."

그리고 리오에게 물었다.

"……네, **열한 살 때부터** 여행했어요. 지금은 열여섯이니 저도 여행한 지 거의 5년 정도 됐네요. 아망드에 처음 들른 건 4년 전으로 기억합니다."

리오는 한순간 고민하고 거짓과 진실을 섞어 태연하게 대답했다. 예기치 못하게 플로라 일행과 만난 직후이니 만약을 위해 시간대를 속이기로 했다.

"그렇게 어릴 때부터……. 저도 어릴 적에 모험가로 여행한 적이 있습니다만, 하루토 님보다 몇 살 많을 때였습니다. 그보다 열한 살이면 모험가 등록도 안 되지 않습니까?"

아리아가 눈을 살짝 크게 뜨며 물었다. 모험가 길드에는 열두 살 이상이어야 모험가로 등록할 수 있다는 원칙이 있었다.

"네. 지금도 모험가 등록은 안 했습니다. 여러 나라를 돌아다니는 데 딱히 필요하지 않아서요. 그래서 수행을 겸해 가는 곳마다 마물을 쓰러뜨리고 마석을 돈으로 바꾸는 게 주요 수입원이에요."

리오는 자신이 모험가가 아니라고 밝혔다.

참고로 모험가 길드란 각국에 위탁을 받아 설립된 국제 조직이다. 설립 목적은 제대로 된 직업을 가지지 못한 사회 부적합자에게 나라의 손길이 못 미치는 국가방위를 억지로 떠맡기고 나라가 간접적으로 관리하여 노동력으로 쓸모 있게 활용한다는 것이었다.

단, 국제조직은 거의 이름뿐으로 본부 조직은 형식적으로만 존재하고 각국에 있는 지부가 독립적으로 운영했다. 그 이유는 각 나라의 공무원이 파견되어 지부 업무를 감독하는 관계상, 나라의 울타리를 뛰어넘을 수 없기 때문이었다.

또, 모험가가 되려면 본부나 지부에 가입해 등록해야 해서 각각 장단점이 있다. 예를 들어 어느 지부에 소속되면 다른 지부 관할에서 활동이 제한되는 등(본부 소속이면 일단은 모든 지부에서 자유롭게 활동할 수 있다). 뭐, 그건 그렇다 치고－.

"……모험가로 길드에 소속되면 조직의 득을 보지만, 행동에 제약이 생기도 하니까요. 그게 싫어서 모험가가 되지 않는 분도 일부 계시다고 들었습니다."

'누구인지, 무슨 목적으로 여행하는지, 수수께끼만 깊어지는군요.'

그런 생각을 하며 아리아가 도도하게 말했다.

"이제 됐네요. 쓰러진 마차를 들어 올릴 테니 조금만 물러나 주세요."

리오는 솜씨 좋게 바퀴를 끼우고 아리아에게 말했다.

"혼자서 힘드실 테니 저도 돕겠습니다."

아리아가 얼른 돕겠다고 제안했다.

"아뇨, 이 마검으로 신체를 강화하면 혼자서도 할 수 있어요."

리오는 고개를 저었다.

"그렇다면 더 돕겠습니다. 저도 주인님께 마검을 받았으니 맡겨주십시오."

아리아도 물러나지 않았다. 돕겠다는 명목으로 이 자리에 남았으니 아무것도 하지 않고 모든 것을 리오에게 맡길 수는 없었다.

"괜찮아요. 아리아 씨는 주변 경계를 부탁드려요."

그러나 리오는 오른손을 뻗어 아리아를 말렸다.

"하지만……."

'주변 경계라면 아까부터 기사분들이 하고 있습니다만…….'

아리아는 걸음을 멈추고 미안하게 생각했다. 리오도 기사들이 주변을 경계 중인 것을 잘 알리라. 아리아는 그가 자신에게 쉴 구실을 주는 것으로 생각했다.

리오는 왼손으로 검을 쥐고 마검의 힘을 끌어내는 시늉을 하며 실제로는 정령술로 강력한 신체강화를 걸었다.

"으쌰."

리오는 곧 검에서 손을 떼고 이번에는 양손으로 마차를

잡아 가볍게 차체를 들어 올렸다.

"……훌륭합니다."

아리아가 눈을 살짝 크게 뜨고 리오를 칭찬했다. 길과 그 부근에 있는 시녀들과 기사들도 당황해서 리오가 마차를 드는 모습에 시선을 빼앗겼다.

"그냥 든 것뿐이에요. 마검도 있으니까요."

리오가 아리아에게 별 것 아니라고 넌지시 말했다.

"아뇨. 마검에서 손을 뗀 상태로 신체강화를 지속하려면 고도의 마력 제어 능력이 필요합니다. 그것을 어렵지 않게 하고 계시지 않습니까."

아리아가 감탄한 이유를 말했다.

마도구로 신체를 강화하는 지속형 마술을 발동할 때, 한 번 발동한 마술을 마도구에서 손을 뗀 상태에서도 유지하는 것은 일반적으로 난도가 높았다.

게다가 마력 제어만으로 마술을 발동할 수 있는, 주문 영창이 필요하지 않은 타입의 마도구는 소지자에 따라 성능이 달라지는 물건이 많았다.

특히 고대 마도구급 마검처럼 고도의 마술이 담긴 마도구는 그런 현상이 현저했다. 소지자의 마력 제어 능력이 미숙하면 마도구의 성능을 완전히 끌어낼 수 없고, 때에 따라서는 아예 마술이 발동되지 않기도 했다.

아리아도 지금은 리오처럼 싸울 수 있지만, 리제롯테에게 마검을 빌리고 한동안은 완벽하게 쓰기 위해 수행해야 했던 과거가 있었다. 지금의 리오와 같은 나이에는 하지 못했다. 리오가 그만큼 높은 마력 제어 능력을 갖췄다는 증거였다.

"……뭐, 이 검을 쓰게 된 지 벌써 2년이 넘었으니까요."

아리아가 판단하자 리오가 먼 하늘을 올려다보며 말했다. 정령술을 숨기기 위해 말을 맞추면서도 벌써 시간이 그렇게 흘렀구나 싶어 그리워졌다.

"……."

아리아는 리오가 보인 옆얼굴에서 앳되고 어른스러운 인상을 동시에 받고 흥미를 느끼며 눈을 크게 떴다.

"반대쪽 바퀴가 괜찮은지 확인할게요. 문제가 없으면 길로 옮기죠."

리오가 아까까지 바닥에 닿아있던 마차 반대쪽으로 갔다.

'아리아 씨, 인가. 선생님이 중얼거린 친구의 이름과 같아. 역시 틀림없어. 나쁜 사람은 아닌 것 같아. 그건 그렇고 얼굴과 이름이 어딘지 낯이 익은데.'

리오는 아리아의 얼굴을 힐끗 보고 위화감을 느꼈다.

마차에 치명적인 문제는 보이지 않았다.

"아가씨, 마차 응급수리가 끝났습니다."

아리아가 길로 돌아와 시녀들과 함께 주변을 청소하던

리제롯테에게 말했다.

"정말?! 앗, 여기까지 가져다주셨구나."

리제롯테는 밝게 미소 지었다가 고삐를 잡고 홀로 마차를 끌고있는 리오를 발견하고 살짝 당황했다.

"기다리셨습니다."

리오가 마차를 길 위로 옮기고 리제롯테에게 말했다.

"……죄송합니다, 하루토 님. 수리에 옮겨주시기까지."

리제롯테가 미안해하며 리오에게 머리를 숙였다.

"아뇨, 아리아 씨도 중간까지 뒤에서 밀어주셨어요. 마검의 힘도 빌렸고 미노타우로스의 공격을 막는 것보다는 쉽습니다."

리오가 농담하며 고개를 저었다.

"어머, 믿음직하네요."

리제롯테가 키득 웃었다.

"하루토 님, 괜찮다면 드세요."

시녀 코제트가 슬며시 다가와 리오에게 나무 컵을 공손히 건넸다. 컵에는 달콤한 과실수가 가득 담겨있었다.

"감사히 마시겠습니다. 어……."

리오는 인사하고 의젓하게 감사를 표했으나 이름을 몰라 말문이 막혔다.

"송구하게도 인사가 늦었습니다. 저는 리제롯테 님을 모시는 시녀 코제트입니다."

코제트가 시녀복 치맛자락을 잡고 숙녀처럼 인사했다.

"읍……."

코제트의 본 모습을 아는 리제롯테와 아리아는 기합이 들어간 그의 모습에 웃음을 터뜨릴뻔하다가 아슬아슬한 데서 간신히 참았다.

"감사합니다, 코제트 씨."

리오는 리제롯테 일행의 살짝 풀린 표정을 알아차리지 못하고 코제트의 이름을 부르며 생긋 웃고 감사를 표했다.

"저야말로 조금 전에는 정말로 감사했습니다. 어떻게든 한마디라도 감사를 드리고 싶어서 갑작스럽게도 말을 걸고 말았습니다. 무례를 용서해주세요."

코제트가 얌전하게 고개를 숙였다.

"아뇨, 저는 귀족이 아니니 그렇게 예의 차리실 필요 없어요."

리오가 난처한 얼굴로 말하고 고개를 갸웃거렸다.

"그럴 수는 없습니다. 하루토 님은 주인님의 생명의 은인이시니까요. 그럼 저는 그만 실례하겠습니다."

코제트는 얌전히 고개를 가로젓고 깊이 머리를 숙인 뒤, 발을 돌렸다. 나는 새는 발자국을 남기지 않듯, 물러나는 걸음걸이도 무척 아름다웠다.

"아리아 씨도 그렇고 리제롯테 님을 모시는 분들은 모두 겸손하시네요."

리오가 감탄하며 리제롯테에게 말했다.

"아뇨, 그…… 송구합니다."

리제롯테는 난처한 얼굴로 머리를 숙였다.

◇◇◇

얼마 지나지 않아 주변 경계와 마석 회수를 마친 기사들이 속속 돌아왔다. 기사들이 수분 보충을 끝내자 유그노 공작이 다가왔다.

"그럼 이걸 길옆으로 치우도록 하지."

지금도 왕래를 방해하는 미노타우로스의 검을 옮기기로 했다.

"제가 던져서 꽂았습니다. 괜찮다면 제가 회수하겠습니다만……."

길에 미노타우로스의 검을 꽂은 리오가 제안했다.

"흠, 아무리 그래도 혼자서는 힘들지 않겠나? 공중에서 휘두르는 것과 지상에서 드는 부담이 다를 것 같네만……."

유그노 공작이 이지적인 말투로 말했다.

"그럼 일단 시도해보죠."

리오는 검집에 꽂은 검의 자루를 잡고 마검의 힘을 끌어내는 시늉을 했다. 그리고 반석 대검으로 다가가 자기 키를 가볍게 뛰어넘는 반석 대검을 잡고-.

"……읏!"

작게 심호흡하고 힘을 줬다. 그러자 땅에 꽂힌 반석 대검이 우지끈 소리를 내며 들리기 시작했다. 잠시 뒤, 땅에서 완전히 뽑자—.

"오오오!"

주변에서 탄성이 터졌다.

"위험하니 조금 떨어지세요."

리오는 검이 너무 길어서 주변에 있는 기사와 시녀들에게 주의를 줬다.

"……당신도 할 수 있어?"

리제롯테는 눈을 크게 뜨고 리오를 보며 옆에 선 아리아에게 물었다.

"실제로 시험해보지 않으면 모르지만…… 아마 가능하리라 봅니다."

아리아가 조용히 대답했다.

"이거 꽤 소란스러운데."

그때, 히로아키가 마차에서 나왔다. 소란을 들은 모양이었다.

"……하루토 님이 저 검을 들고 계시네요."

플로라는 리오가 반석 대검을 잡은 모습을 보고 눈을 크게 뜨며 감탄을 흘렸다.

"아하, 그런 거였군……."

한편, 히로아키도 같은 광경을 보고 조금 담백한 시선으로 주목받는 리오를 응시했다.

리오는 반석 대검을 들고 길옆에 있는 숲으로 천천히 걸어갔다. 기사와 시녀들이 술렁거리며 바라봤다.

'아-아, 소란스럽기는. 무거운 걸 옮기기만 해도 이러니, 꽃미남은 인생 이지 모드구만…….'

히로아키는 흥이 깨진 얼굴로 주변에서 수군거리는 시녀들을 보며 생각했다. 리제롯테도 감탄하며 리오를 바라봤다. 히로아키는 그것이 약간 마음에 들지 않았다. 그러는 사이, 리오는 반석 대검을 길옆의 숲으로 옮기고 천천히 바닥에 눕혔다.

'뭐, 이쯤에서 용사의 힘을 보여줄까.'

히로아키가 한숨을 내쉬고 여유롭게 리오에게 다가갔다.

"……용사님."

"보고 있어."

리제롯테가 마차에서 나온 히로아키를 알아차리고 말을 걸자 히로아키는 새침한 얼굴로 말하고 리오가 있는 길옆으로 갔다. 리오는 작업을 끝내고 일어나 몸을 돌리고 있었다.

"아, 용사님. 어쩐 일이십니까?"

리오가 접근하는 히로아키를 알아차리고 고개를 갸웃거렸다.

"그 바위 검이 어떤 건가 싶어서. 나한테도 잠깐 빌려줘 봐."

히로아키가 훗 웃고 리오가 바닥에 눕힌 검을 양손으로 잡았다. 이어서 "흐읍!" 하고 힘을 싣자 조금 흔들리기는 했지만, 히로아키는 멋지게 반석 대검을 들어 올렸다.

"오오!"

기사들이 탄성을 터뜨렸다.

"역시 히로아키 님이세요."

로아나가 얼른 다가와 히로아키를 칭찬했다.

"아- 너무 커서 조금 들기 힘들지만, 뭐, 이런 거구만. 별거 아니네."

히로아키가 득의양양한 표정을 지으며 큰소리쳤다.

'몸놀림은 완전히 초보자지만, 신체강화는 상당하군. 저만하면 저 기사들보다는 강할 거야. 자기 힘에 자신이 있는 것도 알겠어. 그런데 이건 정령술, 인가?'

"훌륭합니다, 용사님."

리오는 분석하며 눈을 휘둥그레 뜨고 히로아키를 칭찬했다.

"하하하, 뭐, 너도 제법이야. 돌아가자."

히로아키는 그 사이에 반석 대검을 원래 있던 자리에 내려놓고 리오의 어깨를 툭툭 두드린 뒤, 활보하며 마차로 돌아갔다. 그 옆에 로아나가 따라붙었다. 히로아키는 주변의 주목을 모으고 자랑스럽게 코를 치켜세웠다.

리오는 재미있다는 듯이 미소를 그리고 두 사람 뒤를 쫓았다.

"오, 리제롯테, 이리 와. 마차에 타자. 플로라도."

히로아키가 곧장 리제롯테에게 다가가 기분 좋게 말했다. 그리고 바로 옆에 있던 플로라도 불렀다.

"아, 네."

플로라가 먼저 대답했다.

"알겠습니다. 그럼 하루토 님도 함께 가시는 게 어떻습니까? 저희는 아망드로 갑니다만……."

리제롯테가 공손히 고개를 끄덕이고 리오를 힐끗 봤다.

"저도 아망드에 볼일이 있어서 거절할 이유는 없지만, 제가 동석해도 괜찮으십니까?"

리오가 히로아키 일행의 안색을 살피며 물었다.

용사, 왕녀, 공작, 그리고 두 공작 영애, 함께 타는 사람들이 사람들이었다. 본래는 어느 정도의 귀족이어도 동승을 허락하지 않으리라.

"그렇게 어려워할 것 없네. 자네는 우리를 궁지에서 구해준 은인이니까."

유그노 공작이 쾌활하게 웃으며 리오를 환영했다.

"그렇습니다, 하루토 님. 정식으로 다시 감사드리고 싶으니 부디 잘 부탁드려요."

리제롯테도 리오를 환영하고 깊이 머리를 숙였다.

"아뇨, 아뇨. 고개를 들어주세요, 리제롯테 님."

리오가 황급히 리제롯테를 말렸다.

"아– 그래. 너 정도 되는 사람이 그렇게 쉽게 머리를 숙이면 안 되지."

히로아키도 리오에게 찬동해 리제롯테에게 충고했다.

"……실례했습니다."

리제롯테가 난처한 표정으로 말하고 리오의 얼굴을 봤다.

"뭐, 이제 그만 타고 가자."

히로아키는 곧장 마차로 향했다. 그리하여 리오는 리제롯테 일행과 함께 아망드로 가게 됐다.

◇◇◇

리오는 리제롯테의 안내를 받으며 조심스레 마차 안으로 들어갔다.

"……실례합니다."

차내는 넓어 바짝 붙으면 여덟 명은 앉을 법했다. 그곳에 히로아키, 플로라, 로아나, 유그노 공작 네 사람이 먼저 앉아 있었다.

"자, 앉아."

히로아키가 늦게 차에 오른 리오의 얼굴을 보고 주인이라도 되는 것처럼 말했다.

"그럼 하루토 님은 이쪽에 앉으세요."

리제롯테가 남은 자리 중 상석을 골라 리오에게 앉으라고 권했다.

"……감사합니다."

리오가 정중하게 인사하고 의자에 앉았다. 리제롯테는 말석을 골라 리오의 바로 옆에 앉았다. 제일 상석에 앉은 히로아키와 가장 먼 자리였다.

"그래서 결국 넌 누구야? 어딘가의 귀족이야?"

히로아키는 리제롯테와 떨어진 것이 조금 불만이었지만, 여유롭게 다리를 바꿔 꼬고 리오에게 물었다.
"히로아키 님, 갑자기 그런 질문은…… 하루토 님께 실례예요."
그러자 플로라가 움찔하고 리오의 얼굴을 보며 히로아키에게 전전긍긍하며 말했다.
"이거 봐, 그걸 물으려고 이 녀석을 함께 태운 거잖아. 이런 이야기는 빨리 하는 게 나아."
히로아키가 과장되게 어깨를 으쓱했다.
"하, 하지만……."
플로라는 리오의 안색을 살피며 할 말을 잃었다. 일에는 예의와 순서가 있지만, 지위가 높은 사람이 솔선해서 무시하면 공개적으로 이의를 제기하기 어려웠다. 그것이 신분 사회였다.
"저에 대한 거라면 부디 신경 쓰지 마시길. 출신이 불확실한 건 사실이니까요."
리오가 쓴웃음 짓고 신경 쓰지 않는다며 고개를 저었다.
"각지를 여행하며 수행하는 바람의 마검사라니. 클리셰라 오히려 수상하다니까. 밖에 있는 녀석들은 경솔하게 소란을 떤 모양인데, 신분을 밝히지 않으면 완전히 믿을 수 없어."
히로아키가 수다스럽게 말하고 리오에게 화살을 돌렸다. 한편, 리제롯테는 신분 차이를 무시하고 끼어들어 이

말 저말 하고 싶은 충동에 시달렸다.

'……그러면 의심한다고 말하는 거나 똑같잖아. 상대는 은인이라고? 묻는 데에도 묻는 방법이라는 게 있는데 순서가 엉망진창이야.'

그러나 지금은 지켜볼 수밖에 없었다. 조금 전 전투의 감사와 앞으로의 이야기는 히로아키가 없는 자리에서 하는 것이 최선이리라. 리제롯테는 애써 웃었다.

"물론 저도 여러분이 믿어주시길 바라지만, 객관적으로 신분을 증명할 수 있는 것이 없어서……."

리오가 난처한 얼굴로 말했다.

"뭐, 문명이 문명이니 말이지. 가문의 문장을 새긴 물건이라도 있으면 모를까……."

히로아키가 눈으로 물었다. 너는 귀족이냐고.

"처음에 말씀드린 대로 저는 귀족이 아닙니다. 오히려 특정한 나라에 자리 잡지 않는 유랑민 출신 떠돌이입니다."

리오는 거짓말이 아닌 범위에서 사실을 늘어놨다.

"흐음, 그래서 각지를 여행한다고?"

히로아키가 리오를 수상쩍게 보며 물었다.

리오는 "네"라고 짧게 대답했다.

"그런 것치고는 언행에서 제법 교양이 느껴지지 않아?"

히로아키가 로아나를 보며 물었다. 리오의 행동거지는 평민이 흉내 낼 수 있는 게 아니라고. 아까도 로아나에게 물었으리라.

“……영광입니다. 그저 처세술에 지나지 않습니다. 유랑민이라 어디를 가도 풍파를 일으키지 않고 살아야 하는지라.”

리오가 공손하게 인사하고 말했다.

“하하하, 말도 잘하네. 나는 유랑민이 이 세계에서 어떻게 취급받는지 모르는데…… 실제로는 어때?”

히로아키가 즐겁게 웃고 주위 사람들에게 물었다.

“……멸시와 박해의 대상은 아니지만, 토착민보다는 못한 취급을 받을지도 모르겠습니다. 그래서 토지에 집착하지 않고 터를 잡지 않는 사람이 많지요.”

가장 연장자에 세상 물정에 밝은 유그노 공작이 대답했다.

“아~ 그렇군, 그런 느낌이구나. 음, 대충 알겠어. 내가 있던 세계에도 그런 문제가 있었어. 머리 아픈 문제지. 그중에 인재가 잠들어 있겠지만, 자국민보다 우대할 수도 없으니까. 눈에 띄면 그만큼 못난 녀석들의 질투도 살 거고.”

히로아키가 설명을 듣고 상상이 가는지 이해하고 말했다.

“역시 유식하셔요, 히로아키 님.”

로아나가 숨 쉬듯이 히로아키를 칭찬했다.

“별거 아니야. 그러면 네가 각지를 여행하며 산다는 이야기에도 진실성이 생기네, 일단은.”

히로아키가 만족스럽게 웃고 리오를 보며 말했다.

“……감사합니다.”

리오가 접대용 미소를 짓고 예의 바르게 고개를 숙였다.

“뭐, 나쁜 녀석은 아닌 것 같고. 합격점? 최소한으로는 믿을 수 있다고 용사인 내가 직접 보증해줄게."

히로아키가 기분 좋게 웃으며 말했다.

"영광입니다."

리오는 한 번 더 예의 바르게 고개를 숙였다.

◇ ◇ ◇

한편, 리오 일행이 탄 마차 밖에서.

"저기, 저기, 아리아. 하루토 님이랑 이야기했지? 어떤 분이셔?"

경박한 시녀 코제트가 아리아에게 말을 걸었다. 그러자 근처에서 걷던 나탈리와 클로에가 자연스럽게 코제트 일행과 거리를 좁히고 귀를 세웠다.

"……아가씨보다 한 살 위인 모양인데 나이치고 차분한 분위기를 가진 분이십니다. 몇 년 전부터 각지를 여행하고 계신다는군요."

부하들의 강한 호기심을 느낀 아리아가 한숨을 내쉬고 대답했다. 참고로 코제트와 나탈리는 시녀 중에서도 선임이었다. 시녀장인 아리아가 상사이긴 했지만, 오랜 인연이라 실질적인 관계는 동료에 가까웠다.

"다른 거는? 좋아하는 여자 타입 같은 거 말이야."

코제트가 흥미진진한 표정으로 물었다.

"그 짧은 시간에 그런 것까지 캐물었을 리가 없잖아요."

아무리 아리아라 해도 기막힌 표정으로 대답하지 않을 수 없었다.

"그건 가까이에서 관찰해보면 자연스럽게 알게 되잖아? 얌전한 아이를 좋아할 것 같다거나, 밝고 말 많은 아이를 좋아할 것 같다거나."

코제트가 장난스럽게 윙크하고 말했다.

"공교롭게도 저는 그런 스킬이 없습니다."

그러나 아리아는 쌀쌀맞게 고개를 저었다.

"어머, 아니야. 예를 들어 용사님은 다소곳하고 말 잘하는 아이를 좋아할 것 같지 않아? 물론 예쁘게 생겼다는 전제하에."

코제트가 아니라며 구체적인 예를 들며 물었다.

"그, 그만, 그만! 불경해, 누가 들으면 어떡해?"

귀를 세우던 나탈리가 황급히 끼어들었다.

"어머, 들었어? 엿듣다니 취미 한 번 고약하다니까."

코제트가 뻔뻔하게 대답했다.

"윽, 가까이에서 걷는데 당연히 들리지."

나탈리가 쩔쩔매며 반박했다.

"뭐, 듣는 줄 알았지만. 괜찮아, 기사분들에게는 안 들리게 목소리를 죽였으니까. 표현도 절제했고."

코제트가 어깨를 으쓱하고 말했다.

"확실히 네가 한 말치고 신랄한 혹평은 아니었지……."

"그렇지? 평소 같으면–."

—자신감 과잉에 주제넘게 나대는 남자 같지. 본가의 권력과 돈을 자기 재능이라 착각하는 귀족의 얼간이 아들처럼.

'이 정도는 말했겠지.'

코제트는 그렇게 생각했지만, 실제로는 말하지 않았다.

"그보다 너도 내 말에 적잖이 공감하니까 이렇게 반응한 거 아니야?"

코제트가 씨익 웃으며 나탈리에게 화살을 돌렸다.

"아, 아니야. 대단한 분이잖아. 아까도 미노타우로스의 검을 가볍게 드셨고."

나탈리가 상기된 목소리로 대답했다.

"확실히 대단했지만…… 들 필요가 있었나? 그거."

코제트가 회의적으로 고개를 갸웃거렸다.

"……."

코제트의 의문에 대답할 수 있는 시녀는 없었다.

장소를 바꿔 리오 일행이 탄 마차 안. 이동한 지 약 한 시간이 지나자 밖에서 누가 마차 창문을 두드렸다.

"리제롯테 님, 잠깐 괜찮으십니까?"

아리아가 밖에서 안에 있는 리제롯테를 불렀다.

"왜?"

리제롯테가 마차 창문을 열고 아리아에게 대답했다.

"아망드가 보입니다. 곧 도착합니다."

아리아가 짧게 필요한 정보를 말했다.

'뭐? 버, 벌써 다 왔어?!'

리제롯테의 표정이 얼어붙었다.

"……왜 그러십니까?"

아리아가 이상하게 여기며 물었다.

"아, 아무것도 아니야. 이야기에 열중해서 시간 가는 줄 몰랐어."

리제롯테가 애써 웃으며 밝게 대답했다.

'결국, 용사 때문에 하루토 님과 거의 대화하지 못했어…….'

이동 중의 대화는 히로아키의 독무대였다. 무슨 이야기를 하든 히로아키가 화제를 잠식하고 자기 이야기로 끌고 가버렸다.

"보고 고마워."

리제롯테는 아리아에게 인사하고 조용히 창문을 닫았다.

"이제 아망드에 도착해?"

히로아키가 대화를 끊고 리제롯테에게 물었다.

"네. 언제든 내릴 수 있도록 준비해주세요."

리제롯테가 생긋 웃으며 말했다.

"하하하. 그렇게 말해도 짐이 없는데."

히로아키가 즐겁게 웃었다.

리제롯테는 "아하하" 하고 억지로 웃었다.

"하루토 님, 앞으로 예정이 있으세요? 괜찮으시다면 꼭 저희 집에 들러주셨으면 좋겠습니다만…….”

그리고 이때라는 듯이 리오에게 말을 돌렸다.

“죄송합니다. 귀족분의 권유를 거절하면 무례하다는 건 알지만, 공교롭게도 아망드에 급한 약속이 있어서…….”

리오가 죄송스럽다는 듯 얼굴에 그늘을 드리우고 말했다.

“아, 아뇨, 저야말로 갑자기 부탁드려서……. 그럼 다른 날에라도 저희 집에 들러주시겠어요?”

리제롯테가 쩔쩔매며 표정을 어둡게 하고 리오에게 다시 권유했다.

“네. 허락해주신다면 기꺼이.”

리오가 흔쾌히 승낙했다.

“그러십니까. 감사합니다!”

리제롯테가 가슴을 쓸어내리고 기뻐하며 감사를 표했다.

“아뇨, 저야말로 초대해주셔서 감사합니다.”

리오는 예의 바르게 마주 감사를 표했다.

“하루토 님, 한동안 아망드에 머무시나요?”

“네, 그럴 생각입니다.”

“숙소는 잡으셨고요?”

“아뇨, 아망드에 도착해 일행과 합류하고 잡을 예정입니다만…….”

“그러면 리카 상회가 경영하는 여관으로 초대하겠습니다.”

리제롯테가 숙소를 제공하겠다고 했다. 일행도 포함해 저택에서 머물라고 제안할 수도 있지만, 권유를 거절했으니 분위기를 파악하는 게 매너다. 필요 이상으로 밀어붙이면 오히려 무례했다.

"그건, 감사한 말씀입니다만……."

리오는 망설이며 대답을 얼버무렸다. 초대라면 리제롯테가 숙박비를 부담하리라. 게다가 상당히 고급 여관을 소개할 가능성이 컸다.

"작은 보답이니 받아주시겠어요? 그러는 편이 저도 사용인을 보내기 쉽다는 이유도 있습니다만."

리제롯테가 설명하고 쓴웃음 지었다. 리오는 이 권유도 거절할 수 있었지만, 잠시 생각에 잠겼다.

"……알겠습니다. 그럼 말씀하신 대로. 인원은 저를 포함해 최대 세 명, 그중 두 명은 여성이니 그 점을 배려해주시면 감사하겠습니다. 여자 둘은 같은 방이어도 괜찮습니다."

고개를 숙여 정중히 받아들였다. 아망드에 머문다고 말했으니 아망드 밖에 바위 집을 설치하고 틀어박힐 수도 없었다. 숙소 잡는 수고를 덜었다고 생각하면 횡재였다. 무엇보다 리제롯테에게 자신이 있을 곳을 쥐여주는 것은 장점이기도 했다.

"알겠습니다. 그렇게 수배하겠습니다."

"고맙습니다. 내일 이후라면 언제든지 불러주세요."

"감사합니다."

리제롯테는 조용히 고개를 숙였다.

"그런데 일행이 여자 둘이라니 너도 꽤 노나 보다? 제법

인데."

히로아키가 씨익 웃으며 리오에게 말했다. 그 뒤로는 다시 히로아키가 대화 주도권을 잡아 그의 독무대가 이어졌다.

정령환상기

【 막간 】 ❁ 교복을 만들자!

한편, 장소를 바꿔 정령의 주민이 사는 마을.

시각은 낮.

라티파와 센도 아키는 은늑대 수인인 절친 벨라와 함께 그들이 공동 생활하는 집으로 귀가했다. 거실에 미하루, 사라, 오피아, 아르마 연장자 4인조가 모여 있는 게 보였다.

"다녀왔습니다~!"

라티파 일행은 입을 모아 힘차게 귀가 인사를 했다.

"어서 와."

미하루 일행도 입을 모아 라티파 일행을 맞이했다.

"어라?! 오피아 언니, 뭐 입은 거야?!"

라티파가 오피아를 보고 활짝 웃었다.

"후후, 미하루가 있던 곳의 옷이야."

오피아가 전신이 보이도록 빙글 돌았다.

베이지색 블레이저에 가슴께의 붉은 리본, 니트 스웨터에 체크무늬 프릴 스커트 그리고 검은 니삭스. 그렇다. 오피아는 일본에서 미하루가 입학한 고등학교 교복을 입고 있었다.

"우와아아……."

라티파가 눈을 반짝였다.

"와아, 마을에서는 못 본 옷이에요. 엄청 귀여워요!"

벨라가 오피아를 신기하게 바라보고 생글생글 웃으며 말했다.

"응. 오피아 씨, 교복이 엄청 잘 어울려요!"

옆에 서 있던 아키도 오피아를 보고 넋을 잃었다가 활짝 웃으며 말했다.

"에헤헤, 고마워."

오피아가 수줍어하며 감사를 표했다.

"……교복, 이요?"

그때, 벨라가 일본어 발음의 단어에 고개를 갸웃거렸다.

"오피아 씨가 입은 옷이야. 우리가 있던 나라는 어느 정도 자란 아이가 다니는 학교에서 모두 같은 옷을 입어."

아키가 벨라에게 설명했다.

"좋겠다아! 있지, 나도 입어볼래! 그래도 돼? 미하루 언니."

라티파가 자랑인 꼬리를 살랑살랑 흔들며 미하루에게 부탁했다.

"응, 물론이지."

미하루가 키득 웃으며 흔쾌히 승낙했다.

"으음, 그런데 라티파에게는 조금 클 것 같습니다만."

사라가 라티파를 가만히 보고 의문을 나타냈다.

"훗, 사라 언니도 가슴 주변이 헐렁헐렁했으니까요."

아르마가 씨익 웃었다.

"키는 딱 맞아요! 아르마야말로 기장이 안 맞았지 않습니까."

사라가 부끄러워하며 반박했다.
"저는 드워프니까 당연히 안 맞죠."
아르마가 태연하게 흘려버렸다.
"어휴!"
사라가 귀엽게 입을 내밀었다. 미하루 일행이 두 사람을 보고 즐겁게 웃었다.
"아, 그럼 내 교복을 빌려줄까? 라티파."
그때, 아키가 생각났다는 듯이 제안했다.
"앗, 아키도 교복 있어?!"
라티파의 표정이 확 밝아졌다.
"응. 내 방에 있으니까 거기서 갈아입을까? 가자."
아키가 라티파를 자기 방으로 데려갔다.
"저는 여기서 기대하며 기다릴게요."
벨라는 미하루네 연장자 조와 함께 거실에 남았다. 잠시 뒤, 라티파와 아키가 돌아왔다.
"……에헤헤, 어때?"
라티파는 아키의 교복을 입고 수줍어하며 미하루 일행에게 모습을 보여줬다. 아키의 교복은 미하루의 교복과 다르게 디자인이 귀여웠다.
"우와아, 잘 어울려요, 라티파!"
벨라가 눈을 반짝이며 제일 먼저 말했다.
"에헤헤, 고마워."
라티파가 기뻐했다. 엔도 스즈네로 일본에 살았을 적에

는 초등학생이었기 때문에 중고등학교 교복을 동경했는지도 모르겠다.

"응, 잘 어울려. 하루토 씨에게도 보여줘야겠네."

미하루가 흐뭇해하며 라티파에게 말했다.

"응! 아예 같이 교복을 입고 오빠에게 보여주고 싶어. 수영복처럼 함께 똑같은 걸 만들어보자!"

라티파가 기뻐하며 고개를 끄덕이고 교복을 만들자고 제안했다.

"네에? 다 같이 이 옷을 말입니까? 하지만 수영복과 다르게 실용성이……."

사라가 놀라 눈을 번쩍 떴다. 그렇다. 수영복 만들기와는 사정이 달랐다. 귀엽기는 하지만, 정령의 주민의 일반적인 복장과 제법 차이가 나서 평상복으로 입으면 붕 뜰 것 같았다.

"나는 좋아. 재미있을 게 분명해."

그러나 오피아는 라티파에게 동의했다.

"음, 그래요. 하루토 씨에게만 보여줄 거지만, 나쁘지는 않네요."

아르마도 싫지 않은 모양이었다.

"사라 언니는 오빠한테 교복 보여주고 싶지 않아? 분명히 놀랄걸?"

라티파가 다 안다는 듯이 웃으며 사라에게 물었다.

"윽……."

사라가 리오 앞에 교복을 입고 선 자신을 상상했는지 뺨을 붉혔다. 일상적이지 않은 모습이라서 그런지 괜히 부끄러웠다.

"후후, 사라는 그럴 기분이 아닌 것 같으니 우리끼리 만들어서 하루토 씨에게 보여줄까?"

오피아가 즐겁게 웃고 다른 이들에게 제안했다.

"자, 잠깐만요! 안 만든다고는! 만들겠습니다, 저도 만들게요!"

사라가 황급히 자기도 만들겠다고 했다.

"우후후후~."

라티파와 벨라가 얼굴을 마주 보고 즐겁게 웃었다.

"뭐, 뭡니까? 너희들."

사라가 부끄러운지 상기된 목소리로 라티파와 벨라에게 물었다.

"아니, 그냥~."

라티파와 벨라는 둘이서 사이좋게 시치미를 뗐다.

"아하하."

미하루와 아키가 그 모습을 보고 미소 지었다.

"그렇게 됐으니 미하루, 또 어떻게 만드는지 가르쳐줄래?"

오피아가 이야기를 정리하고 미하루에게 물었다.

"응. 기꺼이."

미하루가 흔쾌히 승낙했다.

"에헤헤, 오빠가 보면 좋아하려나?"

라티파가 교복 입은 상상을 하고 행복하게 웃었다.

"네, 분명히 좋아할 거예요! 리오 오라버니는 라티파를 좋아하니까요!"

벨라가 힘차게 단언했다.

"응, 고마워!"

라티파가 낙천적으로 웃으며 감사를 표했다. 자기가 리오에게 사랑받는다고 완전히 믿는 표정이었다.

'라티파는 하루토 씨를 정말로 좋아하는구나.'

아키는 라티파를 보고 조금 향수를 느꼈다. 자신의 의붓오빠인 센도 타카히사가 생각났기 때문이었다.

라티파처럼 솔직하게 애정을 표현하지는 않지만, 아키는 자기도 그럭저럭 브라더 콤플렉스가 있다고 자각했다.

그래서 리오를 천진난만하게 따르는 라티파를 보면 갑자기 타카히사가 생각나는 일이 종종 있었다. 어쩌면 자기처럼 의붓오빠를 따른다는 점에 공감하는지도 모르겠다.

'하루토 씨는 라티파의 마음을 알까?'

아니, 라티파만이 아니었다. 사라도, 오피아도, 아르마의 마음도. 모두 리오를 이성으로 의식했다.

'하루토 씨는 의외로 둔감한 것 같아. 엄청 진지해 보이고, 애초에 좋아하는 사람이 있긴 한가? 있다면 이들 중에? 아니면 아이시아 씨?'

아키는 이곳에 있는 소녀들을 보며 의문을 품었다.

정령환상기

【 제 2 장 】 ❈ 아망드 도착

리오 일행은 아망드에 도착했다. 마차는 서쪽 문으로 들어가 도시 중앙으로 이어지는 중심 거리를 지나 북쪽 구역에 있는 리제롯테의 저택으로 향했다.

"여기까지 바래다주셔서 감사합니다, 리제롯테 님."

리오는 리제롯테가 초대한 숙소로 가기 위해 도시 중앙에 있는 광장에서 내리기로 했다.

"아닙니다. 내일 오전 중에 사용인을 보낼 테니 오늘은 편히 쉬세요. 아리아, 하루토 님을 잘 부탁해."

리제롯테는 마차 밖으로 나와 리오를 배웅하고 안내를 맡은 아리아에게 말했다.

"알겠습니다."

아리아가 예의 바르게 고개를 끄덕였다. 리제롯테가 다시 마차에 올라 저택으로 향하자 아리아가 리오를 안내했다.

"그럼 하루토 님, 안내하겠습니다. 이쪽으로 오시죠."

"잘 부탁드립니다."

리오는 걸음을 떼는 아리아의 뒤를 쫓았다.

"이쪽입니다."

곧 소개받은 여관에 도착했다.

안내받은 여관이 리오가 막 내린 광장에 있었기 때문이었다. 도시 중앙에 있는 이 광장은 리제롯테의 저택과도 가까운, 아망드에서 제일가는 일등지였다.

"이거 아주 멋진 여관이네요."

리오가 휘둥그레진 눈으로 안내받은 여관을 올려다봤다. 산뜻한 3층짜리 석재 건물로, 지은 지 얼마 안 됐는지 무척 깔끔하고 새것 같았다. 주변에 있는 고급 여관들보다 등급이 높아보였다.

"송구합니다. 이쪽으로 오시죠."

아리아가 조용히 머리를 숙이고 건물 입구로 걸어갔다. 여관 앞에는 여러 명의 종업원이 대기 중이었다. 아리아의 얼굴을 아는지 자연스럽게 안내했다.

"하루토 님, 여기서 기다려주십시오."

아리아는 리오를 로비의 소파에 앉히고 홀로 프런트로 갔다. 그러자 급사복과 비슷한 제복을 입은 여성 종업원이 리오에게 다가왔다.

"하루토 님, 드시지요."

여성 종업원이 리오가 앉은 소파 앞에 차를 놓았다. 아리아가 리오의 이름을 가르쳐줬으리라.

"하루토 님, 수속이 끝났습니다. 안내하겠으니 이쪽으로 오시죠."

몇십 초도 지나지 않아 아리아가 리오에게 돌아와 방으로 안내하겠다고 했다.

"잘 부탁드립니다."

리오가 일어나 가볍게 인사하고 움직였다. 그렇게 안내

받은 곳은 최상층에 있는 한 방이었다.

"이 방은 어떠십니까? 침실이 여러 개라 일행분과 다른 공간에서 머무실 수 있습니다."

아리아가 리오를 실내로 안내하며 방을 설명했다.

"물론 이렇게 멋진 방에 불만이 있을 리가 없습니다만……."

리오가 감탄하며 탁 트인 실내를 둘러봤다. 거실은 가볍게 몇십 평은 되는 데다 침실도 여러 개였다. 리오가 사는 바위 집보다는 좁지만, 이 여관의 스위트룸일 터였다.

"마음에 드신다면 원하시는 만큼 이곳에 머물러주십시오. 기한을 정하지 않고 잡아놓았습니다. 요금도 걱정하지 마시길."

아리아가 인사하고 공손하게 말했다. 아주 손이 컸다.

"……감사합니다."

리오는 송구해 하며 리제롯테의 호의를 받기로 했다.

「아이시아, 들려?」

아리아가 방을 나가자 리오는 거실 소파에 앉아 염화로 아이시아를 불렀다. 계약정령인 아이시아 한정이지만, 반경 약 1킬로미터 내에 있으면 대화할 수 있었다.

「응, 들려.」

아이시아가 바로 응답하자 리오는 미소 지었다.

「다행이다. 지금 어디 있어?」
리오는 아이시아와 세리아가 어디 있는지 확인했다. 갑작스럽게 벌어진 일이라 헤어지며 거의 대화를 못 해서 심려를 끼치지 않았을까 걱정했다.
「근처 카페에서 세리아와 차 마시는 중이야.」
「아하하, 잘됐네.」
의외로 느긋한 것 같아 리오는 안심했다.
「세리아가 걱정하니까 빨리 와.」
그렇지는 않은 모양이었다.
「……알았어. 하고 싶은 말도 있으니까 바로 갈게.」
리오는 조용히 소파에서 일어났다.

리오는 여관 프런트에 열쇠를 맡기고 아이시아, 세리아와 합류하기 위해 외출했다.
「그래, 그대로 와. 시엘이라는 가게, 2층 발코니에 있어.」
리오는 아이시아의 유도에 따라 카페에 도착했다.
"어서 오세요!"
활기차고 귀여운 카페 간판 직원이 리오를 맞이했다.
"일행이 먼저 와있는데 들어가도 될까요?"
리오가 약속이 있다고 말했다.
"네, 그럼요!"

직원이 흔쾌히 승낙하자 리오는 2층으로 가는 계단을 올라 발코니로 갔다. 발코니는 그렇게 넓지 않고 원형 테이블 하나만 놓여있었다. 그래서 리오는 그곳에 있는 두 사람이 세리아와 아이시아인 것을 바로 알아차렸다.

"왔다."

아이시아도 곧 리오가 온 것을 알아차린 모양이었다.

"하루토!"

그러자 세리아가 일어나 걱정하며 리오에게 달려왔다.

"음, 기다렸죠? **세실리아**."

리오가 어색하게 웃고 세리아를 가명으로 불렀다.

"괜찮아? 다치진 않았어?"

세리아가 리오의 몸을 더듬으면서 불안해하며 물었다. 두 사람이 서 있는 곳은 발코니 입구라 가게 안의 손님들에게 다 보였다.

"뭐야, 뭐야. 발코니석에 있는 애가 남자를 껴안는데?", "저 남자, 잘생겼어.", "발코니에 앉아있던 두 사람도 엄청 귀엽더라고."

가게에서 차를 마시던 여자 손님들이 소곤거리며 주목했다.

"아하하, 다치지 않았으니까 안심하세요. 가게 사람들이 보니까 우선 앉을까요?"

리오가 등을 돌리고 있는 가게 안쪽에서 주목이 쏠리는 것을 느끼고 쓴웃음 지으며 제안했다.

"으, 응."

세리아는 자기가 리오를 끌어안은 거나 다름없다는 것을 알아차리고 뺨을 붉히며 수긍했다. 그리고 발을 돌려 쭈뼛쭈뼛 자리에 앉았다.

"직원분이 추천하는 차로 부탁합니다."

리오는 마침 주문을 받으러 계단을 올라온 간판 직원에게 추천하는 차로 부탁하고 발코니로 가서 세리아와 아이시아 사이에 앉았다.

"걱정 끼쳤지만, 전투는 무사히 끝났어요. 세실리아의 친구도 다치지 않았으니 안심하세요."

리오가 세리아에게 말했다. 이 자리라면 가게 안에서 대화를 듣지 못할 터였다. 일단은 계속 가명으로 불렀지만, 점원의 접근만 주의하면 스스럼없이 대화할 수 있었다.

참고로 테이블 위에는 미리 주문했는지 스콘이 여러 개 담긴 접시가 있었다. 세리아는 식욕이 없는 모양이었으나 아이시아는 지금도 냠냠 맛있게 먹고 있다.

"으, 응. 전투가 끝나기 직전까지 위에서 봤어……."

세리아가 머뭇거리며 고개를 끄덕였다.

"그러면 안 다쳤다는 거 아시잖아요?"

리오가 키득 웃고 재미있어하며 물었다.

"보, 보는데 조마조마했어! 하루토가 압도적이긴 했지만, 그렇게 큰 마물과 정면으로 맞섰는걸."

세리아가 입을 삐죽 내밀었다. 리오가 압도적이긴 했지

만, 미노타우로스처럼 거대한 마물과 정면으로 싸우는 모습은 약간 자극적이었다. 그야말로 안 보이는 데서 리오가 다치지는 않았을까 걱정할 정도로.

"아하하, 어릴 때라면 모를까 지금은 그 정도 마물에게 겁먹지 않아요."

리오가 태연하게 웃고 별일 아니라며 고개를 저었다.

"그, 그 정도라니…… 미노타우로스는 신마전쟁기 이후에 확인된 마물 중, 제일 강한 게 틀림없는 존재야."

세리아가 반쯤 기막혀하며 얼굴을 굳혔다.

"하지만 세실리아도 조건이 갖춰지면 쓰러뜨릴 수 있잖아요?"

리오가 물으며 세리아를 바라봤다. 세리아도 미노타우로스를 일격에 물리칠 마법을 여러 개 익혔을 터였다. 천재 마도사의 이름은 멋으로 단 게 아니었다.

"움직임이 빨라서 발을 묶어야 하지만…… 아니, 그게 아니라! 왠지 이야기를 돌리는 기분이 드는데?!"

세리아는 자기라면 어떻게 쓰러뜨릴지 진지하게 생각하다가 곧 정신을 차렸다. 지금은 리오를 걱정하는 중이었다. 너무 위험한 일은 하지 않았으면 했다.

"아하하, 차도 왔으니 앞으로 할 일을 설명할게요."

그러나 리오는 웃으며 이야기를 진행하려고 했다.

"……응."

세리아는 입을 내밀었지만, 순순히 고개를 끄덕였다.

"실례합니다. 주문하신 홍차입니다."

간판 직원이 발코니로 와 정중하게 차 세트를 두고 빠르게 물러났다. 리오는 직원이 간 것을 확인하고 세리아와 아이시아의 얼굴을 봤다.

"우선 앞으로 며칠 동안은 아망드 시내에서 머물 거예요. 숙소는 세실리아의 친구인 아리아 씨가 아까 잡아주셔서 거기서 머물 거고요. 다 끝나고 여쭤서 죄송하지만, 괜찮으세요?"

그리고 확정된 앞으로의 예정을 말했다.

"괜찮아."

아이시아가 스콘 먹기를 멈추고 신경 쓰는 기색 없이 바로 대답했다.

"물론 나도 괜찮은데 아리아와 만나지 않게 조심해야겠어. 뭐, 도시에서 스쳐도 알아차리진 못할 것 같은데……."

세리아는 수긍했지만, 조금 걱정되는지 표정이 어두워졌다.

"지금은 세실리아의 인상이 꽤 달라서 괜찮을 거예요. 그저 신경 쓸 상대가 아리아 씨만이 아니라고 할까요……."

리오가 약간 털어놓기 어려운 듯이 말을 얼버무렸다.

"……왜 그래?"

세리아가 이상하다는 듯이 고개를 갸웃거렸다.

"음, 사실 벨트람 왕국의 왕후 귀족이 동행했더라고요."

리오가 마음을 다잡고 조심스럽게 사실을 고했다.

세실리아가 놀라서 "뭐?!" 하며 눈을 번쩍 떴다.
"놀랄 만도 하죠. 저도 전투가 끝날 때까지 몰랐어요."
전투 중, 플로라 일행은 숨어서 웅크리고 있었고 아리아의 전투가 압도적으로 눈에 띄었다. 리오는 물론, 세리아가 눈치채지 못할 만도 했다.
"누, 누가 있었어?"
세리아가 조마조마해서 물었다.
"누구냐, 라기보다는 리제롯테 씨와 시녀분들 외에는 모두 벨트람 왕국의 왕성을 배반한 유그노 공작파 사람들이었어요. 제2왕녀 플로라 전하와 유그노 공작, 그리고 폰테인 공작가의 로아나 씨도 있었어요."
리오가 주의할 인물을 나열했다.
"……거물뿐이잖아."
게다가 전부 세리아와 면식이 있는 사람들이었다.
"잠깐, 로아나 씨는 너와 같은 반 친구였고 플로라 님도 너를 잘 아실 텐데. 들키지 않았어?"
세리아가 그것을 깨닫고 당황해 물었다.
"네. 플로라 님은 감이 좋은지 조금 위화감을 느끼신 것 같지만, 로아나 씨는 눈치채지 못했어요."
리오가 느긋하게 대답했다.
"……저기, 그냥 아망드를 떠나는 게 낫지 않을까?"
세리아가 조금 초조한 표정을 지으며 제안했다.
"아뇨, 아망드에 있을 거예요."

그러나 리오는 확고한 뜻을 가지고 딱 잘라 거부했다.
"들킬지도 모르는데?"
"플로라 님이 좀 위험하지만, 몇 년 넘게 안 만난 상대예요. 게다가 지금은 제 머리카락 색도 다르고요. 허용 범위 내예요."
슈트랄 지방에는 염색 외에 머리카락 색을 바꾸는 수단이 없다. 설령 바꿀 수 있어도 염색 모발의 자연스러움은 리오가 쓰는 마도구에 훨씬 못 미쳤다.
"……무슨 이유라도 있어?"
"네. 리제롯테 씨와 우호적인 관계를 쌓고 싶어요. 가르아크 왕국의 대귀족인 크레티아 공작가의 영애이자 리카 상회의 회장인 사람과요."
세리아가 묻자 리오가 막힘 없이 대답했다.
"리제롯테 씨와?"
세리아가 의외라는 듯이 눈을 크게 떴다.
"네. 가르아크 왕국의 용사가 제가 찾는 인물일 경우에 정공법으로 만나기 위한 포석이라고 할까요? 이 나라의 유력인물과 인맥을 만들어서 손해 볼 일은 없다고 생각했어요. 그래서 그 사람에게 빚을 만들어두려고요. 물론 세실리아의 친구를 돕는 것도 목적 중 하나였지만, 아까 전투에 개입한 주된 이유는 이거예요."
리오가 정직하게 자신의 주된 목적을 밝혔다. 그리고 리제롯테와 좋은 관계를 쌓으면, 혹여 세리아가 다시 귀족으로 무대 위에 설 때 도움이 될 가능성도 충분하다고 생각했다.

"……응. 그래, 알았어."

세리아는 많이 망설인 뒤, 단념한 듯이 이해했다.

"감사합니다. 좀 더 반대하실 줄 알았어요."

리오가 조금 의외라는 듯이 말했다.

"……위험한 일을 하려는 건 아니지?"

세리아가 리오의 안색을 살폈다.

"물론이죠."

리오가 즉시 대답하고 고개를 끄덕였다.

"그럼 하루토를 믿을게. 나는 너를 믿으니까."

세리아는 부드럽게 미소 지었다.

"세실리아……."

리오는 왠지 모르게 쑥스러운 동시에 공연히 기쁨이 솟구쳤다.

"단, 방심은 금물이야. 또래 여자라도 리제롯테 씨는 능력 있기로 유명한 거물 귀족이니까."

세리아가 주의를 줬다. 이런 점은 역시 리오의 선생님다웠다.

"네."

리오가 기쁘게 고개를 끄덕였다.

"왜 기뻐해? 됐어. 나라도 괜찮다면 얼마든지 이야기를 들어줄 테니까 무엇이든 말해."

세리아가 부끄러워하며 제안했다.

"감사해요. 실은 내일 리제롯테 씨와 다시 만날 예정인데 괜찮다면 귀족 저택을 방문할 때의 매너를 가르쳐주실래요?"

리오가 부드럽게 웃고 곧장 세리아에게 상담했다.

"응, 나만 믿어!"

세리아는 기쁘게 고개를 끄덕였다.

◇ ◇ ◇

리오 일행은 한동안 카페에서 이야기를 나누고 여관으로 돌아가기로 했다. 아이시아는 전에 크레이아에서 먹은 뒤로 스콘이 마음에 들었는지 평소보다 만족스러워 보였다.

"그런데 리제롯테 씨는 어떤 사람이야?"

여관으로 가던 중에 세리아가 리오에게 물었다.

"말과 행동이 부드럽고 이지적인 사람이었어요. 역시 세실리아의 친구가 모실 만 하다 했죠."

리오는 하늘을 보며 생각하고 나서 리제롯테의 첫인상을 말했다.

"그래."

세리아가 왠지 쑥스러운 듯이 미소 지었다. 친구가 칭찬받으니 기쁜 모양이었다.

"그러고 보니 세실리아의 친구라면 아리아 씨도 벨트람

왕국 출신인 거죠?"

이번에는 리오가 물었다.

"응. 왕립학원 동기인데 그, 집이 몰락해서. 그대로 학원을 중퇴했지만, 무척 우수한 애라서 바로 왕성에서 일자리를 얻었어. 주위의 비난이 심해서 오래 일하지는 못하고 그만뒀지만."

세리아가 간단하게 아리아의 경력을 말했다.

"확실히 검술 실력이 대단했어요."

리오가 아까 전투에서 본 아리아의 전투를 떠올리고 감탄하며 말했다.

"응, 학원 시절의 검술 성적은 남자를 누르고 그 아이가 탑이었어."

세리아가 자랑스럽게 말했다.

"그랬군요. 여성 기사이고 젊은데 실력까지 있으면 주변에서 색안경을 끼고 봤겠어요."

리오는 당시 아리아의 처지를 상상하고 쓴웃음 지었다. 고아 출신인 리오도 주변의 비난이 심했지만, 몰락한 귀족 출신은 그 나름대로 이러저러한 일이 있을 듯했다.

"응?"

세리아가 이상하다는 표정을 지었다.

"……어, 제 말이 이상했나요? 기사, 이셨죠?"

리오도 이상하다는 듯이 고개를 갸웃거렸다.

"아, 아니야, 아니야. 그런데, 그렇구나. 확실히 기사로 일했다고 생각하는 게 자연스럽지. 그런데 걔는 성에서 시녀로 일했어."

세리아가 키득 웃고 리오의 오해를 바로잡았다. 참고로 이때의 시녀는 손님을 응대하고 시중을 드는 사람이다. 일정 이상의 출신이 아니면 맡을 수 없는 자리다.

"그랬군요. 제가 지레짐작했어요. 죄송해요."

리오가 씁쓸하게 웃으며 사과했다.

"잠깐만, 어라? 그러고 보니 너도 아리아랑 만난 적 있어."

세리아가 갑자기 그런 말을 꺼냈다.

"그래요?"

리오가 허를 찔렸는지 머릿속에 물음표를 그렸다.

"응. 네가 일곱 살 때, 처음으로 왕성에 소환됐을 때 일이야. 국왕 폐하를 알현하기 전에 네 시중을 맡은 애가 있었지?"

세리아가 당시를 돌아보고 리오에게 어디서 만났는지 가르쳐줬다.

"……아, 그때. 전혀 눈치채지 못했어요."

리오도 생각이 난 모양이었다. 기구한 운명에 몹시 놀랐다.

"후후, 기억 못 하는 게 당연하지. 벌써 9년도 전 일이잖아."

세리아가 즐겁게 웃었다.

"그러게요."

리오도 훗 웃으며 동의했다.

"그 애는 그 뒤로 얼마 지나지 않아서 왕성 일을 그만뒀어. 그리고 모험가가 되어 리제롯테 씨에게 스카우트된 모양이야. 그 뒤로 몇 번 만났는데 잘 지내는 것 같더라."

세리아가 먼 곳을 보며 미소 지었다.

◇◇◇

장소를 바꿔 리제롯테가 사는 아망드 대관 저택.

리제롯테는 히로아키, 플로라, 로아나 세 사람에게 객실을 나눠주고 자신은 유그노 공작과 둘이서 회담을 가졌다.

"거 참, 아룡으로 보이는 생물이 등장하지를 않나, 참으로 엄청난 일이 벌어졌군."

유그노 공작이 소파에 앉아 지친 표정으로 입을 열었다.

"죄송합니다. 폐를 끼쳤습니다. 그쪽에 부상자까지 나오고."

리제롯테가 죄송해하며 얼굴에 그늘을 드리웠다.

"아니, 억지로 동행을 바란 것은 이쪽일세. 예상 못 한 적의 습격을 받았다고 책임 물을 처지가 아니야. 중상자가 있지만, 다행히 사망자는 나오지 않았고. 우리가 호위 역할을 다했으면 다행이지."

"……감사합니다. 기사분들이 단단히 지켜주셔서 다행이었습니다. 제 부하만으로는 사망자를 내지 않고 버티지 못했을 거예요."

유그노 공작이 너그럽게 고개를 가로젓자 리제롯테가 조용히 말했다.

"아닐세, 리제롯테 양의 시녀들의 공적이 대단했다고 들었네. 특히 아리아 양이랬나? 그의 힘은 『왕의 검』에 이른다고 친위대장 레이먼이 강력히 호소했다네."

"어머, 그러셨군요. 나중에 본인에게 전해 위로하겠습니다."

리제롯테가 기뻐하며 입가에 미소를 그렸다.

"……우리나라가 아까운 인재를 놓친 것 같군. 그의 가치를 발견한 자네의 눈이 놀랍네."

유그노 공작이 훗 웃고 안타까워하며 어깨를 으쓱했다.

"하지만 아리아만으로는 궁지에서 빠져나올 수 없었습니다. 미노타우로스와 정체불명의 인간형 마물이 나타나자 전황이 단번에 악화되었으니까요."

리제롯테가 당시를 떠올리고 괴롭게 얼굴에 그림자를 드리웠다.

"흠, 나타난 미노타우로스는 네 마리. 그중 아리아 양이 쓰러뜨린 것이 한 마리인가. 거의 동시에 나타난 인간형 마물들도 상당히 강력했다고 들었네. 그것들에 둘러싸이고도 홀몸으로 돌파한 전적은 훌륭하다고밖에 말할 수 없네. 하지만 나중에 나타난 그의 임팩트가 너무 강했지. 그는 참으로 압도적이었어. 그곳에 나타나지 않았으면 전멸했을지도 모르네."

유그노 공작이 냉정하게 습격 당시 상황을 분석했다.

"……그런데 용사님이라면 그 상황을 뒤집을만한 힘이 있지 않으신지?"

리제롯테가 히로아키 이야기를 꺼내 유그노 공작의 속을 떠봤다.

"하하하, 그럴지도 모르겠군. 그런데 애석하게도 용사님은 실전 경험이 부족하네. 그것은 자네도 잘 알지 않은가?"

유그노 공작이 뻔뻔하게 웃고 반대로 물었다.

"……의심하는 것은 아닙니다만, 솔직히 저는 용사님의 힘을 재고 있습니다. 전투 훈련을 하는 것 같지는 않은데 미노타우로스의 대검을 들 수 있었죠. 그것은 신장의 힘을 끌어냈기에 가능했던 거로 생각해도 괜찮을까요?"

리제롯테는 어느 정도 솔직하게 히로아키에 대한 소감을 말하며 물었다.

"신장을 강력한 마검의 한 종류로 생각하면 될 걸세. 부적합할 시, 힘을 끌어내지 못하는 것은 마검과 같으나 신장은 적합자가 용사로 한정되지. 그밖에도 자유롭게 실체화하거나 어떤 훈련도 하지 않고 신장의 힘을 끌어내는 등, 여러모로 규격에서 벗어나 있지만 말일세. 수수께끼가 많지만, 용사님과 신장이 특별한 것은 분명하네."

유그노 공작이 깊이 고개를 끄덕였다.

"그러면 역시 용사님에게 부족한 것은 실전 경험인가요?"

리제롯테가 진지하게 물었다.

"그렇게 되는군. 뭐, 전투 훈련은 원래 받지 않은 것 같고, 나도 중요한 용사님을 위험에 노출시키고 싶지 않아. 갑자기 실전을 경험하는 것은 시기상조라고 생각해서 장난삼아 기사들과 모의전을 하는 정도에 그쳤네. 요즘은 연전연승으로 자신감이 충분히 붙으신 듯하고, 슬슬 급이 낮은 마물과 싸우게 해서 실전 분위기를 느끼게 하는 것도 나쁘지 않을 것 같네만……."

역시 실전은 다르다. 히로아키는 용사의 강대한 힘을 가졌음에도 생명에 위협을 느꼈는지 긴장해서 전혀 써먹을 수가 없었다.

"상당히 무거운 첫 실전이 되었군요."

리제롯테가 쓴웃음을 흘렸다.

"정말일세. 허나 생각대로 되지 않는 것이 실전. 귀중한 경험을 했다고 긍정적으로 생각하세나."

유그노 공작도 쓴웃음 섞어 말했다.

'역시 유그노 공작은 용사에게 신위를 상징하는 역할만 바라는 것 같아. 전쟁에서 활용하는 건 둘째 문제. 예상대로야.'

리제롯테는 지금까지 나눈 대화로 유그노 공작의 사상을 냉정하게 추측했다. 이렇게 말하는 리제롯테도 유그노 공작의 정치적인 균형 감각에는 찬성했다.

대규모 전쟁이 임박했으면 모를까, 현재 상황에서 용사가 무턱대고 전승에 기록된 힘을 휘두를 필요는 없었다. 최악의 경우, 인근 제국을 향한 시위행위가 될 테니까.

그리고 만약 용사가 힘에 빠져 나라를 배반하면 이번에는 그 힘을 자기들에게 쓸 수도 있었다. 지금은 용사의 인격을 확인하고 신뢰 관계를 형성해 인연을 공고히 할 때였다.

"주제에서 벗어나지만, 그에 대해 잠깐 이야기하지 않겠나?"

유그노 공작이 톤을 바꿔 엄숙하게 말했다.

"……하루토 님, 말씀이시군요."

리제롯테도 표정을 바꿨다.

"미노타우로스 네 마리 중 세 마리는 그가 토벌했네. 정체불명의 강력한 인간형 마물도 몇 마리 무찔렀지. 마검을 완벽하게 다루지 않으면 불가능한 일이야. 그만한 실력을 갖춘 마검사의 정체를, 솔직히 리제롯테 양은 어떻게 생각하나?"

"……검술 실력은 물론, 말과 행동 곳곳에서 기품과 교양이 느껴졌습니다. 유랑민 출신이라 그렇게 말하고 행동해야 한다는 이유는 이해가 됩니다만……."

"그러면 의심스러운 점이 많아. 간첩일 가능성이 없지는 않네. 하지만 그보다는 몰락한 귀족 출신이거나 사정이 있어서 귀족인 것을 숨기는 게 아닐까 하는 생각이 들지 않나?"

"……네, 아리아 일도 있으니까요. 만약 몰락한 귀족이라면 자기 출신을 말하지 않으려는 것도 이해가 됩니다. 다른 가능성에 대해서는 뭐라 말씀드리기 어렵군요."

리제롯테가 수긍하고 도도히 말했다.

"그렇지. 앞으로 인연을 만들고 그를 조금 더 자세히 알고 싶은데……."

"의심하는 낌새를 보이는 것은 악수입니다. 은인에게 결례를 범해도 안 되고, 그만한 인물이니 신중하게 대응해서 신뢰 관계를 쌓고 싶습니다."

리제롯테가 하루토라는 인물에게 강한 흥미를 느낀 유그노 공작에게 지혜로운 의견을 냈다. 권력을 등에 업고 위압적으로 대해서 반감을 사는 것은 어리석다고.

"동감하네. 같은 생각을 한 모양이군."

유그노 공작이 입가에 미소를 그렸다.

"무엇이 말입니까?"

통찰력이 좋은 리제롯테가 일부러 시치미를 뗐다.

"하하하, 가차 없군. 앞으로 그와 신뢰 관계를 쌓는 것 말일세. 둘 다 같은 인물에게 주목하고 있으니 같이 행동하는 것보다 나은 게 없지. 그렇지 않나?"

유그노 공작이 유쾌하게 웃고 리제롯테를 떠봤다.

"내일 만나는 자리에 동석하길 희망하십니까?"

리제롯테가 작게 한숨을 내쉬고 물었다.

"이해가 빨라서 좋군. 앞날을 위해서라도 그와 내일 만나고 싶네."

유그노 공작이 강하게 고개를 끄덕였다.

"알겠습니다. 자리를 마련하겠습니다."

리제롯테는 쉽게 허락했다.

'용사가 나도 동석한다고 말할 수도 있으니까. 그러면 아예 지금 허락해서 조금이라도 빚을 만들어 두는 게 이득인가.'

머릿속으로는 그런 생각을 하면서.

"답례라고 하긴 뭣하네만, 우리 기사들을 써주게. 마물이 대량 발생한 원인을 찾을 생각이지? 숲을 탐색하려면 사람은 많을수록 좋겠지."

유그노 공작이 사례 대신 제안했다.

"어머, 감사합니다. 실력이 부족한 사람은 보내지 않을 생각이었거든요."

리제롯테가 방긋 웃으며 고마워했다.

"아룡 같은 것도 나타나고 이상한 일이 연달아 일어났으니 말이네. 인위적으로 일으킬 수 있는 일이 아닌 만큼 머리가 아프겠어."

"……그러네요. 사실 조금 전에 일시적으로 행방불명된 모험가가 늘었다는 보고도 들어왔습니다. 어쩌면 대량 발생한 그 마물과 관련이 있을지도 모르겠습니다."

리제롯테가 불쾌해하며 얼굴을 어둡게 했다.

"자네 마음이 어떨지 이해하네."

유그노 공작이 작게 숨을 내쉬었다.

"유그노 공작님이야말로, 이런 시기에 모시게 되어 무슨 말씀을 드려야 할지……."

"하하하, 약속도 잡지 않고 밀어닥치지 않았나. 나야말로 이런 시기에 밀어닥쳐서 미안하네."

"그건 괜찮습니다만…… 볼일이 있어서 오신 거죠?"

"아, 그러고 보니 원래 목적을 까맣게 잊고 있었군."

유그노 공작이 쓴웃음 짓고 어깨를 으쓱했다.

"그 말씀은?"

리제롯테가 고개를 갸웃거리고 본래 용무를 물었다.

"샤를 아르보의 결혼식 때문이야. 한 소식통으로부터 신부 세리아 양이 납치됐다는 정보가 들어왔네. 식에 출석한 자네의 이야기를 듣고 싶었어."

"……그러셨군요. 역시 소문이 빠르세요."

리제롯테가 감탄하며 말했다.

'유그노 공작의 지시로 벌어진 일이라 예상했는데, 아닌가?'

겉으로 드러난 태도와 달리 냉정하게 상황을 분석했다.

"괜찮으면 이것저것 가르쳐줬으면 좋겠군. 솔직히 어느 세력의 짓인지 짐작이 안 간다네."

"네, 물론이죠."

그렇게 두 사람은 세리아가 납치된 사건 이야기를 하게 됐다.

【 막간 】 ❖ 그 무렵, 프로키시아 제국에서

프로키시아 제국은 슈트랄 지방 북쪽에 있는 군사 대국이다. 옆으로 긴 국토를 자랑하는 남쪽 벨트람 왕국과 세로로 긴 국토를 자랑하는 남동쪽 가르아크 왕국, 두 대국과 부분적으로 국경을 접한 드넓은 국토를 보유했다.

그러나 군사 대국의 이름에 걸맞은 국토를 자랑하는 반면, 프로키시아 제국은 세워진 지 고작 40년 정도밖에 되지 않은 무척 젊은 나라이기도 했다.

초대 황제 니들은 가난한 소국에서 태어난 고아였다. 자라서 용병 일을 시작한 그는 유례없는 무력으로 두각을 나타냈다. 자신이 소속된 소국의 왕권을 빼앗고 프로키시아 제국을 건국했다.

슈트랄 지방 북쪽은 일찍이 군웅할거의 땅으로 알려졌다. 니들이 이끄는 프로키시아 제국군은 그 땅의 수많은 소국을 차례로 함락해 눈 깜짝할 사이에 국토를 확장했다. 비룡과 주룡 같은 하위 아룡으로 구성된 최강의 아룡기사단이 전력의 중심을 맡았다. 아룡의 기동력을 살린 전격전이 특기로, 지금까지 함락한 소국의 수가 스물이 넘었다.

그러나 그런 프로키시아 제국을 지탱하는 최강의 전사는 아룡기사단에 있지 않았다. 예나 지금이나 제국 최강의 존재로 알려진 것은 초대 황제 니들 프로키시아다.

60대에 돌입한 니들의 육체는 지금도 노쇠하지 않고 바위 같은 거구로 무시무시하게 싸워 자국과 타국에서 두려움을 샀다. 드넓은 슈트랄 지방에 무공 실력이 널리 알려진 니들은 슈트랄 지방 최강자라고 이름을 댈 수 있는 남자임이 분명했다.

장소를 바꿔, 프로키시아 제국의 황성 니드가르트.

니들은 제국 성 본관 고층에 만든 넓은 발코니에서 따분하게 황성 거리를 내려다보고 있었다. 원래는 궁정 귀족도 출입이 금지된 구역이었다.

"여, 니들. 상태는 어때?"

한 남자가 니들의 뒤에서 스스럼없이 말을 걸었다.

"따분하군."

니들이 마음 없는 대답을 했다. 뒤도 돌아보지 않고, 말을 건 남자에게도 전혀 관심이 없어 보였다.

남자는 전사처럼 보였다. 질 좋은 전투복을 입고 허리에 검을 찼으나 정규 기사의 모습은 아니었다.

"핫, 여전히 짜증 나는 놈이군. 전쟁을 하고 싶어서 근질근질해? 마침 지금 재미있는 무대를 연출하려고 준비 중이야."

남자가 비웃으며 말했다.

"흥, 너와는 취향이 다르다. 흥이 안 나는군."

니들이 콧방귀를 뀌며 받아쳤다.

"어이구. 여전히 딱딱하시네. 그건 그렇고 벨트람 왕국은 어떡하려고? 나는 그쪽에 관여하지 않았지만 말이야."
남자가 어깨를 으쓱하고 니들에게 물었다.
"그 나라가 어떻게 되든 상관없어."
니들이 쌀쌀맞게 쏘아붙였다.
"상관없지는 않지. 지금 아르보 공작파가 무너지면 재미없어."
"그 점은 걱정하지 마라. 우호의 증거로 위로를 겸해 정식으로 친선대사를 보냈다. 내분으로 어떻게 되지는 않을 거다."
"핫, 언젠가 망할 나라를 상대로 잘도 하네."
말과 다르게 남자는 유쾌하게 웃었다.
"그것만큼은 동의하지."
니들도 훗 웃음을 흘렸다.
"그럼 나는 슬슬 파라디아 왕국으로 돌아가지."
남자가 더 할 말은 없는지 발을 돌리려 했다.
"잠시만요."
그때, 다른 남자의 목소리가 테라스에 울렸다.
"응? 레이스잖아?"
남자가 뒤를 돌아보며 반응했다. 그곳에는 레이스가 있었다.
"찾았습니다, **루시우스 님**."
레이스가 감정이 담기지 않은 미소를 지었다.
"핫, 여전히 저 좋을 때만 나타나는 놈이라니까."

남자— 루시우스가 코웃음 치듯이 말했다.
"그런 말씀 마시죠. **우리는 긴밀한 사이 아닙니까.**"
레이스가 공허한 미소를 지으며 받아쳤다.
"그만둬, 기분 나빠. 볼 일 있으면 빨리 말해."
루시우스가 노골적으로 귀찮아하며 말했다. 니들은 두 사람의 대화에 별 관심이 없는지 공허한 표정으로 조용히 지켜봤다.
"당신의 힘을 빌리고 싶군요."
레이스가 용무를 밝혔다.
"말해 봐."
루시우스가 씨익 웃으며 재촉했다.
"이미 알고 계시겠지만, 샤를 아르보의 결혼식 일로 벨트람 왕국 본국이 기울고 있어요. 균형을 맞추기 위해 리카 상회 본거지를 습격할 생각인데 전력이 부족합니다."
레이스가 통탄하게 말했다.
"네 컬렉션으로 어떻게 안 돼?"
"네, 리카 상회의 심복이 생각보다 강했고 또 한 사람, 아니, 특이한 사람이 한 명 더 있어요. 미노타우로스와 레버넌트 정도는 모아봤자 소용이 없을 것 같습니다."
"호오?"
루시우스가 흥미로운지 눈을 크게 떴다.
"그 특이한 사람이 정말 성가셔요. 당신의 도움을 바랄 정도로 말이죠. 아, 니들 씨는 안 도와주셔도 됩니다. 당신은 눈에 띄니까요."

레이스가 말을 마치고 마지막으로 다짐을 받듯이 니들을 봤다.

"흥, 알았다."

니들이 따분하다는 듯이 콧방귀를 뀌었다.

"그래서 나보고 그 특이한 녀석을 막으라고?"

"아뇨, 마물이 주의를 끌 테니 당신은 유괴를 맡으세요."

루시우스가 너스레를 떨며 묻자 레이스가 딱 자르며 고개를 저었다.

"쳇, 시시한 역할이군."

루시우스가 대놓고 낙담했다.

"당연하죠. 유괴에 성공하면 습격 목적이 달성됩니다. 강적에게 우리 쪽의 강자를 일부러 맞붙이는 건 나빠도 몹시 나쁜 방책이에요."

레이스가 피곤을 느끼며 탄식했다. 그런 것은 본인도 알 테지만, 루시우스가 합리성보다 자신의 즐거움을 우선할 때가 있다는 것을 알기 때문이었다.

"알거든. 뭐, 그런대로 재미있게 해보자고. 그래서 나는 누구를 납치하면 돼? 아망드라면 요즘 각지에서 소문이 도는 리제 어쩌고라는 애송이야?"

루시우스가 표표한 말투로 물었다.

"아뇨, 그 사람은 기회가 생기거든 노리면 되는 두 번째 목표예요. 첫 번째 목표는 따로 있습니다."

레이스가 조용히 고개를 저었다.

“뭐? 리카 상회를 노리는 거 아니었어?”

루시우스가 의아해하며 눈썹을 찌푸렸다.

“네, 아망드를 습격해서 도시에 어느 정도 피해를 주면 리카 상회, 라기보다는 가르아크 왕국의 피해는 충분하니까요.”

레이스가 루시우스의 의문에 에둘러 대답했다.

“핫, 그러면 아끼지 말고 어서 첫 번째 목표라는 녀석을 가르쳐줘.”

루시우스가 귀찮아하며 레이스를 재촉했다.

“벨트람 왕국 제2왕녀, 플로라 전하입니다.”

레이스가 습격으로 노리는 인물의 이름을 밝혔다. 아망드 습격 계획은 조용히 진행됐다.

정령환상기

【 제 3 장 】 ❈ 난입자들

다시 가르아크 왕국의 아망드. 리오가 미노타우로스를 격퇴하고 리제롯테 일행을 구한 그날 밤.

리오 일행이 묵는 리카 상회가 경영하는 고급 여관은 1층에 최고급 레스토랑을 운영하며 일반 손님에게 개방했다. 리오는 세리아, 아이시아와 함께 개인실에서 저녁을 즐겼다.

리오 일행이 사용하는 개인실은 입구인 문 정면에 개방적인 창이 달렸다. 넓은 뒤쪽 정원을 바라보며 먹는 극상의 요리와 술은 각별했고, 날씨가 좋은 날에는 테라스에서 식사할 수 있었다.

"여관 뒤쪽에 이렇게 넓은 정원이 있다니 멋지다. 손질을 잘해놨어."

세리아는 다음 요리가 나오기를 기다리며 기분 좋게 정원을 바라봤다.

"좋은 여관. 몸을 담글 욕조만 있으면 완벽해."

"그건 좀 욕심이 지나친데. 바위 집 같은 욕조는 슈트랄 지방에서 일반적이지 않아. 각 방에 욕실이 있는 것만으로도 충분하고도 남는걸."

아이시아의 말에 세리아가 쓴웃음 지으며 말했다. 리오 일행이 받은 방에도 욕실이 있고 씻는 곳에 얕은 욕조가 있지만, 바위 집 같은 욕실 시설과는 비교가 되지 않았다. 그래도 슈트랄 지방에서는 충분하고도 남을 정도로 훌륭한 욕실이었다.

"아이시아도, 세실리아도 몸을 푹 담그는 목욕에 완전히 적응한 모양이네요."

리오가 흐뭇해하며 말했다.

"응, 목욕은 좋아. 졸려."

아이시아가 고개를 끄덕이고 조용히 말했다.

"얘 정말로 잔다? 나중에 들어갔다가 놀랐다니까."

세리아가 기막혀하며 말했다.

"따끈따끈해서 기분 좋아."

"어휴."

아이시아가 태연하게 말하자 세리아가 살짝 볼을 부풀렸다.

"아하하."

리오가 즐겁게 웃었다. 옆에서 보면 세리아보다 아이시아가 어른으로 보이는데 이래서는 누가 언니인지 모르겠다.

그런 대화를 나누던 중.

"다음 요리를 준비했습니다. 함께 드실 술을 고르시겠습니까?"

급사인 종업원이 방문을 두드리고 새로운 요리를 가져왔다. 종업원은 디캔더에 든 술이 얼마 남지 않은 것을 보고 다음 주문이 필요한지 물었다.

"그래요. 세실리아, 술 좀 골라주실래요? 저는 잘 몰라서."
리오가 자신은 술을 잘 모른다며 세리아에게 골라달라고 부탁했다. 실제로 귀족으로 자란 세리아가 리오보다 잘 알 터였다.
"나도 그렇게 잘 알지는 못하는데……."
세리아가 그렇게 말하며 메뉴를 봤다.
"앗, 그럼 이 하우스 와인을 같은 디캔더에 부탁해요."
그리고 가게 간판 상품이라고 적힌 와인이 마음에 들었는지 손가락으로 가리키며 주문했다.
"알겠습니다."
점원이 정중하게 대답하고 조용히 물러났다.
"어디 산 와인이에요?"
리오가 물었다.
"여기 크레티아 공작령이야. 리카 상회가 경영하는 포도농원에서 만든 거래. 모처럼 생산지에 있으니 마셔봐야겠지?"
세리아가 기쁘게 웃었다.
"네, 잘 고른 것 같아요."
리오가 웃으며 고개를 끄덕였다. 평소에는 간혹 정령의 주민이 만든 술만 마시는데 가끔은 슈트랄 지방산 술을 마시는 것도 나쁘지 않았다. 이런 비일상적인 사치스러운 시간을 보낼 때는 더욱 그랬다.
"새로 온 요리도 맛있어."
아이시아가 나이프와 포크를 우아하게 놀리며 갓 나온

요리를 맛있게 먹었다. 조용하고 멋진 실내에 평온한 분위기가 감돌았다.

"……왠지 소란스럽네요."

리오가 문 쪽을 보며 말했다. 복도에서 큰 소리가 들렸다. 언쟁을 벌이는 것 같았다. 분위기가 조용한 가게라서 그런지 조금만 큰소리가 나면 잘 울렸다.

"……싸우나?"

세리아가 불안하게 중얼거렸다. 그러는 사이, 언쟁의 당사자들이 점점 다가오는 듯했다.

"그러니까 저번에 왔을 때 쓴 개인실을 쓰고 싶다잖아. 돈도 세 배로 내겠다고."

문 바로 너머에서 오기가 어린 젊은 남자의 목소리가 들렸다.

"돈 문제가 아닙니다. 이미 다른 손님이 그 방을 이용하고 계십니다. 나가시라고 할 수는 없습니다."

여관 종업원으로 생각되는 남자가 의연하게 반박했다.

"……우리가 있는 개인실을 쓰고 싶은가 봐요."

아직 그렇다고 결정된 것은 아니지만, 리오가 상황을 파악하고 조금 귀찮아하며 말했다.

"어떻게, 할까?"

세리아가 묻고 리오를 봤다.

"조금만 더 지켜보죠. 다른 방일 수도 있고, 일부러 밖으로 나가 상대하기도 바보 같으니까요."

리오가 다정하게 웃으며 덤덤하게 말했다.

"우리는 이 도시에 중요한 손님으로 온 거다. 도시 상층부에 안면이 있다고."

처음 말한 남자와는 다른 남자가 술술 말했다. 이 남자의 목소리도 젊고 고압적이었다. 자신의 권력을 넌지시 비치며 노골적으로 여관을 협박했다. 이런 일에 익숙한 걸까.

"……리제롯테 님 말씀이라면 부디 원하시는 대로 직접 항의하십시오. 저희는 교육받은 대로 대응할 뿐입니다."

여관 종업원은 물러나지 않았다.

"……융통성 없는 녀석이군. 말이 안 통해. 어떻게 돼도 모른다?"

고압적인 남자가 자못 마지막 통보라도 하듯이 말했다.

"상관없습니다."

여관 종업원이 단언했다.

"됐어, 스튜어드 군. 우리가 먼저 왔다는 손님과 말해보자."

오기가 센 남자가 기다리다 지쳤는지 짜증을 내며 말했다.

"안 됩니다."

종업원이 호소했다.

"방해된다. 비켜!"

오기가 센 남자가 소리 질렀다.

"소, 손님!"

종업원이 소리쳤다. 남자가 떠밀었나 보다. 언쟁은 리오 일행이 있는 방 바로 밖에서 일어났다. 그들의 목적은 이

방이 분명했다.

"……제가 대응할 테니 무시하고 계세요."

리오가 정말 귀찮은 듯이 한숨을 내쉬고 세리아와 아이시아에게 말했다. 그 직후, 리오 일행의 개인실 문이 노크도 없이 거칠게 열렸다.

◇◇◇

스튜어드 유그노는 유그노 공작의 장남이다. 나라에서 손꼽히는 대귀족 아버지를 두고 어릴 적부터 **물질적으로는** 부족함 없이 자란 방탕한 아들이다.

어릴 적부터 다망한 아버지와 최소한의 대화를 나눌 시간도 없었던 대신, 주변에서 애지중지해줬다. 약간 문제를 일으켜도 혼나지 않았다. 그런 스튜어드에게도 인생에 두 번의 전환점이 있었다.

첫 번째는 열한 살에 참가한 왕립학원 야외연습 때, 왕족 플로라가 절벽에서 떨어질 뻔한 일이다. 고아 출신 리오에게 누명을 씌웠지만, 태어나서 처음으로 유그노 공작의 격한 분노를 샀다.

그러나 격한 분노와 달리 유그노 공작은 무척 냉담했다.

"다음은 없다고 생각해라."

실태를 범한 아들을 매도하지 않고 본인이 직접 사정을 파악한 뒤, 모멸과 실망이 섞인 차가운 눈빛으로 위협했다.

"네, 네!"

스튜어드는 태어나서 처음으로 아버지가 무섭다고 느꼈다. 동시에 아버지에게 자신은 아들이라는 애정을 줄 대상이 아님을 깨달았다. 왜냐하면 유그노 공작은 아들이 아닌 자기 보신 때문에 분노했으니까.

"다음은 없다고 생각해라"라는 말은 또 치명적인 문제를 일으키면 불량품으로 간주하고 잘라내겠다는 뜻이리라. 유그노 공작에게 자신은 정치적 도구에 지나지 않았다. 스튜어드는 그것을 깨닫고 말았다.

스튜어드가 자신이 있는 사회적 위치를 더 강하게 의식하기 시작하게 된 것은 그때부터일까. 표면적인 태도는 여전했지만, 상대가 자기보다 위인지 아래인지 항상 의식하고 자기 처지를 명확하게 확인하게 됐다.

그 결과, 스튜어드는 자기보다 아래라고 생각하는 상대는 차별하고, 위이거나 모호한 상대는 눈치를 봤다.

그리고 스튜어드에게 인생의 두 번째 전환점은 아버지인 유그노 공작이 실각한 것이다. 그 무서운 아버지도 실각한다는 것을 알았다. 아마 자신의 위치를 착각했으리라. 아니면 그 외의 복잡한 요인이 있었을지도 모른다. 그렇게 생각하니 스튜어드는 갑자기 귀족의 삶이 귀찮아졌다.

열다섯 살이 되어 사는 방식을 바꿀 수 있을 리도 없고, 귀족으로 태어나 자라며 몸에 익은 생활 수준을 바꿀 수도 없었다.

그러나 스튜어드는 자신이 유그노 공작의 후계자로서 잘 처신할 자신이 없었다. 예비 후계자라면 동생이 있었다. 그보다 유그노 공작도 스튜어드의 동생을 메인 후계자 후보로 키우고 있었다.

'귀찮아.'

스튜어드는 그 생각이 강해지자 스스로 기사가 되겠다고 유그노 공작에게 탄원했다. 그의 희망은 간단하게 이루어졌고 지금은 플로라를 수호하는 친위대의 일원으로 임명됐다. 플로라와는 왕립학원 시절 야외연습 일로 관계가 미묘해져 불편했지만, 아버지의 지시에 이의를 제기할 수는 없었다.

그렇게 스튜어드의 기사 생활이 시작되었으나 어지간해서는 왕족인 플로라를 지키는 기사에게 위험한 임무를 맡기지 않았다. 기껏해야 실전훈련을 겸한 마물 토벌에 호위 임무 훈련을 하는 정도였다.

그래도 스튜어드는 만족스러웠다. 검을 휘둘러 마물을 죽일 때는 아무 생각 안 해도 되고 스트레스 발산하기에 좋았다. 그리고 왕립학원 시절부터 어울린 한 살 위 선배, 알폰스 로던이라는 나쁜 친구가 동료였다.

알폰스는 로던 후작가의 차남으로 그도 이른바 전형적인 귀족 가문의 방탕한 아들이었다. 자기 위치를 최대한 활용해 제멋대로 구는 스튜어드와 유유상종이었다.

함께 플로라 친위대가 된 뒤로, 스튜어드는 예전보다도

더 알폰스와 어울려 다녔다. 함께 마물을 토벌하고 한솥밥을 먹으며 술을 마시고 불평불만을 털어놨다. 최근에는 몰래 여자를 꾀고 다니며 방탕한 아들 짓을 갈고 닦았다.

용사인 사카타 히로아키가 소환되어 호위대상에 히로아키도 포함된 게 그나마 최신 뉴스인데, 그 일로 특별히 스튜어드 일행의 생활이 바뀌지는 않았다.

굳이 말하자면 히로아키를 아니꼬운 녀석이라고 내심 싫어하는 정도일까. 그도 그럴 것이 히로아키가 너무 고자세로 잘난 체를 해댔다.

오늘도 그랬다.

갑자기 전장에 나타나 미노타우로스라는 강력한 마물을 무찌른 하루토라는 소년은 그 광경을 목격한 리제롯테의 시녀들에게 성대한 주목을 받았다.

당연한 이야기였다. 멋진 장면을 빼앗긴 느낌이라 달갑지 않았지만, 그때 그곳에 있었던 스튜어드를 포함한 기사들 대부분이 그 전투를 보고 전율했다. 그래서 스튜어드 일행은 그 이야기를 하며 미녀만 모인 리제롯테의 시녀들과 가까워지려고 했다.

그리고 아망드 도착 후, 스튜어드 일행이 리제롯테의 저택 마당에서 기분 좋게 시녀들과 이야기를 나누고 있을 때였다.

"아— 다른 집단이 전투 중인데 끼어들어서 사냥감을 빼앗는 건 칭찬할 일이 아닌데."

히로아키가 대화를 들었는지 갑자기 끼어들었다. 곁에는 플로라와 로아나가 있었다. 스튜어드 일행이 만든 좋은 분위기가 깨끗하게 사라졌다.

"용사님, 죄송한데 무슨 뜻으로 하신 말씀입니까?"

스튜어드는 짜증이 났지만, 히로아키에게 정중하게 물었다.

"기껏 연계해서 싸우는데 잘 알지도 못하는 제3자가 허락 없이 끼어들어 봐. 상상했던 대로 싸우지 못해서 엉망이 되잖아. 뭐, 끼어든 녀석은 엄호라고 생각하겠지만. 내가 보기에는 매너 위반이야."

히로아키가 한숨을 내쉬며 말했다.

"네……."

스튜어드가 맥 빠진 대답을 했다. 앞부분은 그렇다 치고, 중간부터 무슨 말인지 이해가 안 됐다. 마물과 생사를 걸고 싸우는데 매너를 따질 때가 아니었다.

"뭐, 송사리가 필사적으로 싸우는 걸 보고 속 타는 건 이해하지만. 끼어드는 녀석은 대개 '나는 강하니까 도와주겠다'며 자랑하려는 자기 과시욕이 강한 패턴이 많아. 먼저 싸우는 당사자들이 성장할 기회를 빼앗는 행위이기도 하고. 분위기도 깨지니까 사냥감을 빼앗으면 싫어하는 녀석이 많을걸."

그것은 그 전장에 있었던 모든 전사를 모욕하는 말이었다. 그것을 모르는지 히로아키는 나불나불 수다를 떨었다.

결국, 로아나의 재촉에 히로아키가 다른 곳으로 갔지만, 더는 대화할 분위기가 아니라 시녀들이 일이 있다며 자리를 떴다.

스튜어드 일행은 불만을 품으며 그날의 숙소로 배정받은 영빈 시설로 갔다. 리제롯테의 저택 부지와 인접했고 건물도 매우 훌륭했다.

그러나 그곳에는 맛있는 식사와 술은 있어도 여자가 없었다. 정확히는 리제롯테를 모시는 사용인이 있지만, 아무리 그래도 추파를 던질 수는 없었다.

그래서 스튜어드는 아망드에 온 오늘도 알폰스와 함께 시름을 풀려고 거리로 나갔다. 분위기 파악을 못 한 히로아키의 말에 짜증이 나기도 했지만, 경험하지 못한 수의 마물을 상대로 생사를 건 사투를 벌인 뒤라 그런지 몸과 마음이 들끓어 견딜 수가 없었다.

두 사람은 부유층용 술집에서 술과 안주를 먹고 기분이 좋아지자 여자가 접대하는 전문 술집으로 갔다. 두 사람은 예전에도 이 가게를 이용했고 돈 씀씀이가 좋아서 중요한 고객이었다.

"말하고 태도만 거창한 별 볼 일 없는 녀석이 있거든."

그들은 종업원 소녀 중에서 특히 예쁘게 생긴 두 사람을 골라 옆에 앉히고 특정 인물에 대한 불만을 늘어놓으며 기분 좋게 취했다. 그러던 중, 아망드에서 유명한 레스토랑의 이름이 나왔다.

"아, 그 가게라면 전에 가봤지. 뭣하면 지금 데려가 줄까?"
허세를 부리며 말하니 소녀들이 관심을 보였다. 스튜어드 일행은 기분 좋게 가게 밖으로 뛰어나갔다.
그러나 레스토랑에 도착하자 상황이 바뀌었다.
"죄송합니다. 그곳은 이미 다른 손님이 이용하고 계십니다. 다른 개인실이라면 바로 준비할 수 있습니다만……."
점원에게 이왕이면 가게에서 제일 좋은 개인실을 이용하고 싶다고 하니 이미 사용 중이라고 했다. 모처럼 기분 좋게 쓰려 했는데 방해받은 기분이었다.
"그럼 일단 다른 자리를 보여주겠나?"
알폰스가 고압적으로 말했다. 스튜어드 일행은 남자 종업원의 안내를 받아 가게 안으로 들어갔다.
"……역시 처음 부탁한 방이 좋겠어. 그 방을 쓸 수는 없겠나?"
알폰스가 억지를 부렸다.
"아뇨, 그 개인실은 이미 다른 손님이 이용하고 계십니다."
"다른 방으로 바꿔주면 되잖아. 돈은 세 배로 내지."
"죄송합니다."
알폰스가 투덜거렸지만, 종업원은 조용히 고개를 가로저었다.
"……거기 정말로 쓰고 있는 거야?"
알폰스가 종업원을 의심했다.
"물론입니다."

남자 종업원이 단호히 고개를 끄덕였다. 그러자 함께 온 소녀들의 안색이 바뀌기 시작했다. 조금 안 좋게 흘러가는 거 아닌가, 분위기를 파악했다.

"그럼 쓰고 있는지 직접 보고 확인하지."

알폰스가 술에 취해 대범해졌는지, 종업원의 의연한 태도에 화가 났는지 울컥한 표정으로 걸음을 뗐다.

"기, 기다려주세요! 손님."

종업원이 제지했다. 그러나 알폰스는 멈추지 않았고 전에 들른 개인실로 성큼성큼 걸어갔다.

'알폰스 선배의 버릇이 나왔군.'

도중에 알폰스와 종업원이 언쟁을 벌이자 스튜어드는 조금 취기가 가셔 냉정해졌다. 하지만 소녀들에게 허세를 떤 직후라 물러나기엔 꼴사나웠다. 여차하면 넉넉하게 돈을 쥐여주면 되겠지, 하고 흐름에 맡기기로 했다. 그렇게 목적인 개인실 근처까지 왔다. 다만, 소녀들이 겁을 먹은 건 좋지 않았다.

"우리는 이 도시에 중요한 손님으로 온 거다. 도시 상층부에 안면이 있다고."

스튜어드가 소녀들을 안심시키려고 했다.

"……리제롯테 님 말씀이라면 부디 원하시는 대로 직접 항의하십시오. 저희는 교육받은 대로 대응할 뿐입니다."

그러나 종업원이 더 의연한 태도로 스튜어드에게 대답했다.

'뭐? 내가 기껏 물러날 기회를 줬더니.'

"……융통성 없는 녀석이군. 말이 안 통해. 어떻게 돼도 모른다?"

순간 울컥한 스튜어드가 정신을 차려보니 그런 말을 했다.

"상관없습니다."

가게 종업원이 단호하게 말했다.

"됐어, 스튜어드 군. 우리가 먼저 왔다는 손님과 말해보자."

알폰스가 기다리다 지쳤는지 짜증을 내며 말했다.

"안 됩니다."

종업원이 호소했다.

"방해된다. 비켜!"

알폰스가 소리 지르고 앞을 가로막은 종업원을 억지로 떠밀었다.

"소, 손님!"

종업원이 소리쳤지만, 알폰스는 목적인 개인실 앞에 서서 노크도 없이 문을 열었다.

◇ ◇ ◇

"……소란스럽군요."

리오가 들어온 사람들을 보고 한숨을 쉬며 일어섰다. 세리아가 스튜어드 일행의 얼굴을 보고 놀랐지만, 알아차리지 못했다.

'……어라? 이 둘은?'

대신 위화감이 들었다. 플로라와 로아나처럼 낯이 익었다. 그러나 우선은 처음 만난 상대처럼 대하기로 했다.

스튜어드와 알폰스는 기사복이 아닌 사복을 입었는데 한눈에 봐도 질 좋은 귀족의 옷이었다. 두 사람의 뒤에는 두 소녀가 따분하게 서 있었는데, 그들도 조금 화려하지만 멋을 부렸다.

"죄, 죄송합니다, 손님!"

알폰스에게 떠밀린 종업원이 뒤늦게 안으로 들어와 리오 일행에게 황급히 고개를 숙였다.

"어떻게 된 상황인지 설명해주시겠습니까?"

리오가 담담하게 대응했다.

"응? 너는……."

스튜어드가 무언가를 깨달았는지 의아해하며 눈을 가늘게 떴다.

"윽……."

세리아가 움찔하고 고개를 숙였다. 스튜어드와 알폰스는 예전에 세리아가 가르친 학생이었다. 정체를 들키지 않았을까 두려웠으리라.

"너, 하루토랬나?"

스튜어드가 리오를 바라보며 물었다.

"……죄송합니다. 누구시죠?"

리오가 이상하다는 듯이 되물었다.

"아, 이거 실례했군. 내가 일방적으로 너를 아는 거니까. 나는 스튜어드 유그노. 그리고 이쪽은 알폰스 로던. 오늘 네가 구해준 일행에 소속된 기사라고 하면 알려나?"

스튜어드가 수다스럽게 소개하고 리오의 얼굴을 바라봤다.

"……그렇습니까. 실례했습니다."

리오가 정중한 태도로 가볍게 머리를 숙였다. 리오도 이름을 듣고 스튜어드 일행이 기억났다. 잊을 리가 없었다. 자신에게 누명을 씌운 모든 악의 근원이니까. 알폰스는 전 급우이기도 했다.

"아니, 괜찮아."

스튜어드는 신이 나서 웃었다. 조금 귀찮아졌지만, 상대가 생면부지의 타인이 아니니 자기들 가문으로 어떻게든 될 거라고 얕봤다.

"……."

실제로 종업원은 그들이 아는 사이라고 하니 어떻게 해야 좋을지 몰랐다. 동행한 소녀들은 스튜어드를 믿음직하게 바라봤다.

'상황이 묘해졌는데.'

"그래서 이 방에는 무슨 일로?"

리오는 생각하며 일단 용무를 물었다.

"사실은 이 방을 쓰고 싶어서 말이야."

알폰스가 단도직입적으로 대답했다.

"이 방을요?"

알폰스가 너무 당당하게 말하자 리오는 당황하고 말았다. 자세히 보니 알폰스의 얼굴이 붉었다. 취한 게 뻔했다.
'이래서 주정뱅이는……. 아니, 방탕 귀족인가.'
리오는 한숨을 쉬고 싶은 것을 참고 바로 떠나기로 했다. 진지하게 두 사람을 상대하기 귀찮았다.
"마침 식사를 마쳤습니다. 괜찮다면 쓰시죠."
리오가 테이블에 앉은 세리아와 아이시아에게 자연스럽게 눈짓했다. 아이시아와 세리아는 묵묵히 고개를 끄덕이고 조용히 일어났다.
"앗……."
그제야 세리아와 아이시아의 존재를 알아차린 스튜어드와 알폰스는 두 사람의 미모를 확인하고 자기도 모르게 숨을 삼켰다.
"두 사람, 이쪽으로."
리오는 세리아와 아이시아를 유도해 스튜어드 일행과 그들 사이를 벽이 되어 가로막았다.
"잠깐, 기다려봐."
그대로 방을 나가려는데 알폰스가 말을 걸었다.
"왜 그러십니까?"
리오가 나서서 대답했다.
"이것도 인연인데 술이라도 마시면서 같이 식사하지 않겠어?"
알폰스가 아이시아와 세리아를 보며 권유했다.

"권해주셔서 감사하지만, 공교롭게도 충분히 들었습니다."

리오가 딱 잘라 거절했다.

"호오, 우리의 권유를 거절하겠다고?"

알폰스가 당돌하게 물었다.

"죄송하지만, 여행의 피로가 남아서."

리오의 대답은 바뀌지 않았다. 말투는 정중했지만, 확고하게 거부했다.

"그래. 그런데 귀족의 권유를 거절하다니 탐탁지 않은데. 검 실력은 있는 모양이지만, 너는 평민이잖아? 그렇지? 스튜어드 군."

알폰스가 한탄하듯이 말하고 스튜어드에게 화살을 돌렸다.

"……예. 뭐, 그렇죠."

스튜어드는 잠깐 뜸을 들이다가 아이시아와 세리아를 보며 수긍했다. 리오는 리제롯테의 은인으로 이 여관에 머무는 것일 테니 강경한 자세로 일을 키우는 것은 좋은 생각이 아니었다. 그러나 이대로 아이시아와 세리아를 보내기는 아까웠다.

"부디 용서해주시길."

리오는 알폰스 일행의 에두른 협박에 조금도 겁먹지 않고 조용히 거절했다. 그리고 이번에야말로 자리를 뜨려고 했다.

"에이, 기다려. 검 실력만으로는 사회적 지위를 얻지 못해. 검 실력이 그렇게 훌륭한데. 너도 남자라면 출세하고 싶지 않아? 네 태도에 따라, 기사로 발탁되게 우리가 한마디 거들어주지."

알폰스는 끈질긴 남자였다. 리오가 얻을 이익을 내비치며 교섭을 시도했다.

"됐습니다. 정말로 피곤해서요."

리오는 역시나 딱 잘라 거절했다. 다시 상황이 이상해진 것을 알아차렸는지 스튜어드 일행이 데려온 소녀들이 위축됐다.

"손님, 계속 다른 손님께 폐를 끼치면 저희도 상응하는 대응을 하겠습니다……."

남자 종업원도 상황이 안 좋다고 여겼는지 얼굴이 새파래져서는 스튜어드 일행을 견제했다.

"알폰스 선배, 이제 그만……."

스튜어드도 알폰스를 말리려고 했다. 귀족의 체면을 구겼지만, 더는 안 된다고 생각이 들었는지 자기 보신에 급급했다.

"……아니, 있어 봐. 이게 마지막이야. 그럼 거기 두 사람이라도 우리와 함께 여기 있지 않겠어? 응? 거기 너희들."

알폰스는 그냥 물러날 수가 없었는지 짜증을 눌러 참고 신사적으로 아이시아와 세리아에게 말했다.

"……."

그러나 아이시아와 세리아는 리오의 말대로 침묵을 관철하며 무시했다.

"윽……."

알폰스는 몹시 굴욕적이었는지 얼굴을 한껏 찌푸렸다.

"여기까지 하죠. 그럼 이만……. 소란스러웠네요. 아, 이 일은 리제롯테 님께 보고하지 않아도 괜찮습니다."

리오는 언짢은 한숨을 내쉬었다. 세리아와 아이시아의 등을 부드럽게 밀어서 퇴실하며 남자 종업원에게 작게 말했다. 자기들 편에 서서 지켜주려고 한 작은 보답이었다. 이런 시시한 일로 책임을 느끼지 않길 바랐다.

"시, 실례했습니다!"

남자 종업원이 황급히 머리를 숙였다. 그럴 만도 했다. 리제롯테의 은인이니 정중하게 대접하라고 아리아에게 엄명을 받았는데 이런 일이 일어났으니까.

한편, 스튜어드는 아뿔싸 하고 겸연쩍은 듯 표정이 어두워졌다.

"……어이, 기다려."

반편, 알폰스는 분노에 휩싸여 부들부들 떨면서 분노를 담아 중얼거렸다.

그러나 리오 일행은 멈추지 않았다.

"기다리라잖아!"

알폰스가 결국 고성을 질렀다. 리오 일행이 나가지 못하게 문 앞을 가로막았다.

"뭐죠?"

"너, 무례해."

리오가 질색하며 묻자 알폰스가 적의를 드러내며 리오를 노려봤다.

"아, 알폰스 선배!"

스튜어드가 황급히 알폰스를 말렸다.

"귀족을 어떻게 대해야하는지 모르는 모양이군."

알폰스가 스튜어드의 제지를 무시하고 리오에게 덤벼들었다. 구실을 잡아 어떻게 하려는 게 아니라, 체면을 구기고 감정이 앞서서 한 행동이었다. 고위 귀족의 자제로 나고 자라 유년기에 자기감정을 억누를 필요가 없어서 화가 치밀어 오르면 막지 못했다.

"공교롭게도 평민 출신인지라, 제가 모르는 무례를 범했습니까?"

리오가 이상하다는 듯이 고개를 갸웃거렸다. 말투는 정중했지만, 내용은 도발적이었다. 은근한 건방짐이 하늘을 찔렀다.

세리아는 리오의 그런 면을 엿보고 조마조마하게 걱정하는 표정을 지었다. 그러자 아이시아가 세리아의 손을 꼭 잡았다.

"하, 하하하……. 평민 따위가 날 이렇게 우롱하다니. 평민 출신 검사에 평민 여자의 신분으로 거만하게 굴고, 불경죄로 처리할까?"

알폰스가 억지로 웃으며 마지막으로 리오를 협박했다. 불경죄는 귀족이 무례를 겪었을 때, 상대를 그 자리에서 죽일 수 있는 특권이었다.

"글쎄요. 불경죄는 국법과 영령으로 엄격하게 요건이 정해져 있다고 아는데, 제가 그 요건을 충족할 정도의 무례를 범했습니까?"

리오가 할 테면 해보라는 식으로 강경한 자세로 응했다. 불경죄는 사후에 요건을 충족했는지 심사하는데, 술에 취해 구애했는데 여자가 무시한 것이 무례라고 주장하면 웃음거리가 될 게 뻔했다.

게다가 이곳은 리제롯테가 통치하는 아망드였다. 영향력 있는 벨트람 왕국이라면 모를까 타국에서 그런 억지가 통할 리 없었다.

불경죄를 자세히 모르는 평민이라면 겁을 먹고 머리를 숙였겠지만, 리오는 두려워하지 않았다.

"윽……."

알폰스는 먹힐 거라 믿었던 트집까지 피한 리오를 원망스럽게 노려봤다. 그도 불경죄의 이유로 들기에는 불리하다는 것을 알았다. 그러나 고작 평민을 상대로 체면을 구길 수 없다는 오만한 허세 때문에 물러나지 못했다.

"이제 그만 가도 될까요?"

리오는 이제 어이없는 기분을 숨기지 않고 알폰스에게 물었다.

알폰스가 리오를 날카롭게 바라봤다.

"하층민 따위가, 웃기지 마!"

갑자기 달려들어 리오에게 덤볐다.

"꺄악!"

세리아가 리오의 뒤에서 비명을 질렀다. 리오는 옆으로 피할 수도, 뒤로 물러날 수도 없었다.

그래서 리오는 정면으로 알폰스를 맞받아쳤다. 덤벼든 알폰스의 팔을 잡고 가볍게 바닥에 짓눌렀다.

"악!"

알폰스는 참지 못하고 고통을 호소했다.

"뭣……?!"

스튜어드는 너무나 깨끗한 리오의 구속술에 눈을 빼앗기고 말았다. 어디를 어떻게 움직여서 알폰스를 구속했는지 전혀 알 수가 없었다.

"아, 알폰스 선배! 이봐, 놓지 못해?!"

그러나 곧 정신을 차리고 황급히 리오에게 따졌다. 아이시아는 이 틈에 세리아의 손을 당겨 그들과 거리를 뒀다.

"놓으면 당장에라도 덤빌 것 같아서 그건 곤란한데요."

정당방위입니다-라고 리오가 평탄한 목소리로 말했다.

"우, 웃기지 마!"

리오의 대답이 신경에 거슬렸는지 스튜어드가 리오에게 덤벼들었다. 리오는 훌쩍 일어나 스튜어드의 손을 피했다. 스튜어드는 자기 기세에 밀려 발을 헛디뎠다.

"윽……!"

스튜어드는 얼른 자세를 다듬었지만, 화가 나 리오를 노려봤다. 그러자 풀려난 알폰스가 일어났다.

"너 이 자식, 용서 못 해!"

알폰스가 소리 지르고 다시 리오에게 덤볐다. 리오는 제 자리에서 거의 움직이지 않고 휙휙 주먹을 피했다.

"크!"

알폰스가 완전히 열이 올라 주먹을 휘둘렀다. 리오는 귀찮아졌는지 "하아" 깊게 한숨을 내쉬고 알폰스의 주먹을 찰싹 쳐냈다. 그리고 알폰스의 팔을 잡고 이번에는 서서 관절을 꺾었다.

"으악?!"

알폰스가 얼굴을 일그러뜨렸다.

"알폰스 선배! 앗?!"

스튜어드가 구하려고 황급히 리오를 잡으려 했으나 리오가 냅다 밀친 알폰스와 부딪히고 요란하게 넘어졌다.

"윽……."

아이시아를 제외한 모두가 참혹한 광경에서 눈을 돌렸다.

실내에 한동안 정적이 흘렀다. 리오는 그동안에도 묵묵히 몸을 움직여 넘어진 스튜어드와 알폰스에게 다가갔다. 그리고 두 사람의 몸을 모으고 위에서 눌러 간단하게 구속했다.

"크, 이봐!", "웃기지 마, 이 자식! 풀어!"

스튜어드와 알폰스가 꼴사납게 호소했다. 리오는 들은 척도 하지 않았다. 힘을 풀지 않고 두 사람을 구속했다.

그러나 계속 이러고 있을 수는 없었다.

"원만하게 끝낼 수는 없어졌네요. 이 두 사람을 적절하게 처리할 수 있는 분을 이곳으로 불러주시겠습니까?"

리오가 귀찮은 듯이 탄식하고 멍하니 서 있던 종업원에게 말했다.

정령환상기

【 제 4 장 】 ❈ 사죄

밤늦은 시간.

아망드에 있는 리제롯테 저택 집무실.

"이상이 이번 사건의 경위입니다. 실내에 있던 종업원 및 실외에 있던 종업원도 모든 상황을 들었고, 증언이 일치했으니 사실로 봐도 무방할 듯합니다."

아리아가 담담히 리제롯테와 유그노 공작에게 보고했다. 스튜어드 일행이 일으킨 트러블의 경위 설명이 이제 막 끝난 참이었다. 실내 응접실의 의자에 앉은 리제롯테와 유그노 공작의 표정이 괴롭게 일그러졌다. 실내에 견디기 어려운 분위기가 감돌았다.

잠시 뒤.

"……정말로 미안하네."

유그노 공작이 맞은편에 앉은 리제롯테에게 깊이 머리를 숙였다.

"아뇨, 뭐, 네. 일단 사과는 받겠습니다."

리제롯테가 모호한 말투로 유그노 공작의 사과를 받아들였다. 문제가 일어났으니 어쩔 수 없었다. 지금은 책임 추궁보다 우선할 사항이 있었다.

"그 어리석은 것이……."

유그노 공작이 오싹할 정도로 차가운 목소리로 중얼거

렸다.

"그래서 하루토 님은?"

리제롯테는 작게 한숨을 내쉬고 보고자인 아리아에게 물었다.

"이미 밤이 깊었고 하루토 님이 피해자인 것이 명백한 데다 중요한 손님이시니 숙소에서 쉬시게 했습니다. 그 자리에서 제가 급히 사과드리고 내일 주인님께서 직접 사과드리겠다고 전해드렸습니다."

아리아가 조용히 보고했다.

실제로 아리아가 여관에서 직접 사정을 들었다.

스튜어드와 알폰스가 소동을 일으킨 것은 여관 종업원만이 아니라 일부 손님도 보고 들은지라 발뺌할 수 없었다.

개인실 안에서 일어난 분쟁은 그 자리에 있던 종업원이 제3자로 증언했고, 문밖에 대기하던 종업원들도 은밀히 상황을 살폈기 때문에 리오 일행은 잘못이 없다고 바로 확인됐다. 거기에 스튜어드 일행이 데려온 소녀들도 본인들이 없는 곳에서 잘못은 스튜어드 일행에게 있다고 증언했다. 그들이 사는 도시의 책임자까지 등장했는데 일부러 스튜어드 일행을 감싸줄 의리는 없었다.

그 시점에 리오는 방으로 돌아갔고 스튜어드와 알폰스는 구속되어 리제롯테의 저택으로 보내졌다.

참고로 세리아와 아이시아는 리오의 판단으로 아리아가 오기 전에 방으로 돌아갔다. 사정 청취는 리오 혼자서 대응했기 때문에 아리아와 맞닥뜨리는 일은 생기지 않았다.

"……그래. 그럼 내일 아침에 사과드리러 가자."

리제롯테가 벌레라도 씹은 표정으로 말했다.

'최악이야. 거만한 귀족이란 인상은 주고 싶지 않았는데……. 이런 일이 있었으니 경계할 게 분명해.'

귀족은 거만하다는 선입견을 품은 평민이 많았다. 그것은 실제로 평민에게 거만하게 구는 귀족이 끊이지 않기 때문이었지만, 리제롯테는 귀족의 그런 자세를 좋아하지 않았다. 상인이기도 한 리제롯테에게 대인 관계는 신용이 생명이었다. 믿을 수 없는 상대와 이유도 없이 기꺼이 거래하는 사람이 없다는 것은 자명한 사실이었다.

"알겠습니다. 그렇게 준비하겠습니다."

아리아가 공손히 말했다.

"나도 동행시켜줬으면 하네만……."

유그노 공작이 몹시 괴로워하며 끼어들었다.

"……이런 말씀은 드리고 싶지 않지만, 유그노 공작님은 스튜어드 경의 부친이십니다. 갑자기 나타나시면 하루토님이 경계할 우려가 있습니다."

리제롯테가 어렵게 말했다. 리오가 기분이 상해 가해자의 부모는 만나고 싶지 않다, 직접 사과하러 오라고 할 우려도 있었다. 뭐, 무조건 그렇다고 할 수는 없지만.

"그렇겠지."

유그노 공작이 속이 타는지 얼굴을 찌푸렸다.

“우선, 제가 유그노 공작님 대리로 하루토 님께 사정을 설명해도 괜찮으실까요? 자리는 다시 준비하겠습니다.”

리제롯테가 유그노 공작을 위해 대안을 제시했다.

“물론이네. 부모로서 어리석은 자식의 잘못에 책임을 지고 그에게 성의를 보이고 싶다고, 그렇게 전해주게나.”

유그노 공작이 바로 승낙했다. 공작인 사람이 일개 평민에게 사과하기 위해 골머리를 앓다니, 극히 보기 드문 사례였다. 그만큼 하루토가 갖춘 능력을 높이 평가하는 모양이었다.

“알겠습니다.”

리오를 높이 평가하는 것은 리제롯테도 마찬가지였다. 이런 별 볼 일 없는 일로 관계가 틀어지고 싶지 않았다. 돌다리도 두드리고 건너듯이 신중하게 대응해야 했다.

‘내일은 힘든 하루가 되겠어.’

리제롯테는 피곤함을 토해내듯이 작게 숨을 내쉬었다.

그 후, 유그노 공작은 리제롯테와 대화를 마치고 스튜어드와 알폰스를 자기 방으로 불렀다.

“이 어리석은 것들이…….”

유그노 공작은 두 사람의 얼굴을 보고 노기를 담아 멸시하는 말을 던졌다.

"윽……."

스튜어드와 알폰스는 몹시 겁을 먹고 몸을 떨었다. 취기가 완전히 가셨는지 둘 다 얼굴이 새파랬다.

"아, 아버님, 그것이……."

"닥쳐라."

스튜어드가 무슨 말을 하려 하자 유그노 공작이 쌀쌀맞게 입을 다물게 했다.

"네게는 이제 거의 기대도 안 한다만, 이번 일로 아주 실망했다. 내가 전에 말했을 텐데. 다음은 없다고."

유그노 공작이 차가운 노기를 담아 스튜어드에게 말했다.

"하, 하지만……."

"닥치라고 했다."

"윽……."

스튜어드는 입을 다물 수밖에 없었다.

"그만한 실력을 갖춘 검사와 관계가 틀어지게 하고, 내 얼굴에 먹칠하고, 리제롯테 양에게 큰 폐까지 끼쳤다. ……기뻐해라, 바라는 대로 너를 폐적해주마."

유그노 공작이 조소하며 말했다.

"폐, 폐적?! 유그노 공작님, 아무리 그래도 그것은!"

알폰스가 당황해 유그노 공작에게 호소했다.

폐적은 가문의 수장이 상속권을 가진 자에게서 상속권을 빼앗는 제도이다. 사적인 처분 중, 의절 다음으로 무거운 벌이었다.

공개적으로 폐적이 선언되면 스튜어드는 차기 유그노 공작이 되지 못한다. 알폰스가 소란을 피울 만 했다.

"자네의 발언도 허락한 기억이 없네만, 알폰스 군."

유그노 공작이 알폰스를 보고 차갑게 말했다.

"하, 하지만, 고작 평민 검사와 싸운 정도로!"

알폰스가 리오를 업신여기며 유그노 공작에게 반항했다.

"고작 평민? 그가? 그 검 실력을 보지 못했나, 자네는?"

유그노 공작이 알폰스를 바보 취급하며 무시했다.

"윽, 검 실력은 그렇다 치고 평민은 평민이지 않습니까!"

유그노 공작이 깔보는 것을 느낀 알폰스가 질세라 반박했다.

"그래서 어쨌다는 건가? 자네보다는 훨씬 유능해 보이네만?"

유그노 공작이 차갑게 받아쳤다.

"뭐, 뭐라고요?!"

순간, 알폰스는 유그노 공작이 윗사람이라는 것을 잊을 뻔했다.

"감정적인 사람이군. 그래, 자네는 정치가보다 군인이 어울릴 듯하네. 어느 쪽이든 몹시 무능하지만."

유그노 공작이 담담히 말했다.

"우, 웃기고 있네! 아무리 유그노 공작이라 해도 지금 한 말은 철회하시죠!"

인내의 한계를 넘은 알폰스가 유그노 공작에게 항의했다.

"그럴 필요성이 안 느껴지는군. 자네는 무능해."
유그노 공작은 발언을 철회하지 않았다.
"그, 그러면 내가 무능한 이유를 말해보십시오!"
알폰스가 거친 숨을 내쉬며 이유를 요구했다.
"……나도 리제롯테 양도 그를 스카우트하는 방향으로 이야기를 진행하고 있었네. 그런데 자네는 그의 가치를 크게 오인하고 스카우트 가능성을 망치려 하지 않나. 그것을 무능하다고 하지 않으면 뭐라 하지? 미노타우로스 세 마리를 쥐락펴락한 검사네. 자네가 흉내 낼 수 있겠나?"
유그노 공작이 아주 어이없어하며 도발하듯이 물었다.
미노타우로스 세 마리. 알폰스도 직접 보고 싸워봐서 얼마나 위협적인지 잘 알았다. 그래서 알폰스는 한순간 냉정해졌다.
"……마검이 있으면, 저도 할 수 있습니다."
그러나 더는 물러날 수 없었다.
"마검? 하하하, 마검을 들고 나왔나. 마검을 다루는 데도 상응하는 재능이 필요하다지. 나는 자네에게 그런 재능이 있을 것 같지 않은데."
유그노 공작은 진지하게 상대하지 않았다.
"윽, 그렇지 않습니다!"
알폰스도 큰소리를 친지라 쉽게 물러나지 않았다.
"둘이 덤볐다가 도리어 당했다고 들었네만?"
유그노 공작이 훗 웃었다.

"으윽……."

알폰스가 굴욕에 얼굴을 일그러뜨렸다. 그때, 형세가 조금 바뀌었다.

"뭐, 그렇게까지 말한다면 자네에게 오명을 씻을 기회를 못 줄 것도 없지. 이대로는 자네 아버님을 볼 면목도 없을 테니까."

유그노 공작이 갑자기 그런 말을 꺼냈다.

"하, 하겠습니다! 하게 해주십시오!"

알폰스가 무엇인지 듣지도 않고 하겠다고 나섰다. 바로 그런 점이 유그노 공작이 그를 무능하다고 판단하는 근거였지만, 지적하지는 않았다.

"이야기를 먼저 듣게. 그 정도 규모의 마물에게 습격당한 것 때문에 리제롯테 양이 아망드 서쪽 숲을 조사하기로 한 모양인데……."

유그노 공작이 담담히 알폰스를 달래고 이야기를 꺼냈다.

"그 조사를 도우라는 말씀이시죠?"

알폰스가 사정을 파악하고 흥분해서 물었다.

"이해가 빠르군. 숲속에 아직 마물 잔당이 남아있을 위험이 있네. 선발대로 가서 성과를 내면 내가 자네 아버님께 한마디 말씀드리지. 물론, 성과를 내지 못하면 로다니아로 돌아가 근신하게나."

"제발, 하게 해주십시오!"

"좋네. 단, 하루토 군에게 성심성의를 다해 사과한다는 조건이 있네."

"무슨……."

선발대에 참가할 생각으로 가득했던 알폰스는 유그노 공작이 조건을 꺼내자 할 말이 없어졌다.

"왜 그러나? 자네가 유능한 인간인지 아닌지와 그에게 폐를 끼친 것을 사과하는 것은 다른 문제네. 제대로 책임지게나. 리제롯테 양이 사과할 기회를 만들기 위해 교섭해 줄 예정이니까. 아, 리제롯테 양에게도 사과하게나."

유그노 공작이 논리정연하게 알폰스를 몰아세웠다.

"……알겠, 습니다."

알폰스는 굴욕감에 이를 악물면서도 마지막에는 고개를 끄덕였다. 정신을 차리자 다른 선택지는 없어진 뒤였다.

"그거 기쁘군. 그럼 예행연습을 해볼까. 이번 일로 내게 민폐를 끼친 것을 성심성의껏 사과하게. 스튜어드, 너도다."

유그노 공작이 뻔뻔하게 자기에게까지 사과하라고 요구했다.

"네……?"

갑작스러운 요구에 스튜어드와 알폰스가 자기도 모르게 몸을 굳혔다.

"왜 그러지? 사과하라고 했네만."

유그노 공작이 차갑게 명령했다. 아들인 스튜어드가 움찔하고 반사적으로 사과했다.

"죄, 죄송합니다, 아버님."

"……크윽, 송, 합니다, 유그노 공작님."

알폰스도 하는 수 없이 작게 사과했다.

"말이 안 통하는군. 잘못했습니다, 겠지?"

유그노 공작이 어이없어하며 두 사람에게 말했다.

"윽……."

스튜어드와 알폰스가 무심코 얼굴을 굳혔다. 그러나 눈앞에 앉은 유그노 공작의 눈은 진심이었다. 조금도 불쌍히 여길 생각이 없어 보였다.

"……잘못, 했습니다."

두 사람이 몹시 거북해하며 사그라질 것 같은 목소리로 사과했다.

"성심성의를 다해서 사과하라고 했을 텐데. 머리 정도는 숙이는 게 어떤가. 이마를 바닥에 대게. 이런 것도 모르나?"

유그노 공작이 질린 기색을 숨기지 않고 강한 실망을 담아 말했다.

"자, 잘못, 했습니다."

몹시 당황한 스튜어드가 황급히 무릎을 꿇었다.

"스, 스튜어드 군!"

알폰스는 무심코 격분할 뻔했으나 자존심을 내팽개친 스튜어드를 보고 간신히 참았다.

"왜 그러나, 알폰스 군. 싫다면 아까 나눈 이야기는 없었던 일로 하세나. 어서 사과하게."

유그노 공작이 차갑게 알폰스를 재촉했다.

"윽……."

알폰스는 분노로 몸을 떨다가 바닥에 무릎을 꿇었다. 이날, 그는 살면서 느껴보지 못한 가장 큰 굴욕을 맛보았다.

다음 날, 아침.

어젯밤과 달리 리오 일행은 평화로운 식사 시간을 보냈다.

"어젯밤은 정말 어떻게 되나 했어. 아직도 심장이 두근거린다니까. 정말 괜찮은 거지? 이상한 일에 휘말린 거 아니지?"

세리아가 불안해하며 리오에게 확인했다.

"네, 아리아 씨가 반드시 잘 처리하겠다고 약속했으니까요. 리제롯테 씨를 믿어달라고 하셨어요."

리오는 세리아를 안심시키기 위해 웃으며 고개를 끄덕였다.

"그래……."

그래도 세리아는 뭔가 걱정하며 고개를 끄덕였다.

"……저와 같이 지낸 뒤로 이래저래 마음고생 하시게 해서 죄송해요. 뭣하면 세실리아는 오늘부터라도 아이시아와 함께 바위 집에서 지낼래요?"

리오가 미안해하며 사과하고 세리아에게 제안했다. 옛 친구인 아리아와 마주치지 않도록 신경 쓰게 하고, 예기치 못한 형태로 옛 제자들과 얽힌 사건에 휘말리는 등, 어제부터 말썽이 이어졌으니까.

"아니야! 됐어, 괜찮아!"

그러나 세리아는 황급히 고개를 저었다.

"하지만……."

"괜찮다니까. 그렇게 그런 사건이 자주 일어나는 건 아니잖아?"

리오가 얼굴을 어둡게 하자 세리아가 쓴웃음 지으며 말했다.

"하지만 피곤하잖아요."

"됐어. 하루토 곁을 떠나고 싶지 않아."

세리아의 뜻은 확고했다. 그것은 세리아의 진심이었다.

"……."

리오는 무슨 말을 해야 할지 몰라 난처한 표정으로 말을 잃었다.

"앗, 거, 걱정, 걱정한다는 뜻이야!"

세리아가 부끄러운 말을 했다고 생각했는지 황급히 취지를 밝혔다. 그러자 리오가 키득 웃었다.

"네, 감사해요."

기뻐하며 미소 지었다.

"으, 응. 그, 그리고 지금은 아망드 밖도 위험하잖아? 그렇게 많은 마물이 어슬렁거렸으니까……."

세리아가 창피함을 얼버무리듯이 빠르게 말했다. 하지

만 틀린 말은 아니었다. 현재, 아망드 밖은 조금 위험했다.

그러나 아망드 근교가 안 된다면 도시에서 거리를 두면 되고, 아이시아가 있으면 무슨 일이 일어나더라도 대처할 수 있었다.

"……그 말이 맞아요. 알겠습니다. 그럼 계속 이쪽 여관에서 지내죠. 아이시아도 잘 부탁해."

그러나 리오는 세리아의 의사를 존중하기로 했다.

"응, 나한테 맡겨. 여차하면 도망치면 돼."

아이시아가 묵묵히 식사하다가 리오가 말을 걸자 조용히 고개를 끄덕이고 말했다.

"……도망, 도망이라. 아하하, 응, 그래."

리오가 순간 멍하니 있다가 즐겁게 웃었다.

"아니, 웃을 일이 아니야. 정말로 그러면 어떡해?"

충고하는 세리아의 입가가 부드럽게 풀려있었다.

"맡겨주세요. 권력에 휘둘려 도망치는 건 잘하니까요."

리오가 농담 섞어 말하고 어깨를 으쓱했다.

"어휴."

세리아가 미소 지으며 기막혀했다.

그 후, 리오 일행이 식사를 마치고 방으로 돌아가자 마치 타이밍을 재고 있었던 것처럼 리제롯테가 탄 마차가 여

관 앞에 섰다.

리제롯테는 마차에서 내려 아리아만 데리고 리오가 머무는 방으로 갔다. 그리고 정중하게 방문을 두드렸다.

"아, 리제롯테 님. 안녕하세요."

바로 문이 열리고 리오가 나왔다.

"안녕하세요, 하루토 님. 이른 아침부터 들이닥쳐 죄송합니다. 어젯밤 일을 사과드리고 그 후의 경위를 설명해드리려고 왔습니다. 잠시 시간을 내주시겠어요?"

리제롯테가 리오를 보고 공손하게 인사했다. 뒤에 서 있던 아리아도 함께 머리를 숙였다.

"네, 물론이죠. 아리아 씨가 미리 말씀해주셨어요. 그런데 설마 리제롯테 님이 직접 오실 줄은……. 오라고 하실 줄 알았습니다."

리오는 리제롯테의 사용인이 와서 저택으로 부를 줄 알았다.

"사과하는 쪽이 상대방을 부를 수는 없지요."

리제롯테가 난처한 표정으로 말했다.

"감사합니다. 그럼 방 안으로…… 들어오시겠어요? 아니면 다른 곳으로 갈까요?"

리제롯테의 성의를 느낀 리오는 머리 숙여 대답하고 안으로 들어오라 권했다. 다만, 이런 경우에는 방으로 들이는 게 나은지, 장소를 바꿔야 하는지 판단이 안 섰다.

"음, 하루토 님이 편하신 곳이면 괜찮습니다."

그것은 리제롯테도 마찬가지였다. 아무래도 정해진 규칙은 없는 모양이었다.

"그럼 괜찮으시다면 안으로 들어오세요. 거실에서 이야기하죠."

리오는 리제롯테를 방으로 들이기로 했다. 세리아가 있는 방에 아리아를 들이는 건 안 좋은 생각이었지만, 무료로 이만한 여관에 숙박하게 해주고 일부러 찾아와줬으니 소개하는 것이 마땅했다. 먼저 세리아 일행을 간단하게 소개하고 안쪽 방에 있어 달라고 하면 되리라.

"알겠습니다. 그럼 당신은 여기서 대기하도록 해."

의외로 리제롯테가 아리아에게 밖에서 대기하라고 명했다.

"네."

아리아는 조용히 고개를 끄덕였다. 리제롯테 같은 고귀한 인물이 호위도 없이 잘 알지도 못하는 상대의 영역에 들어오는 것은 통상적으로 생각할 수 없는 일이었다.

"……그러면 이쪽으로."

허를 찔린 리오는 리제롯테만 실내로 들이기로 했다. 이것도 리제롯테 나름의 성의 표현이리라 생각하며.

리오는 리제롯테를 거실로 안내했다. 세리아와 아이시아가 기다리고 있었다.

"아……."

리제롯테는 세리아와 아이시아를 보고 놀라서 눈이 휘둥그레졌다. 직업 때문에 많은 사람을 만나봤지만, 이 두

사람은 유별나게 아름다웠다.
뭐라고 할까, 말로 표현하기 어려운 분위기가 있었다.
'괴, 굉장해! 뭐야, 이게, 귀여워! 둘 다 심각하게 예쁜데?!'
놀라면서도 겉으로 드러내지 않는 것이 리제롯테다웠다.
"이 둘과 함께 이 방에서 지내고 있어요. 금발은 세실리아, 머리카락이 분홍색인 사람은 아이시아라고 합니다."
리오가 나서서 두 사람을 소개했다.
"처음 뵙겠습니다. 세실리아라고 해요."
먼저 세리아가 우아하게 인사했다.
"아이시아입니다. 잘 부탁드립니다."
아이시아도 격식을 차려 인사하고 꾸벅 허리를 숙였다.
"……네, 리제롯테 크레티아입니다. 처음 뵙겠습니다. 두 분, 정말 아름다우시네요."
리제롯테가 살짝 멍하니 인사하고 생각을 있는 그대로 말했다.
"어머, 감사합니다."
세리아가 사교적으로 웃으며 예를 갖췄다.
'역시 선생님은 능숙해.'
리오는 붙임성 좋은 세리아를 보며 감탄했다.
"두 사람은 안쪽 방에서 기다려줄래? 어젯밤 일로 리제롯테 님과 할 이야기가 있어서."
리오가 바로 두 사람을 안쪽 방으로 보내기로 했다.
"응, 알았어."

아이시아가 고개를 끄덕이고 안쪽 방으로 갔다.
"실례하겠습니다."
세리아가 공손히 고개를 숙이고 아이시아의 뒤를 쫓았다.
"앉으세요."
리오는 리제롯테에게 상석을 권했다.
"……네, 실례하겠습니다. 저는 이쪽에 앉겠습니다."
평소에는 거물 귀족과 상인을 상대로도 주눅 들지 않는 리제롯테도 이때는 조금 긴장하며 말석을 골라 앉았다. 사과하러 와서 상석에 앉을 수는 없었다.
"혹시 긴장하셨어요?"
리오가 리제롯테의 살짝 굳은 표정을 알아차리고 서서 물었다.
"아뇨, 그게…… 그럴지도 모르겠습니다."
리제롯테는 한순간 부정했지만, 어색하게 수긍했다.
"실은 저도요. 우선 차를 준비할 테니 잠시만 기다려주세요."
리오는 말과 달리 부드럽게 웃고 방 안에 있는 간이 주방으로 발을 옮겼다. 리오는 얼마 지나지 않아 쟁반을 들고 돌아와 테이블에 두고 리제롯테의 맞은편에 앉았다.
"우리는 데 조금 시간이 걸리니 본론으로 먼저 들어갈까요?"
리오가 차분한 목소리로 제안했다.
"그, 죄송합니다. 사과드리러 왔는데 여러모로 신경 써주시고."

위축된 리제롯테의 표정이 어두워졌다.

"별일 안 했는데요. 접대로 차를 우린 것뿐이에요."

리오가 부드럽게 웃으며 고개를 저었다. 그것만으로 일단은 리오가 기분이 나쁘지 않다는 게 전해졌다.

"감사합니다. 갑작스럽지만, 저희 입장에서 어젯밤의 소동을 다시 사과드려도 괜찮으실까요?"

리제롯테가 미안해하며 고개를 숙이고 드디어 본론을 꺼냈다.

"그 일로 리제롯테 님이 사과하실 필요는 없는 것 같습니다만……."

리오가 난처한 표정으로 말했다. 어젯밤의 소동은 그저 단순히 운이 나빴을 뿐이었다. 여관의 대응에 불만이 있는 것도 아니었다. 오히려 여관 종업원은 적극적으로 리오 일행을 옹호했고, 조사를 담당한 아리아도 무척 정중하게 대응했다.

"아뇨, 손님이 쾌적하게 지내시도록 하는 것은 여관의 임무입니다. 미리 말썽을 막았어야 했다고 깊이 반성 중입니다."

리제롯테가 송구해 하며 말했다.

"귀족분들이 일을 일으켰으니까요. 다른 나라 사람이지만, 신분 차이가 분명하니 섣불리 대응하면 안 되죠. 어젯밤 여관의 모든 종업원분은 최선의 대응을 하셨다고 생각합니다."

리오는 술술 자기 생각을 말했다. 신분제도가 있는 사회에서 사람은 평등하지 않다. 아무리 부조리해도 견뎌야 하는 때가 있다. 그런 사회적 굴레를 뒤엎고 마음대로 행동하려면 사회를 적으로 돌려야 했다.

"……부끄러운 이야기입니다."

리제롯테가 창피한 표정을 지으며 고개를 숙였다. 귀족이 얽힌 문제라 어젯밤 일은 불가항력이었을지도 모른다. 그랬을지라도 리오는 여관의 대응을 비난할 수 있었지만, 그러지 않았다. 그것이 오히려 마음을 찔러 어찌할 바를 몰랐다.

"그러니 저는 여관 분들에게도 리제롯테 님께도 불만 없습니다. 오히려 상대방 쪽과의 관계가 신경 쓰이네요. 저는 어떻게 될까요?"

리오는 화제의 핵심을 바꿔 리제롯테에게 물었다. 리오에게 잘못이 없다고 공인되더라도 권력자에게 찍힌다면 상황이 좋지 않았다.

"유그노 공작님은 하루토 님께 사과드리고 싶다고 하십니다. 소동을 일으킨 두 사람에게도 마땅한 처분을 내리겠다고 하셨습니다. 최대한의 성의를 보이고 싶으시다더군요."

"……그렇습니까."

리오가 고개를 끄덕였다. 앞에서는 그럴싸하게 말하고 뒤에서 태연하게 정반대로 행동하는 것이 귀족이었다.

"설령 어젯밤의 소동을 계기로 유그노 공작님이나 그 두 사람이 무슨 문제를 일으키면 제가 하루토 님 편에 서겠다고 약속드리겠습니다."

그러자 리제롯테가 리오의 불안을 예상이라도 한 것처럼 그런 말을 했다.

"……감사합니다. 저로서는 소동이 원만하게 해결된 것을 증명하기 위해서라도 화해나 합의, 계약서나 서면을 작성하면 안심할 수 있을 것 같습니다만……."

리오가 한 걸음 더 나아가 요구했다.

"알겠습니다. 그럼 제가 중재자로서 서면 작성을 돕겠습니다."

'능숙한데.'

곧장 수긍한 리제롯테가 리오의 재치있는 말에 감탄했다. 계약서에는 재발 방지 억지력이 있다. 수완 있는 귀족과 상인이라면 분쟁이 일어났을 때 작성하는 것이 기본상식이지만, 일반인은 그런 서면을 만든다는 생각을 한다는 것 자체가 별로 없었다. 만약 리오가 말하지 않았으면 리제롯테가 작성을 진행하려 했다.

"감사합니다."

리오는 웃으며 예를 표하고 테이블에 있는 다기로 손을 뻗었다. 용기를 데우려고 잔에 따른 뜨거운 물을 다른 용기로 옮기고 익숙한 손길로 차를 우렸다.

"……아주 능숙하시네요."

리제롯테가 리오의 솜씨에 감탄하며 말했다.

"일행이 차를 좋아해서 자주 함께 마십니다."

리오가 부드럽게 미소 짓고 대답했다.

"그러시군요……."

리제롯테가 흥미를 보이며 맞장구쳤다. 그러는 사이, 리오는 우려낸 차의 마지막 한 방울을 찻잔에 따랐다.

"드세요. 뜨거우니 조심하세요."

"감사합니다. 잘 마실게요."

리오가 권하자 리제롯테가 웃으며 감사를 표하고 우아하게 홍차를 입에 머금었다. 그리고 눈을 크게 뜨며 "맛있다"고 감상을 말했다.

차 온도도, 우린 시간도, 균일한 농도도 완벽했다. 사용하는 찻잎은 리제롯테가 직접 엄선해 객실에 둔 고급품이었으나, 하나하나의 과정에 신중을 기하지 않으면 이런 맛은 나오지 않을 터였다.

"영광입니다."

리오가 자신도 차를 마시며 가볍게 인사했다.

'훌륭해. 아리아가 우린 차와 비교해도 손색이 없어.'

리제롯테는 가만히 차를 마시면서 쌓이고 쌓인 피로를 토해내듯이 작게 숨을 내쉬었다. 고작 며칠 사이에 계속해서 문제가 일어나는 바람에 정신적인 피로가 쌓였다.

"바쁘실 텐데 너무 오래 계시게 할 순 없죠. 한숨 돌렸으니 괜찮으시면 하던 이야기로 돌아갈까요?"

리오가 대화 재개를 촉구했다.
"네. 화해 계약서 작성은 일단 제가 유그노 공작님께 전하겠습니다. 그 뒤에 유그노 공작님도 함께 대화할 수 있는 자리를 마련할 테니 자세한 조건은 그때 조율하시죠."
"알겠습니다. 수고스러우시겠지만, 아무쪼록 잘 부탁드립니다."
리제롯테가 진행 순서를 알려주자 리오가 깊이 고개를 숙였다.
"저야말로 폐를 끼쳐 죄송합니다."
"아뇨, 신경 쓰지 마세요."
리제롯테가 마주 고개를 숙이자 리오는 천천히 고개를 저었다.
"감사합니다. 그리고 괜찮으시면 어제 약속드린 대로 저희 집으로 초대하겠습니다. 오늘 점심을 함께 드시겠어요? 물론 일행분들과 함께 오셔도 됩니다."
리제롯테가 리오 일행을 오찬에 초대했다.
"……죄송합니다. 일행은 빠져도 될까요? 어젯밤 일로 충격을 받았는지 조금 지친 모양인지라."
리오가 자기만 출석할 뜻을 비쳤다.
"알겠습니다. 두 분께도 폐를 끼쳤네요. 죄송하다고 전해주세요. 기회가 있다면 다시 사과드리겠습니다."
리제롯테가 즉각 승낙하고 겸연쩍은지 얼굴에 그림자를 드리웠다.

"네, 그렇게 전하겠습니다."
리오가 깊이 고개를 끄덕였다.

◇◇◇

그 후, 리오는 리제롯테와 함께 저택으로 향했다. 아직 오전이었지만, 점심 전에 계약서 작성에 착수하기로 했다.

리오는 일단 대기실에 있다가 얼마 지나지 않아 리제롯테가 일상적으로 사용하는 응접실로 안내받았다. 그곳에서 기다리던 유그노 공작은 입을 열자마자 반성과 사과를 전했다.

그리고 리오가 대기실에 있는 동안에 리제롯테가 유그노 공작에게 말해놓았는지 빠르게 계약서 작성에 들어갔다. 화해, 합의 계약서 서식에 맞춰 내용을 조율했다.

통상적으로 화해, 합의 계약 조건을 조율할 때는 가해자와 피해자의 화해를 전제로 한 사실과 조건을 교섭한다. 그 과정에 합의에 이르지 못하고 다시 분쟁이 발발하는 일도 종종 있지만, 이번에는 리오도 놀랄 정도로 유그노 공작이 협력적이었다. 유그노 공작은 스튜어드 일행의 대리인으로서 이 자리에 있는 것인데 전면적으로 사실을 받아들이고 리오에게 일방적으로 유리한 조건을 차례로 제시했다.

예를 들어 시세를 크게 웃도는 위자료 제시, 스튜어드와 알폰스가 앞으로 리오 일행에게 위해를 가하는 것을 금지하는 규정, 그것을 깰 경우의 벌칙 등…….

반면, 리오가 부담하는 것은 스튜어드 일행이 저지른 행동을 제3자에게 괜히 발설하지 않는다는 비밀 유지 의무 정도였다. 조건을 위반했을 때의 벌칙 규정은 특별히 없었다. 처음부터 퍼뜨릴 생각이 없었던 리오에게는 부담이라 할 수도 없었다.

유그노 공작 쪽이 전면적으로 양보하는 형태가 됐다. 그 결과, 생각보다 빠르게 계약서 초안을 완성했다.

"일단은 이 정도인가? 두 사람, 뭔가 걸리는 점은 없나?"

유그노 공작이 숨을 내쉬고 피해자인 리오와 중재자인 리제롯테에게 물었다.

"저는 지금은 특별히 신경 쓰이는 점은 없습니다만, 나중에 보면 또 모르겠네요. 며칠 묵혀두고 정식으로 계약을 체결하는 게 좋을 것 같습니다. 어떠십니까? 하루토 님."

리제롯테가 리오를 봤다.

"네, 저한테 좀 많이 유리한 것 같은데 그래도 괜찮으시다면."

리오가 조금 곤혹스러워하며 고개를 끄덕였다.

"유리고 뭐고, 자네는 아무것도 잘못하지 않았으니 당연한 일이네."

유그노 공작이 인상 좋게 웃었다. 일찍이 아무 잘못 없는 리오에게 누명을 씌우고 암살자인 라티파까지 보낸 남자가 한 말이라 생각하기 어려웠다.

"……감사합니다."

리오는 기분 나빠하면서도 조용히 고개를 숙였다.

"그럼 제3자인 리제롯테 양에게 상세 문구도 포함해서 원본 계약서 작성을 맡겨도 되겠나?"

유그노 공작이 리제롯테에게 서면 작성을 의뢰했다.

"네, 맡겨주세요."

리제롯테가 흔쾌히 승낙했다.

"미안하네. 하루토 군에게도 다시 사과하겠네. 어리석은 아들이 다대한 폐를 끼쳐서 정말로 미안하네."

유그노 공작이 리제롯테에게 고개를 숙이고 이번에는 리오에게 다시 사과했다.

"아닙니다. 해결만 잘 된다면야, 특별히 앙심도 품지 않았으니까요."

리오가 난처한 표정으로 고개를 저었다.

"……부끄러운 이야기지만, 옛날부터 바쁜 나머지 아들과 얼굴을 마주할 시간도 없어서 저런 방탕한 아들로 키우고 말았네. 부모로서 이번 일을 책임지고 보상하겠다고 맹세하지. 그러기 위해서라도 한 가지 부탁이 있네만……."

유그노 공작이 리오의 안색을 살폈다.

"뭔가요?"

리오가 조금 경계하며 고개를 갸웃거렸다.

"자네가 허락한다면 본인들이 사과할 기회를 주지 않겠

나? 그 뒤로 깊이 반성했나 보네. 자기만족일 수도 있지만, 자네에게 사과하고 싶은 모양이야."

유그노 공작이 쓴웃음을 지으며 이야기를 꺼냈다.

"……네, 괜찮습니다."

리오가 머뭇거리며 승낙했다.

"고맙네. 아리아 양. 데려와 주겠나?"

유그노 공작이 방 한쪽에서 조용히 대기하던 아리아를 불렀다.

"알겠습니다."

아리아가 고개를 끄덕이고 문을 열어 밖으로 나갔다.

"실은 옆방에 대기시켜뒀네. 바로 올 거야."

유그노 공작이 사정을 설명했다. 그 말대로 얼마 지나지 않아 아리아가 돌아와 방문을 열었다.

"실례하겠습니다. 드시지요."

아리아는 문을 열고 스튜어드와 알폰스를 안으로 들게 했다. 두 사람의 분위기가 몹시 우중충했다.

"……실례하겠습니다."

스튜어드 일행이 무척 낙담한 목소리로 인사했다.

'엄청나게 변했는데.'

리오는 스튜어드 일행의 바뀐 모습을 보고 눈을 크게 떴다. 어젯밤, 소녀들을 옆에 끼고 거칠게 떠들던 두 사람과 동일인물 같지 않았다.

"이쪽으로 오게나."

유그노 공작이 그 두 사람을 근처로 불렀다.
"네……."
스튜어드 일행은 불린 대로 유그노 공작 곁으로 다가갔다.
"잘됐군. 하루토 군이 사과할 기회를 줬다. 그의 관대함에 감사하고 제대로 사과하도록."
유그노 공작이 낮고 차분한 목소리로 스튜어드 일행에게 말했다. 그러자 스튜어드가 먼저 리오에게 무릎을 꿇었다.
"……잘못, 했습니다. 어젯밤에는 술에 취해, 돌이킬 수 없는 짓을 저질렀습니다. 깊이 반성하고 있습니다."
스튜어드가 리오에게 사과했다.
"잘못했습니다."
조금 뒤늦게 알폰스가 짧게 말하고 무릎을 꿇어 이마를 바닥에 댔다. 목소리와 몸이 가늘게 떨렸다. 대체 어떤 감정일까. 학원시절의 두 사람을 아는 리오에게는 그저 충격적인 광경이었다.
리오는 아무리 학원시절에 부딪혔다 해도 상대가 계속 무릎 꿇은 채로 있는 것을 보며 좋아하는 취향은 아니었다. 애당초 리오에게 아무 상관 없는 상대였다. 용서하고 말고 이전의 이야기였다.
"……아닙니다. 어서 고개를 드세요."
리오가 무뚝뚝하게 말했다. 일단 사과만 받기로 했다. 리제롯테가 리오의 옆얼굴을 가만히 살폈다.
스튜어드와 알폰스는 바로 방을 나갔다. 남은 사람들끼

리 잠시 담소를 나누다가 나탈리가 들어와 오찬 준비를 알렸다.

◇◇◇

리오 일행은 아리아와 나탈리의 안내를 받아 저택 식당에 들어갔다. 실내에 있는 거대한 직사각형 식탁에 플로라와 로아나, 사카타 히로아키가 앉아 있었다. 거기서 히로아키가 수다를 떨고 있었다.

"아, 하루토 님."

플로라가 리오 일행이 들어온 것을 알아차리고 사근사근하게 웃으며 말을 걸었다.

'……나?'

리오는 함께 있는 리제롯테나 유그노 공작이 아닌 자기 이름이 불린 것에 조금 허를 찔렸으나 표정으로는 드러내지 않았다.

"안녕하세요. 다시 뵙게 되어 영광입니다, 플로라 왕녀 전하. 두 분도."

리오가 오른손을 가슴에 대고 공손히 고개를 숙였다.

"요, 고생했다며."

히로아키가 리오에게 말했다.

"별문제 없이 원만하게 해결될 것 같습니다."

리오가 쓴웃음 지으며 대답했다.

"그래? 어, 앉아."

히로아키가 리오에게 앉으라고 권했다. 아예 제집처럼 굴었다.

"네, 어서 앉으세요. 하루토 님, 유그노 공작님."

리제롯테도 리오와 유그노 공작에게 자리를 권했다.

"그럼 주빈과 함께 대접받도록 하지."

유그노 공작은 위축되지 않고 태연하게 자리에 앉았다.

"하루토 님은 이쪽에 앉으시지요."

리오가 앉을 자리를 고른 아리아가 의자를 빼고 권했다.

"……그러면 실례하겠습니다."

리오가 머뭇머뭇 의자에 앉았다. 바로 옆에는 플로라가 앉았다.

"저기, 이제 와서 뭣하지만, 저희도 함께해도 괜찮을까요?"

플로라가 옆에서 리오의 얼굴을 들여다보며 말했다.

"물론입니다. 오히려 제가 여러분과 함께해도 괜찮으실까요?"

리오는 리제롯테와 유그노 공작 셋이서 식사하는 줄 알았던지라 허를 찔린 거나 마찬가지였다. 참고로 리제롯테도 식당에 들어오기 전까지는 플로라 일행이 있는지 몰랐지만, 시녀들에게 미리 어느 쪽이든 대응할 수 있게 준비시켜놓아서 특별히 놀라지는 않았다.

"상관없지. 애초에 네게 감사하는 자리니까. 용사, 왕녀와 함께 식사하는 건 좀처럼 경험하기 힘든 일이라고. 영광인 줄 알아."

히로아키가 거드름 피우며 말했다.

이 자리의 주역은 리오이건만, 히로아키가 주역은커녕 주인인 것처럼 행동했다. 하지만 신의 사도와 같은 용사이니 뭐, 그 정도는 애교였다.

"네, 영광입니다."

리오는 붙임성 있게 수긍했다.

"딱딱한 자리가 아니니 부디 편하게 즐겨주시길 바랍니다. 오늘은 제가 내놓을 수 있는 최고의 요리를 준비했습니다."

리제롯테가 왠지 미안해하며 말했다. 리오에게 감사할 명목으로 만든 자리인데 오히려 그가 신경 써주는 것 같았다.

"신경 써주셔서 감사합니다."

리오는 역시나 사교적인 미소를 지으며 상냥하게 감사를 표했다.

리제롯테의 시녀들이 요리를 가져오자 오찬회가 시작됐다.

딱딱한 자리가 아니라 식사는 풀코스 형식이 아닌, 처음부터 모든 요리가 식탁에 오른 상태로 제공됐다. 마음에 든 음식을 더 먹고 싶으면 웨이터 역할을 맡은 시녀들이 덜어서 자리까지 가져다줬다.

자리 순서도 일단은 자유로웠다. 히로아키는 안쪽에 자리 잡았고 옆에는 로아나를, 맞은편에 플로라를 앉혔다. 리오는 플로라의 옆에 앉았고 리오의 옆에는 리제롯테가, 유그노 공작은 리제롯테의 맞은편에 앉았다.

"여전히 좋은 고기를 쓰네. 고기 굽는 방식도 제대로 알고 있어. 역시 리제롯테 저택의 요리사는 실력이 좋아."

히로아키가 만족스러운 표정으로 말하고 스테이크를 먹었다.

"감사합니다."

리제롯테가 웃으며 말했다.

"좋은 고기를 먹으면 역시 밥을 먹고 싶다니까."

히로아키가 작게 숨을 내쉬었다.

"일단 리카 상회를 통해 쌀을 준비해봤습니다만……."

리제롯테가 표정을 흐리며 말했다.

"뭐야, 그래?"

히로아키가 강한 관심을 보였다.

"네. 예전에도 밥을 드시고 싶다고 하셔서 용사님이 말씀하신 대로 준비했습니다. 아리아."

리제롯테가 실내에 대기하던 아리아를 불렀다.

"네."

아리아는 조용히 고개를 끄덕이고 음식 테이블에 있는 작은 냄비 앞으로 이동했다. 거기서 밥을 접시에 조금 덜고 히로아키의 자리로 가져갔다.

“그 쌀은 원래는 탈곡한 보리처럼 죽으로 먹는 품종이라고 합니다. 슈트랄 지방에서는 일부 지역에서만 재배되고 왕족과 귀족분이 즐겨 드시는 것도 아니니, 여러분도 처음 보시지 않습니까?”

리제롯테가 식탁에 둘러앉은 사람들에게 말했다.

슈트랄 지방에서 죽이란 쌀 이외의 곡류를 쓰는 것이 일반적인데, 애초에 슈트랄 지방 왕국의 귀족은 죽 자체를 하층민의 음식이라고 생각했다.

그래서 왕후 귀족의 식탁에 그 식재료를 올리면 원래는 실례되는 일이지만, 용사인 히로아키가 바란다면 이야기가 달랐다.

“이것이 히로아키 님이 말씀하신 밥이군요, 과연…….”

플로라가 히로아키의 앞에 놓인 접시를 흥미롭게 바라봤다.

‘슈트랄 지방에도 쌀이 있구나.’

리오도 의외의 사실에 눈을 크게 떴다.

“하하, 그랬군. 어디 한번 먹어볼까?”

히로아키가 손에 든 포크로 밥을 퍼서 물끄러미 보고 입가에 미소를 그렸다. 그리고 입으로 가져갔다.

“……어떠십니까?”

리제롯테가 조용히 물었다.

“아– 이건 쌀이 분명해. 쌀은 맞는데 내가 원한 밥은 아니야.”

히로아키가 아쉬워하며 고개를 저었다.

"역시 만족시켜드리지 못했군요."

리제롯테가 미리 반응을 예상했는지 쓴웃음 지으며 말했다.

"……무슨 일이에요?"

플로라가 이상하다는 듯이 고개를 갸웃거렸다.

"퍼석퍼석하고 밥에 윤기와 찰기가 없어. 한마디로 말하자면 맛없어. 이 쌀은 이렇게 만들어 먹는 품종이 아니야. 뭐, 죽으로 만들면 간을 어떻게 하느냐에 따라 그럭저럭 맛있게 먹을 수 있을 것 같긴 한데……."

히로아키가 리제롯테 대신 설명했다.

"동감입니다. 그래서 저희 집 요리사가 맛있게 드실 수 있게 조리해봤습니다. 괜찮으시면 그것도 드셔보시겠어요?"

리제롯테가 히로아키에게 제안했다.

"호오, 준비성 좋은데. 역시 리제롯테야. 좋아, 가져와 봐."

히로아키가 흥이 올랐는지 즐겁게 고개를 끄덕였다.

"그러면 아리아, 인원수만큼 준비해서 올려."

"알겠습니다."

리제롯테의 명령에 아리아가 공손히 수긍하고 다른 시녀들과 함께 음식을 날랐다. 곧 리오의 앞에도 접시 두 개가 놓였다. 하나는 평범하게 지은 흰 쌀밥이고 다른 하나는 리소토로 조리한 음식이었다.

"여러분, 괜찮으시다면 쌀을 익혀 만든 밥과 차이를 비교하며 즐겨주세요."

리제롯테가 방긋 웃으며 말했다.

"재미있는 취향이군. 그럼 들어보겠네. 흠……."

유그노 공작이 먼저 흰 쌀밥부터 먹었다.

"맛있는데! 치즈 리소토인가?"

한편, 벌써 리소토를 먹은 히로아키가 기뻐하며 감상을 말했다.

"감사합니다. 히로아키 님은 이 요리를 아시는군요. 말씀대로 치즈를 사용했는데, 이 음식을 리소토라고 하나요?"

리제롯테가 웃으며 자못 신기하다는 듯이 물었다.

"응, 내 세계에 있는 비슷한 요리의 이름이야. 죽 하고는 다르게 공들여 조리하는 음식이지?"

히로아키가 고개를 끄덕이고 아는 체하며 확인했다.

"네, 말씀하신 대로입니다. 아직 이름을 붙이지 않았는데, 모처럼이니 리소토라고 붙이겠습니다."

리제롯테가 방긋 웃으며 말했다.

"응, 상관없어."

히로아키가 만족스럽게 고개를 끄덕였다.

'……이 용사, 리제롯테 씨가 지구의 지식으로 이 리소토를 재현했을지도 모른다는 생각은 안 드나?'

한편, 리오는 의문을 가졌다. 그러나 물어볼 구실이 없고 파고들 생각도 없으니 지금은 지켜보기로 했다.

"이 리소토, 인가요? 정말 맛있네요."

플로라도 리소토를 먹고 활짝 웃으며 감상을 말했다.

"네, 놀랐어요."

로아나의 혀에도 감동을 준 모양이었다.

"두 손 들었네. 설마 곡물을 이렇게 맛있게 조리할 줄은……."

유그노 공작도 감탄하고 입맛을 다셨다.

"만족하셨다니 영광입니다. 하루토 님은 어떠세요?"

리제롯테가 플로라 일행의 반응을 기쁘게 받아들이고 마침 리소토를 먹은 리오에게 물었다.

"훌륭하네요. 설마 밥을 먹을 수 있을 줄은 몰랐습니다."

리오가 방긋 웃으며 감상을 말했다.

"……혹시 하루토 님은 밥을 드신 적이 있으십니까?"

리제롯테가 의외라는 듯이 리오를 봤다.

"네, 각지를 여행하다 보니까요."

리오가 거짓말이 아닌 범위에서 정보를 개시했다. 사실은 일상적으로 밥을 먹고 리소토도 종종 만들어 먹지만, 이야기만 복잡해질 테니 말하지 않았다.

"저기, 하루토 님은 몇 살부터 여행하셨나요?"

플로라가 리오가 여행했다는 이야기에 관심이 생겼는지 머뭇거리며 물었다.

"……열한 살 때부터입니다."

리오는 예전에 아리아에게도 가르쳐준 대로 여행을 시작한 나이를 한 살 다르게 대답했다. 리오가 왕립학원 6학년이었을 때 벨트람 왕국에서 도망쳤으니 사실은 열두 살이었다.

"열한 살, 이요……."

플로라가 어딘지 안타까워하며 중얼거렸다.

"그러고 보니 너 몇 살이야?"

히로아키가 플로라의 표정을 보고 살짝 눈을 가늘게 뜨더니 리오의 나이를 물었다.

"지금은 열여섯입니다."

"호오, 로아나와 동갑이군. 플로라와 리제롯테보다는 한 살 위고. 그런 꼬맹이였을 때부터 잘도 여행했네? 이 세계는 귀족이 아니면 걸으면서 여행하는 게 기본이잖아. 뭐, 부모와 함께라면 불가능하지도 않나?"

"아뇨, 부모님은 두 분 다 제가 여행을 떠나기 전에 돌아가셨습니다. 보통은 혼자 여행했어요. 도중에 일시적으로 함께 여행한 사람도 있지만요."

"아— 그래. 부모님이 돌아가셨구나. 미안한 걸 물었어."

히로아키가 분위기를 파악했는지 조금 겸연쩍어하며 머리를 긁적였다.

"아닙니다. 신경 쓰지 마세요."

리오는 웃으며 고개를 저었다.

"저기, 그럼, 하루토 님은 왜 혼자서 여행하기로 하셨나요? 그, 원래 살던 곳이 있었죠?"

플로라가 리오에게 더 파고드는 질문을 했다.

그러자 리제롯테와 로아나, 유그노 공작이 흥미롭다는 듯이 눈을 크게 떴다. 플로라치고 적극적이었기 때문이었다.

"……돌아가신 부모님과 인연이 있는 사람들을 찾고 싶었기 때문일까요? 부모님이 유랑민이었기도 해서 그 동네에 아는 사람이 거의 없고, 그 동네에 애착이 없었던 것도 있고요."

리오가 생각하는 표정을 짓고 말을 고르며 대답했다.

"……그러면 원래 어디서 사셨나요?"

플로라는 계속 질문했다. 옆에 앉은 리오 쪽으로 고쳐앉고 그 얼굴을 물끄러미 바라봤다.

"플로라, 옛날 일을 너무 캐묻는 거 아니야?"

히로아키가 보다 못했는지 플로라에게 충고했다.

"앗, 아니, 저기, 그러려던 게 아니라, 죄송합니다!"

퍼뜩 정신을 차린 플로라가 황급히 리오에게 사과했다.

"아뇨, 신경 쓰지 마세요. 오히려 대화가 어두워져서 죄송합니다."

리오는 플로라가 마음 쓰지 않도록 다정하게 웃으며 고개를 저었다.

"이거 참, 꽤 흥미로운 이야기를 들었군. 과거는 그랬다 치고, 장차 어디에 정착할 생각은 없나?"

유그노 공작이 리오의 과거가 아닌 미래에 초점을 맞춰 질문했다.

"그렇, 군요. 아직 여행 중이라 어떻게 될지 모르겠습니다."

리오가 억지로 웃으며 대답을 얼버무렸다.

"하하하. 그러면 벨트람 왕국을 꼭 정착지로 염두에 넣어 주게나. 자네 같은 검사는 내가 좋은 조건으로 고용하지."

유그노 공작이 밝게 웃으며 리오를 영입하려고 과한 시도를 했다.

"어머, 하루토 님 같은 검사라면 저도 입후보하겠어요."

리제롯테가 얼른 유그노 공작을 견제했다.

"이런, 벌써 라이벌이 생겼군."

"후후, 당연하지요. 눈앞에서 당당하게 새치기하려고 하셨잖아요."

"하하하, 계속 아망드에 있을 수는 없으니 말이네. 인재는 늘 원하고, 이렇게 얼굴을 마주하는 건 귀중한 기회 아닌가. 잘 활용해야 하지 않겠나."

유그노 공작이 즐겁게 말하고 리오를 봤다.

"……말씀 감사합니다. 만약 인연이 있으면 잘 부탁드립니다."

리오가 겉치레로 무난하게 대답했다.

"음. 진지하게 말하는 것이네만, 우리는 자네의 검 실력을 발휘할 자리를 얼마든지 마련할 수 있네. 출셋길도 말일세. 자네 인생의 선택지 중 하나로 꼭 좀 생각해주게나."

유그노 공작은 빈말로 끝낼 생각이 없는지 적극적으로 어필했다. 하지만 스튜어드 일행이 문제를 일으킨 직후라 경계하지 않도록 강권하지도 않았다.

"저도 기다리겠습니다."

리제롯테도 자연스럽게 리오에게 자기를 어필했다.

"오~ 오~ 엄청 치켜세워주는데. 새로운 용사 탄생인가?"

히로아키가 리제롯테를 보고 물을 끼얹듯이 말했다.

"말도 안 됩니다. 진짜 용사인 히로아키 님의 발끝에도 못 미칩니다. 마물 군세를 일격에 무찔렀다고 전해져 내려오는 전설이 사실이라면 미노타우로스를 고작 몇 마리 쓰러뜨린 정도는 우스운 일이죠."

리오가 조금 과장되게 부정하고 용사 히로아키를 추켜세웠다.

"아- 뭐, 아무리 활약해도 진짜 용사만이 갖춘 격과 힘이 있으니까. 가짜가 절대로 넘을 수 없는 벽이지. 그걸 알면 너도 의외로 괜찮은 데까지 올라갈 수 있을지도 몰라."

히로아키가 기분 좋게 웃으며 리오를 치켜세웠다.

"감사합니다."

리오는 조용히 고개를 숙였다.

"참, 용사님 이야기가 나와서 말인데 하루토 님은 용사님이 각지에 소환됐다는 이야기를 얼마나 아십니까?"

한편, 난처한 표정으로 히로아키를 보던 리제롯테가 리오를 염려했는지 그런 이야기를 꺼냈다.

"빛기둥이 솟아오른 땅에 용사님이 소환됐다는 이야기는 여기저기서 들었습니다. 소문으로는 가르아크 왕국에도 용사님이 나타나셨다고……."

리오가 마침 잘 됐다며 가르아크 왕국의 용사에 관해 물었다. 가르아크 왕국의 용사에 관한 정보를 찾는 것도 리제롯테에게 접근한 목적 중 하나인지라 아주 타이밍이 좋았다.

"일단 왕성은 아직 국민에게 정보를 공개하지 않고 있습니다만, 그렇게 눈에 띄는 빛기둥이 솟아올랐으니 계속 숨기지는 못하겠죠."

리제롯테가 씁쓸하게 웃으며 말했다.

"아— 야회에서 정식으로 선보인댔나? 가르아크의 여자 용사를."

히로아키가 피곤하다는 듯이 숨을 내쉬었다.

"야회……. 여성분입니까?"

리오는 새로운 정보에 설레는 마음을 억누르고 조심스럽게 물었다.

"네, 사츠키 스메라기 님. 우리나라에 소환된 용사님의 이름입니다."

리제롯테가 가르아크 왕국에 소환된 용사의 이름을 말했다. 역시 그 사람은 리오가 찾는 인물과 성과 이름이 같았다.

"사츠키 스메라기 님……."

성과 이름만 같은 다른 사람은 아닐 터였다. 리오는 가르아크 왕국에 소환된 용사가 미하루 일행의 선배일 거라 확신했다. 그러면 이 정보를 손에 넣은 것만으로 지금까지 리제롯테에게 접근한 보람이 있었다.

"히로아키 님도 야회에 출석하실 거라네. 우리도 그 자리에서 히로아키 님을 선보일 예정일세."

유그노 공작이 히로아키를 보며 말했다.

"구경거리가 되는 건 마음에 안 들지만, 이것도 용사의 역할이니까."

히로아키는 말과 달리 싫지만은 않은 듯 웃으며 어깨를 으쓱했다.

"……아주 호화로운 자리가 되겠네요."

리오가 눈을 휘둥그레 떴다.

"실은 다른 한 사람, 센트스텔라 왕국에 소환된 용사님도 참가한다는 소문이 있네. 미확정에 용사님의 이름도 숨겨져 있지만."

유그노 공작이 리오에게 추가로 정보를 가르쳐줬다.

"대단하네요……."

리오가 흥미를 보이며 맞장구쳤다.

'드디어 한 걸음 크게 전진했다. 미하루 씨 일행에게도 좋은 소식이 되겠어.'

드디어 앞이 보이기 시작하자 안심하고 작게 숨을 내쉬었다.

【 막간 】 ❈ 미하루의 일상

한편, 정령의 주민의 마을.

미하루는 아키와 함께 오피아의 지도를 받으며 정령술 훈련에 매진했다.

"으음……."

아키가 끙끙대며 앞의 허공으로 손을 뻗었다. 미하루도 같이 앞으로 손을 뻗었는데 손가에 지름 몇 센티미터의 물방울이 떠 있었다.

"대단해, 대단해, 미하루. 정령술 발동 속도도, 물방울 크기도, 요 며칠 사이에 또 눈에 띄게 성장했어!"

오피아가 미하루의 향상된 모습을 보고 몹시 놀랐다.

"고마워. 살짝 요령을 잡은 것 같아. 오피아 덕분이야."

미하루가 수줍게 감사를 표했다. 그리고 다시 정신을 집중하고 정령술에 의식을 쏟았다.

"……나와 미하루 언니는 뭐가 다른 거지? 재능인가?"

아키가 미하루를 물끄러미 바라보며 중얼거리고 낙담해 얼굴에 그늘을 드리웠다. 날이 갈수록 미하루와 차이가 벌어져서 초조했다. 아키의 중얼거림은 집중하는 미하루의 귀에는 닿지 않았지만, 오피아의 귀에는 똑똑히 들렸다.

'물론 미하루의 재능은 훌륭하지만…….'

오피아는 아키의 얼굴을 보고 미하루의 진지한 옆얼굴

을 빤히 바라봤다. 리오 외의 인간족에게 정령술을 가르치는 것은 오피아도 처음이지만, 미하루의 정령술 재능은 인간족 중에서 범상치 않은 수준에 도달했다.

그러나 리오는 이 세계의 인간족으로는 예외 중의 예외이고, 지구 출신인 미하루 일행을 이 세계의 인간족과 같은 선상에 놓아도 될지 의문이 생겼다.

다만, 미하루만이 아니라 아키와 마사토도 이 세계의 인간족에 비해 터무니없는 속도로 정령술을 습득하고 있다고 단언할 수 있었다.

그러니까 자신감을 잃을 필요는 없다고 오피아는 아키에게 수차례 말했다. 그러나 압도적인 속도로 성장하는 미하루를 보면 자신이 뒤떨어져 보이리라. 아키는 이따금 비굴해지는 것 같았다.

'미하루와 아키는 뭐가 다르지? 역시 재능? 하지만 그 한마디로 정리하고 싶지 않아. 미하루는 연장자로서 가장 노력하는걸. 지금도 굉장히 집중하고 있고…….'

미하루의 표정은 진지했다. 오피아는 미하루가 훈련 시간 외에도 몰래 꾸준히 노력하는 것을 잘 알았다.

대조적으로 아키는 미하루의 성장에 정신을 빼앗겼는지, 마음이 떠난 것처럼 보였다. 평소에는 고민하는 모습을 보이지 않으니 잠시 지켜보는 것도 한 방법일 테지만, 오피아는 연장자로서, 정령술 지도자로서 아키를 잘 이끌어 줄 수 없을까 고민했다.

'역시 미하루와 이야기해보는 게 제일이겠지. 미하루와 이야기를 좀 다시 해보고, 아키를 제일 잘 아는 건 미하루니까.'

정령술 훈련 때는 오피아가 강사이지만, 오피아에게는 미하루가 한 살 위 언니였다. 이럴 때에는 어리광부려도 될 것이다.

'응. 그럼 당장 오늘 밤에! 사라와 아르마도 불러야지!'

오피아는 마음을 정하고 미소 지었다.

그날 밤.

미하루 일행이 함께 생활하는 마을 집. 어린이조 라티파, 아키, 마사토가 잠든 뒤, 오피아는 사라와 아르마를 데리고 미하루의 침실 문을 두드렸다.

"……네. 다들 무슨 일이야?"

미하루가 아직 깨어있었는지 바로 문을 열었다. 문밖에 오피아 일행이 모여 있는 것을 보고 눈을 살짝 동그랗게 떴다.

"후후후, 우리 넷이서 잠깐 이야기 안 할래?"

오피아가 웃으며 미하루에게 제안했다.

즉, 이세계 버전 잠옷 파티 권유였다. 미하루와 오피아 일행은 이미 잠옷으로 갈아입었다. 오피아는 다기를 올린 쟁반을 들고 있었다. 평소에도 밤에 집 주민이 거실에 모여 종종 차를 마시고는 했는데 연장자조만, 그것도 미하루의 방에서 마신 적은 없었다.

"응. 들어와."

그러나 미하루는 흔쾌히 세 사람을 자기 방으로 들였다.

"고마워."

오피아 일행은 기뻐하며 미하루의 침실로 들어갔다. 미하루의 침실은 5평 정도로 방 한쪽에 작은 4인용 테이블 세트가 있었다. 오피아는 테이블 위에 쟁반을 놓았다.

"혹시 정령술 연습 중이었습니까?"

사라가 실내를 둘러보고 미하루에게 물었다.

"아…… 응. 어떻게 알았어?"

미하루가 망설이다가 긍정하고 신기해하며 물었다.

"오드 잔재와 마나 파동이 실내에 떠돌고 있습니다. 오드 양이 마도구 조명에서 나온 정도가 아니라 미하루가 몰래 연습했나 싶어서."

사라가 키득 웃으며 추측했다.

"그랬구나……."

미하루가 사라의 통찰력에 작게 끙끙댔다. 매우 소규모의 정령술을 사용했으나 몇 번이고 반복연습을 한 탓에 모르는 사이, 상당한 양의 마력을 방출한 모양이었다.

"어지간히 연습한 모양이네요. 미하루 언니는 노력파로군요."

아르마도 피식 웃으며 말했다.

"아, 아니야."

미하루가 어색하게 고개를 저었다. 개인 연습이 금지는 아니지만, 지나치게 연습하면 몸에 부담이 가니 추천하지 않았다. 사라 일행이 오기 전에도 약 한 시간 정도 정령술 연습을 했는데 걱정을 끼치고 싶지 않았다.

하지만 미하루는 마을에서 빼어난 정령술 재능을 가진 사라 일행을 속이지 못했다.

"어휴, 숨겨도 압니다. 노력하는 건 좋지만, 초보자일 때는 지나치게 연습하지 않게 조심하세요."

사라가 기막혀하며 미하루에게 주의를 줬다.

"그래. 누차 말하지만, 미숙할 때 체내에서 오드를 지나치게 방출하면 몸이 안 좋아지기도 하니까."

오피아도 사라에 편승해 거듭 주의했다.

"그래요, 그래요."

아르마가 고개를 끄덕였다.

"아하하, 상태가 나빠진 것도 아니고 괜찮아. 오늘은 이제 연습 안 할게. 자, 앉아."

미하루가 조금 겸연쩍게 웃고 사라 일행에게 앉으라고 권했다.

"네, 그럼 실례하겠습니다."

사라가 어쩔 수 없다며 쓴웃음 짓고 의자에 앉았다. 아르마와 오피아도 사라를 따랐다. 오피아가 차를 우리기 시작했다.

"평소에는 거실에 모여서 그런지 누군가의 방에 모이니까 신선하네요."

아르마가 안을 둘러보고 말했다.

"그러게. 우리만 모인 걸 보니까 중요한 이야기야?"

미하루가 사라 일행의 안색을 살피며 고개를 끄덕이더니 자세를 살짝 다듬고 물었다.

"어떻습니까? 오피아."

사라도 오피아에게 불려왔을 뿐인지 고개를 갸웃거리며 오피아를 봤다.

"후후, 중요하다면 중요한 이야기야. 미하루와 아키, 마사토 일로 우리끼리만 이야기해보고 싶었어."

오피아가 방긋 웃으며 말했다.

"뭐, 새삼 그런 이야기를 할 기회가 없긴 했습니다만……."

사라가 요즘 생활을 돌아보며 생각에 잠긴 얼굴로 말했다. 일단은 이해한 모양인데, 오피아에게 무슨 생각이 있나 의심하는 듯했다.

"그렇지? 그래서 말인데 미하루, 마을 생활은 어때? 힘든 일이나 고민은 없어? 불안한 점이라든가."

오피아가 가슴께에 양손을 마주대고 미하루에게 물었다.

"응? 음…… 특별히는, 없나?"

미하루가 갑작스러운 물음에 당황하더니 고개를 갸웃거리며 대답했다.

"정말로?"
오피아가 다시 묻고 미하루의 얼굴을 들여다봤다.
"……응. 정말, 이야."
미하루가 쭈뼛쭈뼛 수긍했다.
"짚이는 거라도 있습니까? 오피아."
사라가 단도직입적으로 오피아에게 물었다.
"으음, 낯선 마을에서 지내고 있잖아. 우리가 알아차리지 못한 불안이나 문제는 없나 싶어서. 미하루도 그렇고, 아키와 마사토도."
오피아가 그제야 구체적으로 취지를 설명했다.
"아하. 어떻습니까? 미하루."
사라가 충분히 이해하고 미하루에게 물었다.
"마을 생활은 아무 문제 없어. 정말 잘해주셔서 모두와 하루토 씨에게 감사해도 모자를 정도로."
미하루가 밝게 웃으며 대답했다.
"쓸쓸하지는 않습니까? 가족과 헤어졌잖아요."
사라가 작심하고 조심스레 물었다. 그런 생각이 들지 않도록 온 힘을 다해 미하루 일행을 환영했지만, 한계는 있을 테니까.
"쓸쓸하지 않다면 거짓말이겠지. ……특히 아키는 조금, 기운 없을 때가 있는 것 같아. 좋아하는 오빠와도 헤어졌으니까 생각이 많은 모양이야."
미하루가 허무한 미소를 지었다.

"하지만 다행히도 죄송한 마음이 더 커. 우리는 정말 혜택받았다고 생각하니까. 모두와 만나서 정말 행복해."

이어서 말하고 수줍게 웃었다.

"미하루……."

오피아가, 그리고 사라와 아르마도 무척 기뻐 수줍어했다.

"물론 아키와 마사토도 그렇게 생각할 거야. 그러니까 쓸쓸할지 몰라도, 모두가 있으니 괜찮아. 항상 고마워."

미하루가 사라 일행의 얼굴을 둘러보고 감사를 표했다.

"우리도 여러분에게 감사하고 있습니다. 친해져서 다행입니다."

사라가 쑥스러워하며 말했다.

"……응."

미하루도 쑥스러워하며 고개를 끄덕였다.

"아키와 마사토는 우리도 은근히 신경 쓰긴 하지만, 무슨 일 있으면 사양 말고 말해요, 미하루 언니."

아르마가 미하루에게 말했다.

"고마워, 아르마."

미하루가 기뻐하며 감사를 표했다.

"……정령술 수행은 어때? 아키가 미하루를 못 따라가서 조금 초조해하는 것 같던데."

오피아가 조용히 물었다.

"그렇습니까? 그런 낌새는 없었던 것 같습니다만……."

사라가 의외라는 듯이 물었다.

"내 생각이 지나쳤을 뿐일 수도 있는데, 훈련 중에 조금. 훈련 외의 시간에는 어떤가 싶어서."

오피아가 넌지시 미하루에게 물었다.

"……지금은 훈련 외의 시간에 신경 쓰는 것 같지는 않아. 나도 신경 쓸게. 아키에게 신경 써줘서 고마워, 오피아."

미하루가 생각에 잠긴 표정을 지으며 대답하고 미안해 하며 감사를 표했다.

"아니야. 정령술 훈련 때는 내가 너희를 가르치는 입장이니까. 조금 못 미더울 지도 모르지만."

오피아가 쓴웃음 지으며 말했다.

"아니야. 오피아가 잘 가르쳐줘서 점점 느는 게 느껴지는걸."

"그건 미하루가 뛰어난 것도 있지만, 미하루가 정령술 훈련에 매진하는 게 가장 커."

미하루가 고개를 젓고 말하자 오피아가 미하루의 성장이 빠른 비결을 설명했다. 아무리 재능이 있어도 본인이 그럴 생각이 없으면 재능을 썩힐 뿐이었다.

"몰래 혼자서 연습도 하니 말입니다."

사라가 웃으며 말했다.

"그, 그렇게 많이는 안 해."

미하루가 부끄러워하며 변명했다.

"아주 의욕적인데 무슨 이유나 목표가 있어요?"

아르마가 키득 웃고 미하루가 노력하는 이유를 물었다.

"재미있는 것도 있지만……."
"있지만?"
미하루가 중간까지 대답하자 사라 일행이 입을 모아 재촉했다.
"음, 우리가 평화롭게 지내는 동안에도 하루토 씨가 노력해주니까? 하루토 씨에게 계속 모든 걸 맡기기는 죄송해서……."
미하루가 주목이 집중된 것을 느끼고 수줍게 대답했다.
"과연, 리오 씨를 위해서라."
아르마가 기분 탓인지 리오의 이름을 강조하며 이해했다.
"우후후, 그래. 그런 거였구나."
오피아가 기뻐하며 이해했다. 한편, 사라는 말없이 슬쩍 미하루의 안색을 살폈다.
"……저기, 다들 뭔가 착각한 거 아니야?"
미하루가 세 사람의 의미심장한 시선을 느끼고 뺨을 붉혔다.
"뭐가요?"
아르마가 태연하게 되물었다.
"아니, 그게, 나는 하루토 씨의 발목을 잡고 싶지 않은 것뿐이야. 하루토 씨는 은인이니까 조금이라도 내가 할 수 있는 일을 늘리고 싶다고 할까? 또 무슨 일이 생겼을 때, 남겨지기 싫다고 할까……."
미하루가 뺨을 더 붉히며 허둥지둥 변명했다.

"네, 다 말하지 않아도 미하루 언니가 왜 진지하게 노력하는지 이해했어요."

아르마가 부드럽게 미소 지었다.

"리오 씨와 함께 있고 싶은 거구나."

오피아가 고개를 끄덕이고 말했다.

"아, 아니야! 아, 아니, 아닌 건 아닌데!"

미하루가 답답해하며 호소했다. 생면부지의 타인인 자기들을 위해 이렇게까지 잘해주는 사람에게 아무것도 할 수 없는 현재 상황이 너무나 안타까웠다. 걸림돌 같은 자신에 만족할 수 없었다.

그래서 미하루는 노력했다. 적어도 자기 몸을 지킬 정도로 강해지지 않으면 리오의 곁에 있을 수 없으니까. 지금 노력하지 않으면 리오가 언젠가 먼 곳으로 떠날 것 같으니까. 그것이 싫었다.

남겨지고 싶지 않았다. 이유를 잘 표현할 수는 없지만, 리오가 자신을 두고 가는 게 막연히 무서웠다. 그뿐이었다.

"뭐, 그 덕분에 정령술 습득이 빠르니 잘된 일이죠. 이렇게 짧은 기간에 정령술 발동에 도달하다니, 대단한 일입니다."

사라가 키득 웃고 대응하기 벅찬 미하루를 도왔다.

"그렇지. 미하루의 재능과 노력이 맞물려서 나온 결과야."

오피아가 방긋 웃으며 동의했다.

"그렇다 해도 너무 빠른 것 같지만……. 솔직히 마을 사람과 비교해도 상당히 빠른 속도예요. 미하루 언니 나이대부터 정령술을 배우기 시작한 사람이 없어서 단순 비교는 못 하지만요."

아르마가 생각에 잠기며 말했다.

"확실히, 정령과 계약했으면 이해가 되지만, 미하루는 아니니까 말입니다. 하지만 미하루는 이세계 사람이기도 하죠."

사라가 흐음 소리를 내고 말했다.

"정령과 계약, 어라?"

미하루가 중얼거리고 무언가를 알아차린 듯이 눈을 깜빡였다.

"왜 그래? 미하루."

오피아가 고개를 갸웃거리며 물었다.

"우리가 마을에 오기 전 일인데 리오 씨가 사정을 설명하러 마을에 들른 동안, 마력공급 때문에 아이가 나와 임시 패스를 연결한 게 생각나서."

미하루가 문득 그때의 기억이 떠올랐다고 말했다.

"……그거야."

오피아가 놀라서 말했다. 사라와 아르마도 눈을 번쩍 떴다.

"내가 정령술을 빠르게 습득하는, 이유지?"

"네. 임시 패스 연결은 본 계약에는 훨씬 못 미치지만, 아이시아 님은 인간형 정령입니다. 미하루의 정령술 재능을 활짝 꽃피워준 거겠지요."

미하루가 묻자 사라가 설명했다.

"그랬구나. 돌아오면 아이에게 고맙다고 해야겠어."
미하루는 아이시아를 떠올리고 후훗 웃었다.

정령환상기

【 제 5 장 】 ❈ 다가오는 마수

한편, 리오가 리제롯테의 저택에 초대되어 식사할 무렵.

알폰스 로던은 리오에게 사과하고 스튜어드 유그노와 헤어져 동료 기사들과 함께 아망드 서쪽 숲으로 갔다.

지금은 서쪽으로 가는 길을 걷고 있었다. 목적은 물론 마물이 대량 발생한 원인 조사였다. 아직 숲속에 흉포한 마물이 숨어 있지 않은지 확인하는 것이었다.

요는 위력 정찰이었다. 유그노 공작의 요청으로 동행한 기사 대부분을 선발대로 구성하고 임무를 맡았다.

참고로 스튜어드는 유그노 공작의 명령으로 근신처분을 받고 저택에서 대기 중이었다. 아들에게는 오명을 씻을 기회를 주지 않고 알폰스에게는 준 만큼, 로던 후작가를 배려한 것일까.

'망할 자식이! 용서 못 해, 절대 용서 못 해! 내게 창피를 주다니…….'

알폰스는 대단할 정도로 부조리한 원한을 품었다. 리오, 유그노 공작, 아이시아, 세리아, 리제롯테, 아리아…… 자기 뜻대로 되지 않은 요소를 구성하는 모든 인간이 미워 죽을 것 같았다.

'내가 왜 그딴 하층민에게 사과해야 하는데!'

자기가 문제를 일으킨 사실은 무시했는데, 애초에 문제

로 생각하지도 않았다. 자기는 특권계급으로 사는 인간이라면서.

'평민은 닥치고 내 말이나 들으면 돼. 그 여자들도 기껏 내가 예뻐해 주려고 했더니. 얼굴 좀 괜찮다고 착각이나 하고…….'

알폰스의 화는 가라앉지 않았다. 리오에게 무릎을 꿇고 나서 숲으로 이동하는 동안, 계속 화가 나 배알이 뒤틀렸다.

물론 그때의 사과는 형식뿐이었다. 형식뿐이었다고는 하나, 태도로 사과의 뜻을 표명하고 말았다. 유그노 공작이 개입해서 합의계약까지 체결한다고 했다.

이제 알폰스는 리오 일행에게 손대지 못하리라. 즉, 완전히 일방적으로 패배한 것이 된다. 덤으로 유그노 공작에게 무능하다는 낙인까지 찍혔다.

'젠장, 젠장, 젠장, 젠장! 난 잘못 없어! 무능하지 않아!'

알폰스는 지금 상황을 용서할 수 없었다. 자기처럼 고귀하고 유능한 인간이 사회적으로 부정당한 사실을 받아들일 수 없었다.

'……우선 그 망할 공작부터야. 두고 봐라. 내 가치를 보여주지.'

알폰스는 분노와 함께 인정받고 싶다는 욕구가 치밀어 올랐다. 그들에게 갚아주고 싶어 견딜 수가 없었다.

'반드시 공을 세워주마.'

알폰스가 단단히 벼르고 야심을 품었다. 아까부터 주변

숲을 둘러보며 울분을 토할 사냥감이 없는지 찾았다.

"이봐, 알폰스. 아까부터 어수선하군. 혼나서 열 받은 건 이해하지만, 임무 중이다. 심기일전해라."

탐색대 남자 지휘관이 노골적으로 기분 나빠하는 알폰스를 보다 못해 주의를 줬다.

"쳇."

알폰스는 혀를 찼다. 20대 중반인 남자 지휘관은 플로라 친위대 부대장이지만, 집안은 알폰스가 나았다. 지금의 알폰스에게 그보다 집안이 별로인 사람이 말해봤자 소귀에 경 읽기였다.

"……태도가 불량하군."

지휘관인 남자 기사가 얼굴을 찌푸렸다. 출신은 알폰스가 나아도 군인으로서는 자기가 상사였다. 그는 실력으로 이 지위를 쟁취했다는 자부심이 있었다.

"그러려던 건 아니었습니다만, 마물이 늘어서 신경이 곤두섰습니다. 그보다 언제까지 길을 따라 걸을 겁니까? 당장 숲속으로 들어가죠."

알폰스가 반항적으로 큰소리쳤다.

"……우리는 어디까지나 경계 강화 순찰을 위해 파견된 선행부대다. 위력 정찰도 임무에 포함되지만, 마물 섬멸이 목적은 아니다."

남자 지휘관이 불쾌한 목소리로 답했다.

그러자 대열을 이뤄 주변을 경계하던 기사들이 알폰스

와 그의 말다툼에 주의를 빼앗겼다.

"그랬다가 미노타우로스가 도시에 나타나면 어떡합니까?"

알폰스는 짜증이 나서 그런지 평소보다 도발적으로 반박했다.

"적당히 해라. 그래서 병행해서 도시 경비를 견고히 하는 것 아닌가. 일개 병졸인 네가 신경 쓸 일이 아니야. 너는 명령만 따르면 된다."

남자 지휘관이 조금 세게 알폰스를 질책했다.

"흥, 겁쟁이가……."

알폰스가 중얼거렸다.

"윽, 도련님이라고 배려해줬건만. 그러면 너 혼자서 숲속으로 가겠나? 바라는 대로 미노타우로스와 마주칠지도 모른다."

울컥한 남자 지휘관이 시비조로 대꾸했다.

"윽……."

알폰스는 오만상을 찌푸렸다. 아무리 화가 나서 머리에 열이 올랐어도 자기 혼자서 미노타우로스를 쓰러뜨리겠다고 생각할 만큼 어리석지는 않았다.

"그럴 필요 없어."

그때, 어디선가 낯선 남자의 목소리가 울려 퍼졌다.

"누구냐?!"

기사들이 황급히 주변을 살폈다.

그러자 길옆의 숲에서 두 남자가 나타났다. 한 사람은

검은 로브에 후드를 써서 얼굴을 숨긴 레이스였고, 다른 한 사람은 당당하게 외모를 드러냈다.

얼굴을 드러낸 남자는 장년이었다. 허리에 검을 차고 용병전사 같은 복장이었다. 그 이름은 루시우스. 잘생겼지만, 자신감과 패기에 찬 야성적인 분위기를 자아내는 남자였다.

"지금은 숲에 마물이 없으니까."

루시우스가 기사들에게 성큼성큼 접근했다.

"멈춰라!"

그들의 거리가 10미터 정도로 줄어들자 지휘관인 남자 기사가 험악한 목소리로 명령했다.

"네, 네. 읏차."

루시우스와 레이스는 그의 말대로 정지했다.

"너희는 아망드의 모험가인가?"

지휘관인 남자 기사가 물었다.

"아뇨, 아닌데요."

루시우스가 가볍게 고개를 저었다.

"……수상한 녀석이군. 숲속에서 뭘 했나?"

기사들이 루시우스와 그의 뒤에 서 있는 레이스를 수상쩍게 바라봤다.

"그야 수상한 놈이니까요. 댁들은 벨트람 왕국 기사님?"

"……그걸 어떻게 알지?"

루시우스가 묻자 기사들의 경계도가 단번에 치솟았다.

"그야 지금 아망드에 머무는 기사는 플로라 왕녀의 친위대니까."

"……뭐 하는 놈이냐?"

플로라의 이름이 나오자 기사들의 표정이 험악해졌다.

"댁들한테 볼 일이 좀 있어. 수는 스물인가. 젊은 녀석들뿐이군."

루시우스가 아주 즐거운 미소를 짓고 기사들의 얼굴을 둘러봤다.

"그러고 보니 당신은 원래 벨트람 왕국의 귀족이었죠. 아는 얼굴이라도 있습니까?"

레이스가 뒤에서 루시우스에게 물었다.

"없는데. 뭐, 있어도 할 일은 똑같지만."

"그거 잘 됐군요. 소재로 더할 나위 없으니 부탁해요."

루시우스가 고개를 젓자 레이스가 담담하게 말했다.

"귀찮네요. 적당히 두들겨 패고 구속하지 않겠습니까?"

알폰스가 검을 뽑고 지휘관인 남자 기사에게 호전적인 제안을 했다. 화풀이로 딱 좋은 상대라고 생각했을 것이다.

"잠깐, 좀 더 대화를……."

"하하하, 활기찬 녀석이 있잖아. 좋은데."

지휘관인 남자 기사는 불심 검문을 계속하려고 했으나 루시우스가 알폰스의 얼굴을 보며 즐겁게 웃었다.

"제발 죽이지 마세요. 치료하기 귀찮으니까 팔다리도 자르지 말고요."

레이스가 귀찮은 듯이 루시우스에게 말했다.
“도와주는 거니까 좀 즐기게 해주라고. 너는 놈들이 도망치지 못하게 주의해.”
루시우스가 대충 대답하고 허리에 찬 검집에서 칠흑의 불길한 검을 뽑았다.
“상대는 싸울 생각인가 봅니다. 제가 가게 해주십시오.”
알폰스가 씨익 웃고 자기가 싸우겠다고 신청했다.
“……안 돼. 포위해서 붙잡는다. 저항하면 반격해도 되지만…….”
지휘관인 남자 기사는 이성적으로 대응하려고 했다. 자기들의 입장과 플로라를 아는 이상, 좀 더 이야기를 들어두고 싶었다.
“윽?!”
갑자기 루시우스가 달리기 시작했다. 엄청난 속도에 놀란 기사들의 눈이 번쩍 뜨였다.
“태세를……!”
지휘관인 남자 기사가 황급히 지시를 내리려 했다. 루시우스가 순식간에 기사들의 대열에 파고들었다.
“느려! 내가 검을 뽑으려 했을 때, 마법으로 신체 능력을 강화했어야지.”
“크…….”
루시우스에게 걷어차인 기사가 가볍게 떠밀려 날아갔다.
“으아아아아!”

주변 기사들이 놀라서 그 광경을 바라볼 때, 알폰스가 고성을 지르며 제일 먼저 루시우스를 공격했다. 스트레스를 날릴 절호의 기회라며 사납게 미소 지었다.

"하하하, 너 재미있는데."

루시우스가 알폰스의 검을 막고 즐겁게 웃었다.

"죽어! 《신체능력 강화마법》!"

알폰스가 검에 힘을 실으며 신체능력을 강화하는 마법을 사용했다. 곧 술식이 떠오르고 힘이 늘어나자 억지로 검을 밀어붙였다. 루시우스는 깨끗하게 뒷걸음질 쳐서 후퇴했다.

"너는 마지막까지 남겨두마. 자, 너희도 어서 마법으로 신체능력을 강화하지그래?"

루시우스가 알폰스에게 말하고 다른 기사들을 부채질했다.

"윽, 《신체능력 강화마법》!"

격앙한 기사들이 줄줄이 마법으로 신체능력을 강화했다.

"상관없다, 그놈은 죽여라! 후드를 쓴 남자만 있으면 된다!"

지휘관인 남자 기사가 드디어 루시우스 살해를 염두에 둔 명령을 내렸다.

"오, 해봐!"

루시우스가 소리치고 기사들에게 뛰어들었다.

기사들이 루시우스를 죽이려고 검을 휘둘렀다.

"뭐야, 뭐야?! 이 정도야?! 더 재미있게 해봐!"

루시우스가 스릴을 즐기듯이 쏟아지는 공격을 빠져나갔다.

"윽, 젠장!"

기사들은 안개를 베는 듯한 착각에 빠졌다. 아무리 검을 휘둘러도, 맞췄다고 확신해도, 검은 루시우스의 몸을 베지 못했다.

루시우스는 검을 휘둘러 기사를 죽일 수 있는 타이밍에도 검을 휘두르지 않았고, 가끔 검을 쓰는가 싶으면 기사들의 공격을 받아넘기는 데 그쳤다.

'얕잡아 보고 놀고 있어!'

기사들이 즐겁게 웃는 루시우스를 보고 생각했다. 제정신이 아닌지 루시우스는 자신을 공격하는 검 사이를 빠져나가는 이 상황을 즐겼다.

"아– 슬슬 수를 줄여볼까."

그렇게 잠시 시간이 흐르자 루시우스가 따분해하며 말했다.

"윽!"

말과 동시에 한 기사가 칼자루 끝으로 명치를 맞고 기절했다.

"이번에는 내가 공격할 차례로군."

루시우스가 밝게 웃으며 말하고 반격을 개시했다.

"악!", "헉……."

두 기사가 주먹과 발차기에 맞아 바닥에 쓰러지나 싶더니, 다음 기사가 루시우스에게 얻어맞고 화려하게 날아갔다.

루시우스는 마치 기사들의 행동을 읽는 것처럼 허를 찌르고, 기선을 잡으며 한 사람, 한 사람의 의식을 타격으로 빼앗았다.

“마, 말도 안 돼…….”

알폰스는 동료 기사들이 꼼짝 못 하고 기절하는 모습을 보고 깜짝 놀라 발을 멈췄다. 문득 정신이 들어 주위를 봤다. 압도적으로 우위였던 상황이 언제부턴가 나빠지기 시작했다. 지금 이러는 동안에도 무사한 기사의 수가 줄어들었다.

순간, 알폰스는 패배를 직감했다. 이대로라면 진다. 그런 생각을 하는 사이, 또 한 사람, 두 사람, 다른 기사들이 바닥에 쓰러졌다.

“오, 오, 수가 줄어 움직이기 쉬워졌네. 속도를 더 올려볼까!”

루시우스가 아까보다 더 빠르게 종횡무진으로 움직이기 시작했다. 마법으로 신체능력을 강화한 기사들보다도 빨랐다.

‘저 움직임은, 마검인가!’

알폰스는 루시우스의 신체능력이 상식을 벗어난 이유를 깨달았다. 마법을 사용하는 자기들보다 더 빠르게 움직이는 이유는 그뿐이었다.

‘이놈이고 저놈이고 마검, 마검, 비겁하다! 나도 마검만 있으면!’

알폰스는 가지지 못한 자로서 가진 자를 질투했다. 그러나 그것은 이 자리에선 아무 의미가 없는 비생산적인 감정이었다. 상황 타개에서 점점 멀어졌다.

"윽!"

또 한 기사가 무릎치기를 맞고 바닥에 쓰러졌다.

"아- 네 명 남았나."

루시우스가 전망이 좋아진 길을 둘러봤다. 스무 명 넘게 있었던 숙련된 기사들이 고작 몇십 초 만에 네 명으로 줄었다.

'말도 안 돼…….'

알폰스는 멍하니 생각했다. 주위를 둘러보니 의식을 유지하고 서 있는 것은 알폰스와 남자 지휘관을 포함한 기사 네 명, 루시우스와 레이스뿐…….

"덕분에 기절한 기사 회수도 순조로워요."

루시우스, 알폰스 일행과 거리를 두고 관전하는 레이스의 주변에 루시우스가 쓰러뜨린 기사들이 모여 있었다. 모두 신음하고 고통스러워하며 쓰러져있었다.

"마무리만 남았나. 이제 곧 네 차례도 올 거야."

루시우스가 완전히 전의를 상실한 알폰스를 봤다.

"히익……."

알폰스는 공포를 느끼고 자기도 모르게 뒷걸음질 쳤다.

아니, 알폰스만이 아니었다. 다른 기사들도 전의를 잃고 한발씩 루시우스와 거리를 뒀다.

"도, 도망쳐라! 철수하라!"

아직 무사한 지휘관인 남자 기사가 외쳤다. 그 직후, 알폰스를 포함한 네 기사는 일제히 아망드로 이어진 길을 달렸다.

'도, 도움을! 도움을 요청해야 해! 전략적 철수야!'

알폰스가 필사적으로 달리며 자신에게 말했다. 미노타우로스를 쓰러뜨리고 공을 세우겠다고 단단히 벼른 기개는 티끌만큼도 남지 않았다.

"싸워보고 신체능력의 차이를 알았나 보네? 도망치면 따라가야지!"

루시우스가 모멸하는 목소리로 말하고 힘차게 땅을 박차 기사들의 뒤를 쫓았다. 그들의 거리가 순식간에 좁혀졌지만, 필사적인 기사들은 알아차리지 못했다.

"하아, 하아……!"

알폰스는 거친 숨을 쉬며 발을 놀렸다. 그러나 이내 뒤에서 검이 뻗어와 알폰스의 얼굴 옆을 아슬아슬하게 통과했다.

"히, 히익?! 으아아!"

알폰스가 참지 못하고 옆으로 걸음을 내디디고, 바로 뒤에 있을 루시우스를 향해 체면 불고하고 검을 휘둘렀다. 그러나 그 공격은 헛되이 허공을 갈랐고—.

"뭣?!"

놀란 알폰스의 눈이 번쩍 뜨였다. 루시우스는 뻔뻔하게

웃으며 알폰스의 10미터 뒤에 서 있었다. 지휘관인 남자 기사를 발길질하며 알폰스를 바라봤다.

'마, 말도 안 돼, 분명히 검이?! 순식간에 저기까지 후퇴했나?!'

알폰스는 놀라서 눈을 크게 뜨고 아까 피부로 느낀 섬뜩한 검의 냉기를 확인하듯이 자신의 뺨을 만졌다.

"약속대로, 마지막은 너야. 너무 귀찮게 하지 마."

루시우스가 귀찮아하며 욕을 내뱉었다.

"으, 윽……."

알폰스는 아무 말 못 하고 주춤주춤 뒷걸음질 쳤다. 기분 나쁜 것이라도 보듯이 강한 혐오감을 드러내며 루시우스를 노려봤다.

"……역시. 너 좋은 눈을 가졌는데."

루시우스가 알폰스의 눈을 물끄러미 바라보더니 성큼성큼 다가와 알폰스와 거리를 좁혔다. 알폰스는 위축되어 움직이지 못했다.

"뭐, 뭐야?"

이제는 도망칠 수 없었다. 알폰스는 루시우스에게 대답하면서도 어떻게든 자기가 살아남을 길을 모색하려고 했다.

"그 더러운 삶이 엿보이는 탁한 눈 말이야. 너 어쩌면, 혹시 모르겠네."

루시우스가 씨익 웃고 의미심장한 말을 했다.

"뭐, 뭐?"

알폰스는 영문을 알 수가 없었다.
"음, 귀찮아졌어. 얼른 끝내자."
"자, 잠깐! 돈이라면 주겠어. 너희에 대해서도 입 다물라면 그럴게!"
루시우스가 더 거리를 좁히자 알폰스가 황급히 외쳤다.
"뭐, 도온?"
루시우스가 알폰스의 말에 흥미가 생겼는지 걸음을 멈추고 기쁨을 띤 미소를 지었다.
'돼, 됐다! 돈으로 교섭할 수 있어!'
교섭의 여지가 있다며 알폰스도 입가에 미소를 새겼다.
"……역시 너 재미있어."
루시우스는 흐흥 코웃음을 치고 다시 알폰스에게 다가갔다.

◇◇◇

한편, 아망드 대관 저택, 리오는 리제롯테 일행과 식사를 마치고 귀가하기로 했다. 저택 마당에 리제롯테 일행이 배웅하러 왔다.
"여러분이 배웅해주시니 송구스럽습니다. 오늘 감사했습니다."
리오는 오른손을 가슴에 대고 배웅하는 이들에게 정중하게 머리를 숙였다.

"저야말로 와주셔서 정말로 감사했습니다. 다음에 다시 사람을 보낼 테니 한동안 편하게 아망드에 머물러 주세요. 물론, 무슨 일이 생기면 직접 저희 집에 오셔도 됩니다."

리제롯테가 공손하게 리오를 배웅했다.

"네, 감사합니다."

리오가 붙임성 좋게 미소 지으며 고개를 끄덕였다. 예상 못 한 사태가 연달아 일어났지만, 결과만 좋으면 됐다. 덕분에 리제롯테와 무척 우호적인 관계를 쌓을 수 있을 것 같았다.

참고로 미노타우로스를 쓰러뜨리고 리제롯테와 플로라를 구한 공적이 무척 큰지라 리오에게 어떻게 보답할지 한동안 검토하기로 했다. 이 일로 앞으로도 리제롯테의 저택에 들러야 했다.

요컨대 앞으로 잘 지내자는 것이었다. 서로 우호적인 관계를 맺고 싶다는 의도는 일치하지만, 서로 거리감을 잡지 못해서 서두르지 않고 차분하게 신뢰 관계를 형성하자는 식으로 정해졌다. 번거로울지도 모르나 귀족의 교류란 그런 것이다.

"저, 저기……!"

그때, 플로라가 긴장한 기색으로 한 걸음 앞으로 나와 리오에게 말을 걸었다.

리오가 고개를 갸웃거리며 "네." 하고 플로라에게 대답했다.

"그, 또 어디서 뵌다면, 말을 걸어주세요. 저희도 정식으로 보답하고 싶으니, 부탁드립니다."

플로라가 쭈뼛쭈뼛 리오에게 고개를 숙였다.

"……네, 기꺼이요."

'나에 대해 뭔가 알아챘나? 아니면 원래 이런 사람인가?'

리오는 조금 뜸을 들이고 웃으며 고개를 끄덕이면서 의문을 가졌다. 플로라의 상태가 이상하다고 할까, 자기에게 접근하려는 것이 막연하게 느껴졌다.

만약 플로라가 지금의 리오에게 접근하려는 이유가 있다면 그것은 하루토가 리오가 아닐까 의심하기 때문이라는 게 가장 자연스러웠다.

그러나 플로라의 지금까지의 언행을 보면 리오를 수상하게 여긴다고 단정할 수는 없었다. 적어도 부정적인 감정은 엿보이지 않았고, 플로라는 원래 이런 사람이라 평소처럼 접근하는 것일 가능성도 충분했다.

리오는 왕립학원 시절에 플로라와 전혀 접점이 없었던 지라 실제로 성격이 어떤지 몰랐다. 그다지 적극적인 사람은 아니었다는 정도만 알았다.

'뭐, 일단은 상황을 봐볼까.'

너무 경계하는 모습을 보일 수도 없었다. 자연스럽게, 시치미를 떼는 게 제일이리라. 자기가 리오라는 증거는 아무것도 없으니까.

"주변 안전이 확인될 때까지는 우리도 아망드에 머물기

로 했어. 리제롯테의 저택에 오면 만날 기회가 있겠지."

리오와 플로라의 대화를 가만히 듣고 있던 히로아키가 어깨를 으쓱했다.

"네, 용사님이 말씀하신 대로입니다. 참, 하루토 님은 차를 무척 잘 우리신답니다. 오늘 우연히 맛보았는데 괜찮으시면 차 모임을 준비해볼까요?"

리제롯테가 히로아키에게 찬동하고 리오와 플로라에게 물었다.

"네. 불러주신다면 기꺼이 함께하겠습니다."

리오가 예의 바르게 고개를 끄덕였다.

"네, 네. 저도 꼭, 부탁드려요."

플로라도 머뭇거리며 수긍했다.

"아― 그럼 차 모임은 다른 기회에 하기로 하고, 할 이야기 다 했으면 너무 붙잡아두지 마. 이제 그만 보내줘."

히로아키가 이야기를 길게 끄는 게 싫었는지 매정하게 말했다.

"그렇군요. 계속 붙잡아 두면 안 됩니다. 그러면 하루토 군. 또 보세."

유그노 공작도 히로아키에게 찬동하고 리오에게 배웅 인사를 했다.

"네. 그러면 여러분, 또 뵙겠습니다. 실례하겠습니다."

리오는 마지막으로 깊이 머리를 숙이고 발길을 돌려 문으로 이어지는 길을 걸었다. 리제롯테 일행이 그 뒷모습을 지켜보던 중—.

'숙소로 돌아가서 쉬어볼까.'

귀족들과의 대화에 해방된 리오가 작게 한숨을 내쉬었다.

한편, 다시 아망드 서쪽 숲속.

질질, 질질. 알폰스는 자기가 어디론가 끌려가고 있다는 것을 어렴풋이 깨달았다. 누가 목덜미를 잡고 있는 게 느껴졌다.

그러나 어쩌다 이렇게 됐는지 도통 알 수가 없었다. 기억을 거슬러 올라가다가 조사 때문에 숲을 탐색하러 온 것이 떠올랐다.

'아, 빌어먹을…….'

그제야 자신이 굴욕을 맛본 여러 사건이 생각났다. 그러자 다시 분노가 피어올랐다. 자신에게 창피를 준 놈들을 용서할 수 없었다.

질질, 질질. 그러나 누군가가 지금도 알폰스를 난폭하게 끌고 가서 불쾌했다.

'누가 나를 이렇게 난폭하게 옮기는 거야? 윽…….'

알폰스는 불쾌했지만, 머리에 둔탁한 통증을 느끼고 얼굴을 찌푸렸다.

'머리가 어지러워.'

어디에 머리를 세게 부딪쳤나. 모르겠다.

"어, 끝났어."

그때, 기분 좋은 남자 목소리가 들렸다. 알폰스는 한순간 붕 뜬 느낌이 들었고 바닥에 툭 떨어졌다.

"윽……."

내던져진 듯했다. 알폰스는 작게 신음했다.

"수고했어요. 수가 많으니 저도 이제 시작하죠."

공허한 남자의 목소리가 들렸다.

겨우 정신이 든 알폰스가 살며시 눈을 떴다. 아무래도 길을 벗어나 숲속에 있는 것 같았다.

'이 녀석은…….'

알폰스가 드디어 옆에 있는 남자들을 생각해냈다. 자신들을 공격한 루시우스와 레이스였다. 레이스는 작업 중인지 바닥에 웅크리고 있었다. 그 바로 옆에 루시우스가 서 있었다.

"여전히 기분 나쁜 놈들이네."

루시우스가 옆을 바라봤다. 말과 달리 즐겁게 웃고 있었다. 알폰스는 루시우스의 시선을 좇았다.

"읏……!"

알폰스는 눈에 들어온 광경에 충격을 받고 몸을 떨었다. 퍼뜩 정신이 들었다. 그곳에는–.

'이, 이놈들, 어제 길에서 우리를 공격한 인간형 마물이잖아! 왜 친위대 기사복을 입었지?!'

알폰스와 똑같은 기사복을 입은 거무스레한 레버넌트 무리가 줄줄이 서 있었다.

레버넌트 무리는 대머리에, 외모에 거의 개성이 없었다. 다만, 어제 알폰스 일행이 목격한 개체들처럼 흉포하지 않고 모두 텅 빈 눈으로 멍하니 허공을 바라보고 있었다.

'어떻게 된 거야?!'

알폰스는 이해가 안 됐다.

"아, 그 사람 정신이 든 모양이네요."

레이스가 참으로 사악한 미소를 짓고 알폰스를 봤다.

"으……!"

알폰스가 흠칫했다.

"이 녀석은 조금 봐줬거든. 자, 봐봐."

루시우스가 씨익 웃고 알폰스의 머리를 잡아 올렸다. 그의 유도대로 시선을 옮긴 곳에는 레이스가 웅크려 앉아 있었고—.

"우윽……?!"

알폰스의 동료 기사가 누워있었다. 그 광경을 본 알폰스는 자기도 모르게 얼굴이 굳었다. 상태가 이상했다.

"아, 아!"

동료 기사가 들리지 않을 정도로 작게 비명을 지르며 움찔움찔 격하게 몸을 떨었다. 레이스가 동료 기사를 위에서 힘으로 억눌렀다.

"이런, 너무 자극적이었나요? 마침 변질하는 중이에요."

레이스가 알폰스의 반응을 보고 기분 나쁘게 입가를 비틀어 웃었다. 그러는 동안에도 알폰스의 동료 기사는 격하게 몸을 떨었다.

"뭐, 뭐 하는 거야?! 뭐야, 그 녀석은?!"

알폰스가 흥분해서 물었다. 그곳에 있는 알폰스의 동료였던 인물은 지금 그야말로 급속하게 사람이 아닌 생명체로 변하고 있었다.

온몸에서 털이 빠지며 피부색이 거무스름하게 변했고 피부가 소리를 내며 딱딱해졌다. 기사복을 입었지만, 그것은 레버넌트였다. 원래 생김새도 남지 않았다. 레버넌트가 원래 누구였는지 모르면 특정도 불가능하리라.

"인체개조 시간입니다. 혼과 육체를 새로 만드는 거예요. 의식이 있는 채로 개조하면 저항이 엄청나서요. 이렇게 기절한 상태로 새로 만드는 게 효율적이에요."

레이스가 밝게 대답했다.

"……읍, 우웩!"

알폰스는 그 사악함에 견디지 못하고 구역질을 했다.

"아, 루시우스 님. 괜찮다면 저들의 옷을 벗겨주시겠어요? 레버넌트의 소재가 인간이라는 정보는 주고 싶지 않거든요."

레이스가 알폰스를 무시하고 루시우스에게 말을 걸었다.

"싫어, 사내놈 옷 벗기는 취미 없어. 나중에 네가 해."

루시우스가 매정하게 거절했다.

"어휴."

레이스가 한탄하며 고개를 저었다.

"커헉, 커헉!"

알폰스는 숨이 막혀 거세게 기침했다.

"그래서 그 남자는 왜 의식을 남겨뒀는데요?"

레이스가 알폰스를 보며 루시우스에게 물었다.

"이 녀석으로 시험해 봐. 그 레버넌트 완전체. 소질이 있는 것 같아."

루시우스가 씩 웃으며 대답했다.

"실패하면 기껏 얻은 소재들을 못 쓰게 되는데요. 인간은 몰라도 돌은 귀하다고요. 완전체는 성공 확률이 낮고요."

"별 상관없잖아. 여기 있는 녀석들 전부 강화체로 만들 거잖아? 보유하고 있는 말이랑 합치면 아망드를 공격할 전력은 충분해."

"……어쩔 수 없네요."

레이스가 작게 한숨을 내쉬고 천천히 일어섰다. 막 완성된 레버넌트를 무시하고 알폰스에게 다가갔다.

"으랏차."

루시우스가 느긋한 기합과 함께 알폰스를 뒤에서 붙들어 세웠다.

"이, 이거 놔! 오지 마! 다가오지 마! 괴물아!"

알폰스가 전 동료였던 괴물을 보고 버둥버둥 날뛰며 소리 질렀다. 그러나 루시우스의 힘이 보통이 아니라 빠져나가지 못했다.

"자."

레이스가 알폰스의 눈앞에 섰다. 그의 손에는 어느새 주먹만 한 기분 나쁜 보석 같은 돌이 들려있었다.

"으윽?!"

그것을 물속에 풍덩 처박듯이 알폰스의 가슴에 찔러 넣었다. 알폰스는 참지 못하고 신음을 내질렀다. 그러나 묘한 이물감만 있을 뿐, 고통은 없었다.

"아프지 않죠? 육체는 상처 입지 않거든요."

레이스가 알폰스의 가슴 속에 손을 넣고 즐겁게 설명했다.

"몸도 마음도, 아픈 건 지금부터입니다."

그리고 알폰스의 귓가에 속삭이듯이 설명을 덧붙였다.

"크윽, 헉……."

알폰스가 괴롭게 헐떡였다. 심장이 뜨거웠다. 몸이 뜨거웠다. 온몸이 녹아버리는 것 같았다. 몸속에 있는 것을 전부 토해버리고 싶은 충동에 시달렸다.

그러나 그것은 허락되지 않았다.

"조금 시간이 걸려요."

이어진 말은 죽음을 고하는 악마의 선고보다도 잔혹했다.

정령환상기

【 제 6 장 】 ❈ 각자의 밤

그날 저녁 늦은 시각.

아망드, 리제롯테 저택 객실. 유그노 공작은 식사를 마치고 친위대 대장인 레이먼 브란트의 보고를 받았다.

"……탐색하러 간 부대가 돌아오지 않는다?"

유그노 공작이 눈썹을 찌푸렸다.

"네, 예상 못 한 사태가 일어난 듯합니다."

보고하는 레이먼의 안색이 안 좋았다.

"예상 못 한 사태라니? 그럴 때 대응할 수 있게 선발부대는 전투력과 기동력을 생각해서 우리 쪽 기사로만 구성해야 한다고 하지 않았었나?"

유그노 공작이 담담히 물었다.

"파견한 부대도 대처할 수 없는 재난을 맞닥뜨린 것이 됩니다."

"즉, 예상보다 많은 마물이 숨어있을지도 모른다고?"

"아니면 단순히 조난됐을 가능성도 있습니다만……."

레이먼이 괴롭게 대답했다. 가능성이 없는 것은 아니지만, 아무리 그래도 훈련받는 기사들이었다. 도시 부근 숲에서 조난이라니, 그렇게 꼴사나운 이야기도 없었다.

"……알았다. 물러가게. 대처는 다음에 통지하지."

유그노 공작이 깊은 한숨을 내쉬고 레이먼에게 명령했다.

"알겠습니다."

레이먼이 딱딱하게 말하고 발을 돌렸다. 잠시 뒤, 문이 닫히는 소리가 났다.

"역시 군사 쪽으로 유능한 부하가 필요해. 선발부대에는 알폰스 군도 있었는데…… 역시 무능했군."

유그노 공작의 짜증 난 목소리가 아무도 없는 방 안에 울렸다.

◇ ◇ ◇

한편, 같은 리제롯테의 저택. 히로아키는 객실과 별개로 따로 있는 손님용 거실에서 플로라, 로아나와 함께 입가심 차를 마셨다.

"……."

평소 말이 많은 히로아키가 왠지 지금은 묵묵히 차만 마셨다. 플로라는 멍했으나 말수가 적은 것은 평소와 같았다.

'조용하네요.'

로아나는 평소와 분위기가 크게 다른 히로아키의 안색을 살폈다.

"……하아."

히로아키가 찻잔을 들고 무척 한탄스럽게 한숨을 내쉬었다. 고민 있다고 몹시 어필하는 것처럼 보였다.

그러나 플로라는 플로라대로 멍한 표정을 짓고 히로아

키의 태도에 위화감을 느끼지 못했다.

'플로라 님도 울적해 보이시는데 히로아키 님도 대체 왜 저러시는 건지…….'

"저기, 무슨 일 있으세요? 히로아키 님."

로아나가 실내에 감도는 이상한 분위기를 견디지 못하고 히로아키에게 조심스레 물었다.

"응? 뭐가?"

히로아키가 조금 무뚝뚝하게 대답했다.

"저기, 기운이 없어 보이셔서요. 고민이 있으시나 해서……."

로아나가 작심하고 물어봤다. 그러자 플로라가 두 사람이 대화하는 것을 알아차리고 그들의 대화에 귀를 기울였다.

"아니, 무슨 일이 있는 건 아닌데……."

히로아키가 말하고 요란하게 고개를 가로저었다. 말과 달리 대놓고 뭔가 있는 듯한 태도였다. 로아나는 히로아키가 이어서 말하기를 조용히 기다렸다.

"나보다 플로라가 이상하지 않아?"

히로아키가 갑자기 플로라에게 화살을 돌렸다.

"……네?"

플로라가 당황해서 움찔했다.

"……."

히로아키는 플로라를 묵묵히 뚫어져라 바라봤다.

"아, 음, 제 어디가 이상한가요?"

플로라가 이상하다는 듯이 고개를 갸웃거렸다.

“흐음. 본인은 모르나 보네. 마물에게 습격당하고부터 마음이 딴 데 가 있다고 할까, 다른 데 정신이 팔린 느낌이야.”

히로아키가 재미없다는 듯이 말했다. 그러자 로아나가 무언가를 깨달은 표정을 지었다. 조금 짚이는 데가 있었다.

“그, 그러지는, 않은 것 같은데요…….”

“뭐, 네가 그렇게 말하면 됐고. 나한테는 그렇게 보였어. 네가 그렇다면 그런 거겠지.”

플로라가 어두운 얼굴로 부정하자 히로아키가 가시 돋친 말투로 말했다. 그런 식으로 말하면 플로라도 확인하지 않을 수 없었다.

“저, 저기, 어떻게 보였나요?”

“음, 예를 들자면 그 남자를 제법 신경 쓴 점? 너 계속 그 녀석 얼굴 봤지?”

히로아키가 곁눈질로 플로라의 반응을 살폈다.

“아, 저기, 그 남자라면…… 그, 하루토 님, 이요?”

플로라가 동요하면서도 머리를 굴려서 짐작 가는 사람의 이름을 쭈뼛쭈뼛 말했다.

“아, 그 남자가 하루토라는 자각은 있구나.”

히로아키가 짓궂게 말했다.

“네? 아니, 그게, 그러니까…….”

플로라는 히로아키가 왜 그런 말을 하는지 도통 알 수가 없었다. 왕녀로 자란 탓인지 남에게 언행을 책잡힌 적이 거의 없고 타고난 성격도 있어서 무엇을 어떻게 대응하면 좋을지 몰랐다.

"플로라 님은 우리의 대표로 알려져 계시니까 궁지에서 구해준 사람에게 어떻게 감사를 표해야 할지 고민하신 걸 거예요. 유그노 공작님도 그 사람을 스카우트하려고 하시니까요."

로아나가 얼른 플로라 편을 들었다.

"아하~ 그렇구나아. 그런 거였어?"

"네, 네."

플로라가 어색하게 고개를 끄덕였다.

"그런 거면 이해 못 할 것도 없지만, 하루토라……. 이 녀석이고 저 녀석이고 좀 수선 떠는 것 같거든."

그렇게 수선 떨 정도냐고 히로아키가 회의적으로 말했다.

"그건 히로아키 님이 너무 대단하셔서 그래요. 자신이 너무 높은 곳에 계셔서 주위가 낮게 보이는 거죠. 평범한 사람인 저희 눈에는 그 사람도 대단하답니다."

로아나가 히로아키를 추켜세우며 리오가 주목받는 필연성을 설명했다. 플로라는 이렇게 기지를 발휘해 임기응변으로 변명하지 못했으리라.

"아- 그래. 그런 거였군. 그러면 어쩔 수 없지."

자존심을 자극받은 히로아키가 입가에 미소를 그렸다.

'로아나를 봐서 오늘은 조용히 넘어가자.'

히로아키는 미소 뒤로 그런 생각을 했다. 그러나 플로라에게는 불만이 있었다.

'역시 로아나랑 있을 때, 이야기가 활기를 띤다니까. 플로라는 귀엽긴 하지만, 귀엽기만 하다고 할까.'

히로아키도 늘 플로라, 로아나와 함께 지내다 보니 그들의 성격이 어떤지 파악했다.

플로라는 한마디로 말해 낯가림. 좋게 말하면 겸손하고 나쁘게 말하면 음침했다. 남자에 익숙하지 않아서 그런지 이성을 상대하면 거의 말을 안 했다. 나름대로 교제를 쌓은 히로아키조차 대화가 끊기는 일이 종종 있었다.

적어도 적극적으로 남자에게 말을 거는 소녀는 아니었다. 그런데 하루토라는 그 남자에게는 적극적으로 말을 건 것이 마음에 들지 않았다. 적극적으로 대할 상대가 틀리지 않았나, 불만을 품지 않을 수 없었다.

히로아키는 자신을 무슨 접대 받는 사람처럼 생각했다. 본인은 모를 수도 있지만, 소망과 달리 자기가 나서서 인간관계를 좋게 형성하려는 기개는 없었다. 그렇기에 다루기 쉽고 어느 의미로는 다루기 어려운 측면도 있었다. 성가시고 제멋대로인 남자였다.

그 후, 플로라는 이야기도 하는 둥 마는 둥 하며 히로아키, 로아나와 헤어져 자기 전용 객실로 돌아갔다. 리제롯테의 시녀의 도움을 받아 씻고 옷을 갈아입은 뒤, 혼자가

되자 침대로 털썩 쓰러졌다.

'……나, 오늘 그렇게 이상했나?'

아까 히로아키가 지적한 점이 신경 쓰였다. 하루토한테 너무 신경 쓰는 거 아니냐고 기분 나쁜 듯이 말했다.

그러나 하루토가 신경 쓰이는 것은 틀림없는 사실이었다.

'리오, 하루토. 이름이 달라. 머리카락 색도 달라. 옛날부터 알고 지낸 사람도 있어. 그러니까 다른 사람, 일 텐데…….'

자꾸만 겹쳤다. 미노타우로스와 싸우는 하루토의 뒷모습이 왕립학원 야외연습 때, 플로라를 구하기 위해 미노타우로스와 싸운 리오의 뒷모습과.

그래서 오늘은 정신이 들면 자기도 모르게 하루토만 보고 있었다. 주위에서 이상하다고 생각했다면 하루토 본인도 그렇게 생각했을지도 모른다.

'으으, 난 틀려먹었어…….'

플로라는 강한 자기 혐오에 빠졌다. 뭐가 어떻게 된 건지 머리가 복잡해서 아무것도 모르겠다. 그래도 자문자답했다.

'나는 대체 어쩌고 싶은 거지? 정말로 하루토 님이 리오 님이면 어쩌려고?'

본인에게 물어서 확인할 수도 없고 만약 하루토가 리오이더라도 사실을 가르쳐주지 않을 테였다. 벨트람 왕국은 리오에게 누명을 씌워 은혜를 원수로 갚은 과거가 있으니

까. 그 죄를 갚을 길이 없었다.

'사과라도 할 거야? 우리는 몇 번을 사과해도 용서받을 수 없는 짓을 저질렀는데…….'

설마 용서받을 생각인가? 플로라는 너무 자기 위주인 생각에 미치자—.

"윽……."

아까보다 강한 자기 혐오를 느끼고 울 것처럼 얼굴을 찌푸렸다.

◇ ◇ ◇

그리고 조금 전, 리제롯테의 저택 응접실.

"그렇게 됐네. 우리 기사가 현재 어떤 상황에 부닥쳤는지는 불명이지만, 재난을 맞닥뜨렸다고 판단하는 것이 타당하겠지."

유그노 공작은 리제롯테에게 긴급 면담을 요청하고 숲으로 파견한 기사들이 돌아오지 않았다고 전했다.

"……죄송합니다. 역시 제 쪽에서도 인원을 구성해야 했어요."

리제롯테가 부끄러운 표정으로 사과했다.

"아니, 선발부대를 우리 기사로만 구성해달라고 요청한 것은 이쪽이네. 기사 스무 명으로 구성한 부대, 정찰용으로 초기 투입하는 전력으로 부족하지 않네. 오히려 전력과다라고 할 정도지."

유그노 공작이 쓴웃음 지으며 고개를 저었다. 걸림돌인 호위대상이 없으면 기사 스무 명으로 미노타우로스를 상대할 수 있다는 생각에 보냈다. 그런데 대처하지 못했다면 운이 나빴다는 말 외에 할 말이 없었다.

"하지만……."

리제롯테가 애석하단 기색으로 무슨 말을 하려고 하자 유그노 공작이 손을 들어 막았다.

"아직 전멸했다고 정해진 것은 아니네. 뭐, 단순히 숲에서 길을 잃었을 거란 생각은 하고 싶지 않네만. 우리는 앞날을 생각해야 하지. 아닌가?"

유그노 공작이 차분하게 말했다.

"……예. 만약의 경우에는 최대한 포상하겠습니다."

리제롯테가 깊은 한숨을 내쉬고 의연하게 말했다.

"괜한 마음고생 시켜서 미안하네. 하지만 나도 이제는 남 일이 아니야. 사태 해결에 최대한 협력하겠네. 심기일전하세나."

"……감사합니다. 당장 후발 부대를 보내고 싶지만, 스무 명의 기사로 이루어진 부대로도 불의의 사태가 일어났다면 인선을 섣불리 할 수가 없네요."

기사는 인간으로서 최고수준의 전투능력을 갖췄다는 증거가 되는 칭호라 해도 과언이 아니었다. 마술 또는 마법으로 일시적이나마 신체능력을 강화해서 일반인을 압도하는 전투능력을 발휘해 전장을 누비는 전쟁의 꽃으로, 마검사 같은 일부 강자는 어디까지나 예외였다.

물론, 기사마다 실력 차이가 있고 부대의 숙련도에도 차이가 있지만, 스무 명으로 구성된 기사 부대가 열세에 놓인 사실은 간과할 수 없었다.

따라서 다음에 사람을 보낼 때는 단순하게 수를 늘릴지 개인의 질을 올릴지의 관점에서 전력을 골라야 했다.

'이러면 아리아를 보낼 수밖에 없나.'

리제롯테는 생각했다. 수하 중에 아리아가 최강이었다. 평소에는 호위를 겸해 늘 곁에 두지만, 이런 사태가 벌어졌으니 움직이게 해야 했다.

"보낼 거면 밝고 나서. 일러도 해가 뜨고 보내세. 아침이 되면 훌쩍 돌아올 가능성도 있으니. 보낼 인원도 골라야 하지 않나. 늦어도 점심까지만 결정하면 되지 않겠나?"

유그노 공작이 생각에 잠긴 표정을 지으며 말했다. 느긋해 보이지만, 야간에 숲으로 들어가는 것은 무모했다. 탐색대가 조난하면 의미가 없었다.

"네."

리제롯테도 같은 생각인지 바로 긍정했다.

"오늘 전투 때 마물을 거의 다 정리한 줄 알았는데."

"……숲속으로 일부 마물이 도망쳤지만, 그게 전부가 아니었을지도 모릅니다. 미노타우로스도 아직 남아있을까요?"

유그노 공작과 리제롯테의 표정이 어두워졌다.

어림짐작이지만, 그때 공격한 마물이 전부 합쳐 수백은 있었다. 평범한 도시 부근에 있는 마물을 다 쓸어 모아도 부족한 수였다. 게다가 미노타우로스는 목격 사례가 거의 없는 마물이었다. 그런 마물이 몇 마리나 어슬렁거리다니 아주 드문 경우였다.

"그럴지도 모르네. 최악의 사태를 상상하면 오늘 전투에 나타난 수보다 많은 마물이 숨어있을 거라 생각하는 게 무난하겠지. 뭐, 생각도 하고 싶지 않네만."

유그노 공작이 얼굴을 찌푸리며 말했다. 그런 전제라면 천 마리 이상의 마물이 아망드 부근에 숨어있다는 것이 된다.

"그러게요."

리제롯테도 괴로운 표정으로 고개를 끄덕였다.

'도시 근처에 그렇게 많은 마물이 있는데도 파악하지 못하는 건 아주 드문 일이지만, 그런 선입견이 지금의 사태로 이어진 거겠지.'

그리고 자신의 물렁함을 타일렀다.

"저는 아리아를 보내겠습니다. 그밖에도 시녀와 병사 중에서 실력 있는 이를 골라 마검을 쥐여줄 생각입니다."

평소에는 아리아에게만 마검을 휴대시켰지만, 이번에는 다 풀기로 했다.

"알았네. 이쪽도 기사 몇 명을 제공하고 싶네만……."

"아뇨, 그쪽 기사분들을 더 움직일 수는 없습니다. 제 휘하에서 다음 부대를 편성하겠습니다."

리제롯테가 논리정연하게 말하고 유그노 공작의 제안을 거절했다. 스무 명의 기사가 행방불명된 상황에 사람을 더 쓰게 할 수는 없었다.

"알겠네. 그리고 하루토 군에게 협력을 요청해도 괜찮지 않나 싶네만."

유그노 공작이 무겁게 고개를 끄덕이고 오늘 전투에서 대활약한 하루토에게 기대야 하지 않겠냐며 그 이름을 꺼냈다.

"……아망드의 모험가라면 기댈 수 있어도 하루토 님은 어디까지나 일반인입니다. 그리고 일행인 여성분도 계셔서……."

리제롯테가 조용히 고개를 저었다.

"확실히, 이럴 때는 우선 모험가에게 기대야 하지."

"예. 다만, 이번에는 모험가를 쓰지 않겠습니다. 미노타우로스가 아직 남았을 가능성이 크니, 길에서 공격당했을 때처럼 마물이 통솔된 움직임을 보일지도 모릅니다. 방어가 허술한 아망드가 공격당할 때를 대비하려고 합니다."

마물의 생태계는 잘 알려지지 않았지만, 강력한 개체가 있으면 무리를 만들고 목적을 향해 통솔된 움직임을 보인다는 것은 알려져 있었다. 길에서 공격한 마물들은 명백히 통솔된 움직임을 보였으니 아마 미노타우로스나 정체불명의 인간형 마물이 그 무리를 이끌었을 터였다.

그리고 아직 미노타우로스가 남아있다면 다시 통솔된

움직임을 보일 가능성이 크고 최악의 경우에는 도시를 공격할 위험도 있다고 생각하는 게 필연적이었다.

모험가 중에 기사와 견줄 실력자는 드물지만, 수는 많았다. 마물이 집단으로 밀어닥칠 때, 믿음직한 전력이 되리라.

"지당한 우려일세."

유그노 공작이 고개를 끄덕였다.

그 무렵, 아망드 서쪽 숲속.

루시우스와 레이스는 모닥불에 둘러앉아 야영 중이었다.

주변에는 거무스름한 수많은 레버넌트들이 묵묵히 서 있었다. 대단히 기분 나쁜 광경이었다.

"나중에 새로 만든 개체도 이제 슬슬 익숙해졌을 때네요."

레이스가 주변 레버넌트들을 둘러보며 만족스럽게 웃었다.

"그거 잘됐네. 근데 주변에 줄줄이 있으니까 짜증 나. **이제 그만 치워.**"

루시우스가 거북해하며 명령했다.

"어, 새로운 컬렉션이라 좀 더 두고 보고 싶은데요."

"핫, 나와 다른 의미로 악취미라니까."

"그야 제 자식 같은 거니까요. 하지만 뭐, 어쩔 수 없네요."

레이스가 씩 웃고 작게 한숨을 내쉬었다. 그러자 주변에서 있던 레버넌트들이 **차례로 땅으로 빨려 들어갔다.**

"이제야 속이 시원하네. 편하게 잘 수 있겠어."
루시우스가 만족스럽게 코를 울렸다.
"결행은 내일 아침, 해가 뜨기 직전이니 늦잠 자지 마세요."
"이봐, 누구한테 하는 말이야?"
"당신이 싸움을 앞두고 늦잠 잘 일도 없겠지만요."
레이스가 후훗 웃었다.
"늦잠 걱정은 **신입 알폰스한테 해**. 응?"
루시우스가 장난치듯이 말하고 같이 몸을 녹이고 있는 세 번째 인물을 봤다. 그곳에는 거무스름한 레버넌트보다 더 검은 레버넌트가 묵묵히 앉아있었다.
"……흥. 다른 멍청이들이 익숙해지기 전에, 나 혼자, 아망드로 가서, 해치우고 와도, 됐어."
알폰스라고 불린 칠흑의 레버넌트가 불쾌하게 콧방귀를 뀌고 몹시 기분 나쁜 목소리로 큰소리쳤다.
"하하하, 목소리 기분 나쁜데."
루시우스가 천진난만하게 웃으며 아무렇지도 않게 막말을 했다.
"이게 완전체 레버넌트예요. 강화체보다 호전적이고 전투력도 매우 높지만, 이성이 날아가고 지성이 남은 만큼 다루기 어려워요."
레이스가 귀찮은 듯이 투덜거렸다.
"하지만 내일 습격에는 도움이 되잖아?"
루시우스가 씩 웃으며 물었다.

"예, 그야 뭐."

레이스가 피곤해하며 고개를 끄덕였다.

'쓰고 버리는 말로는, 말이죠.'

그리고 교활하게 웃으며 입가를 살짝 비틀었다.

"그렇다니까 기대할게, 알폰스 군."

루시우스가 공허한 미소를 지으며 말했다.

"그래, 죽인다, 녀석들을, 죽인다."

칠흑의 레버넌트가 고개를 끄덕이고 생뚱맞은 대답을 했다. 증오만을 품고 새까맣게 흐려진 그의 눈에는 이성이 없었다.

"하하, 이거 못 쓰겠네."

루시우스의 진절머리 나는 웃음소리가 조용한 숲속에 허무하게 울려 퍼졌다.

【 제 7 장 】 ❈ 습격, 다시

다음 날, 아침. 아직 해는 뜨지 않았지만, 하늘이 파랗게 물들며 지상이 희미하게 밝아오기 시작한 시간.

"하루토, 일어나."

아이시아가 리오의 침실에 들어와 말을 걸어 깨웠다.

"……아이시아? 안녕."

리오가 바로 눈을 떴지만, 아직 잠이 덜 깬 표정으로 대답했다.

"안녕, 긴급사태."

"무슨 일이야?"

담담한 아이시아의 말에 리오가 진지한 표정으로 물었다.

"근처에 갑자기 마물의 기척이 나타났어."

"……도시 안, 아니면 밖?"

"자세한 위치는 몰라. 하지만 서쪽에 있어. 기척이 뒤죽박죽인 게 아마도 엄청난 수. 이렇게 기척이 세면 더 빨리 깨달았을 텐데, 몰랐어."

아이시아가 보기 드물게 괴로워하며 말했다.

"……알았어. 일단 상황을 더 정확하게 파악하자. 선생님은?"

리오는 침대에서 내려와 아이시아의 어깨를 잡고 차분하게 물었다.

"아직 자."

아이시아는 리오의 얼굴을 빤히 바라보며 대답했다. 그 때, 도시의 긴급사태를 알리는 종소리가 도시 문 쪽에서 울렸다. 그리고 조금 뒤늦게―.

"음머어어어어어!"

낮익은 마물의 포효가 드높이 울려 퍼졌다.

시간을 조금 거슬러 올라간다.

아망드 서부 문에 설치된 감시대.

"흐아아암."

한 병사가 크게 하품을 했다.

"아직 교대시간 남았다. 정신 차리라고, 경계강화 중이잖아."

같이 망을 보던 상사인 병사가 평소보다 엄하게 주의를 줬다.

현재 아망드는 불의의 사태를 겪고 경계를 강화했다. 평소보다 근무시간이 길어졌고 동, 서, 남쪽 문을 지키는 병사 수도 늘렸다. 특히 대량의 마물이 나타난 서쪽 숲으로 가는 문에는 많은 병사를 배치했다.

참고로 아망드 북쪽에는 도시 수자원인 호수가 있어서 출입문이 없었다. 또 소도시였던 아망드는 요 몇 년 사이

빠른 속도로 대도시로 성장했고, 현재진행형으로 숲을 개간해 도시를 확대하는 중이었다. 도시 계획하에 확장 중이고, 일찍이 동서와 남쪽에 띄엄띄엄 있었던 농장은 남쪽 숲을 개척한 땅을 분배했다.

도시 가장 외곽을 감싸는 성벽은 확대할 때마다 재설치할 수 있게 돌이 아닌 통나무를 사용했다.

"네."

하품한 병사가 심기일전하고 고개를 끄덕였다. 아망드를 지키는 일에 긍지를 느끼는지 표정이 진지했다.

"이봐! 길에 누가 있지 않아?!"

갑자기 감시대에 있던 다른 병사가 인영을 보고 외쳤다.

"사람, 이런 시간에?"

상사인 병사가 의아하다는 듯이 응시했다.

"수가 많네요. 몇 명이지?"

옆에 선 다른 병사가 말했다. 화톳불을 피워놨지만, 아직 주변이 어둡고 안개가 껴서 시야가 무척 나빴다.

아직 해도 안 뜬 시간대에 숲길을 걷다니 비상식적이었다. 아무리 길이라 해도 밤의 숲은 새까맸다. 코앞도 인식할 수 없고 야행성 짐승이 배회할 위험도 있었다. 도시의 문도 아침이 되기 전까지는 굳게 닫힌다.

"숲을 탐색하러 나간 외부 기사가 돌아올지도 모른다는 통지가 있었지. 아니, 하지만 확인되지 않은 인간형 마물도 나타날지 모른다는 통지도……."

상사인 병사가 의아한 표정을 지으면서도 사전에 받은 통지를 떠올리며 말했다. 그러는 사이에도 인영은 점점 다가왔다.

"으으……."

수십 마리의 레버넌트가 기분 나쁜 신음을 흘리며 모습을 드러냈다. 피부색이 거무스름한 것과 회색인 것이 뒤섞였는데 아직 어두워서 색을 식별하기 어려웠다.

그러나 대머리에 광기를 품은 무시무시한 외모, 벌거벗은 근육질 몸, 그것이 인간이 아니라는 것은 충분히 인식할 수 있었다.

"윽, 미확인 마물이다! 종을 울려라!"

상사인 병사가 당황해서 근처 병사에게 명령했다.

"네, 네!"

명령받은 병사가 황급히 대답하고 감시대에 있는 종을 일정한 리듬으로 세차게 울리기 시작했다. 종소리가 정적에 휩싸인 도시를 향해 힘차게 울려 퍼졌다.

"키기기!"

숲속에서 일제히 고블린과 오크 대군이 뛰쳐나왔다.

"윽, 여기서 막는다! 절대로 문 안으로 들이지 마라!"

상사인 병사가 사전에 최악의 상황을 전해 들었는지 동요하지 않고 결연하게 병사들에게 기합을 넣었다.

"예!"

병사들도 힘차게 고개를 끄덕였다.

"음머어어어어어!"

그때, 사나운 마물의 포효가 길 안쪽에서 드높이 울려 퍼졌다.

"윽?!"

그 소리에 병사들이 자기도 모르게 몸을 떨었다.

"서, 설마……."

상사인 병사가 나쁜 예감을 느끼고 얼굴을 굳혔다. 정체불명의 레버넌트 외에도 경계해야 하는 마물이 한 종류 더 있다는 통지를 받은 것이 생각났다.

그 이름은 미노타우로스, 신마전쟁기에 맹위를 떨친 마물이었다. 잠시 뒤, 쿵, 쿵, 쿵, 땅 울림이 느껴졌다.

"오, 온다!"

상사인 병사가 소리쳤다.

"음머어!"

안개에 휩싸인 길 안쪽에서 미노타우로스가 나타났다. 길을 메운 마물들이 좌우로 나뉘어 통로를 열었다.

"크, 크다!"

병사들이 서 있는 감시대 높이는 지상 10미터 이상이지만, 거기서 내려다봐도 미노타우로스는 거대했다. 그 키가 약 4미터는 됐다. 미노타우로스가 보조를 밟고 크게 도약했다.

"윽……!"

일시적으로 눈높이가 같아지자 병사들이 아연해 했다.

미노타우로스는 손에 든 반석 대검을 크게 들었고-.

“무, 문을 부수려 한다! 후퇴하라!”

상사인 병사가 외치는 순간, 반석 대검이 문을 파괴했다. 토대가 박살 나자 문 위에 설치한 감시대가 심하게 흔들리며 무너졌다.

“윽. 충격에 대비해라! 지상에 내리자마자 전투다!”

상사인 병사가 가까스로 외쳤다.

“그흐흐흐.”

미노타우로스가 자신이 박살 낸 문의 잔해를 보며 우월감에 잠겨 기분 나쁘게 웃었다.

‘자, 일단 이쪽은 무사히 침입 경로 확보 성공. 이제 가능한 한 전화를 넓히고 전력을 끌어내면 돼요. 다음은 동문이군요.’

레이스는 숲의 마물 사이에 섞여 몰래 상황을 지켜봤다. 레이스가 작게 한숨을 내쉬고 허공에 떠올랐다.

‘인간형 정령과 계약자가 문제야. 그들이 어떻게 움직이느냐에 따라 대응도 바뀌는데 실체화했는지 위치 파악하기 쉬워서 다행이네요. 일단은 이참에 동문도 개방할까요. 그쪽은 배치한 병사 수도 적을 테고.’

레이스는 그런 생각을 하며 빠르게 동문으로 이동했다.

한편, 리오는 아이시아와 함께 침실에서 거실로 이동해 세리아가 자는 침실로 빠르게 다가갔다.

"리오, 아이시아, 여기 있니?!"

세리아가 황급히 방에서 뛰쳐나왔다. 바깥 소동에 깬 모양이었다.

"선생님."

"리오, 아이시아, 다행이야……!"

세리아가 안심하고 리오를 안았다. 소란스러워 깼더니 옆 침대에서 자고 있던 아이시아가 없어졌다. 불안했을 것이다.

"괜찮아요. 안심하세요."

리오는 다정하게 세리아를 안았다.

"으, 응……."

세리아는 리오의 가슴에 얼굴을 묻고 머뭇거리며 고개를 끄덕였다.

"도시 밖인지 안인지 근처에 대량의 마물이 나타난 것 같아요. 아마 미노타우로스도 있겠죠."

리오는 세리아가 진정한 것을 확인하고 간략하게 사정을 설명했다.

"……어떡해?"

세리아가 리오의 얼굴을 물끄러미 바라보며 조심스레 물었다.

"그러게요……."

리오가 머뭇거리며 맞장구를 치고 생각했다.

리오는 어디까지나 외부자이고 이곳 아망드를 지킬 의무를 진 사람은 리제롯테다. 이곳은 리제롯테의 본거지이니 길에서 습격받았을 때와 달리 그의 전력도 탄탄할 터였다. 미노타우로스가 나타나면 고생하겠지만, 기사와 동등한 전력을 가진 사람이 여럿 달려들면 무찌를 수 있을 것이다.

하지만 아무 정보도 없이 낙관할 수는 없었다. 마물 쪽 전력이 도시 방위력을 웃돌면 최악의 사태가 벌어질지도 몰랐다.

'뭐가 어쨌든 아망드를 지킬 의리는 없어. 하지만 리제롯테 씨가 여기서 무너지면 곤란해. 선생님이 위험한 상황에 부닥치게 할 수도 없어.'

확실하지 않은 상황에서 리오는 자기 생각과 상황을 정리했다.

자기들이 도망치는 것만 생각하면 정령술로 도시 밖까지 날아가면 된다. 남 앞에서 정령술을 쓰는 것은 바람직하지 않지만, 리오가 가장 애용하는 바람의 정령술은 바람의 마검을 소지해서 쓸 수 있다고 발뺌할 수 있었다.

다만, 나중에 자기들만 제일 먼저 안전한 곳으로 도망친 것이 알려지면 리제롯테가 좋게 보지 않으리라. 그리고 여기서 아망드가 괴멸해 리제롯테의 신변에 무슨 일이 생기면 모처럼 쌓은 우호적인 관계가 헛되이 끝난다. 되도록 그것만은 피하고 싶었다.

'우선 정보가 필요해. 최종적인 판단을 내리는 건 그다음이야.'

즉, 어느 쪽이든 무작정 행동하는 것은 경솔하고 시기상조였다. 체면도 신경 쓰지 않고 도망치는 게 나을 정도로 궁지에 몰린 게 아니면 리제롯테를 도와서 더 빚을 만들 절호의 기회이니까. 리오는 그렇게 생각했다.

"리오, 나는 괜찮아. 내가 가장 걸림돌이라는 건 알지만, 나도 마법을 쓰면 나름대로 싸울 수 있어. 그러니까 그, 너는 네가 최선이라고 생각하는 행동을 해."

세리아가 리오의 표정이 심각한 것을 보고 머뭇거리며 입을 열었다. 그 눈에서 무슨 일이 있어도 리오와 함께하겠다는 확고한 의지가 엿보였다.

"……네."

리오는 뭐라 말하기 어려운 기분으로 고개를 끄덕였다.

"그럼 언제든지 움직일 수 있게 우선 옷부터 갈아입을까요?"

그리고 세리아를 안심시키고자 평소처럼 웃으며 제안했다.

리오는 잠옷에서 블랙와이번으로 만든 전투복으로 갈아입고 홀로 숙소 뒤쪽 정원으로 갔다. 숙소 종업원과 숙박

객도 소란을 알아차렸으나, 입구를 면한 광장으로 주의가 쏠려서 뒤쪽 정원에는 아무도 없었다. 리오는 다행이라 여기며 하늘로 날아올랐다. 그리고 상공에서 도시 서쪽을 내려다봤다.

'문이 부서졌어. 마물 수도 꽤 많아.'

하늘에서 내려다보는 지상은 제법 어두웠지만, 리오는 상황을 파악했다. 서문 부근 광장은 평소에 노점이 서고 손님이 넘쳤으나 지금은 고블린과 오크가 계속 밀려들었다. 미노타우로스와 레버넌트는 후방에서 방관했다.

'도시 대응이 빨라.'

서쪽 문 부근 광장과 접한 거리 입구에 빠르게 달려온 병사와 모험가들이 진을 쳤다. 마물이 안으로 진입하지 못하도록 즉석 방어선을 만들었다. 어쩌면 미리 서쪽으로 습격할 것을 대비해서 인원을 배치했는지도 모르겠다.

그리고 문 부근의 광장은 긴급 시에 적을 꾀어서 가두는 용도인지 도시 내부로 가는 통로만 막으면 건물이 바리케이드가 되어 적의 침입을 막을 수 있게 만들었다.

가령 통로 입구로 수많은 마물이 밀어닥쳐도 가로 너비에 제약이 있으니 한 번에 몰려드는 마물 수는 줄일 수 있었다. 덕분에 어찌어찌 버티는 듯했다. 그 틈에 그 거리에 사는 도시 주민들이 중앙으로 일제히 피난하기 시작했다.

'원군도 속속 오고 있고, 이 정도면…….'

「하루토, 동쪽에도 많은 마물의 기척이 나타났어.」

서쪽 전황을 확인하던 리오의 머릿속에 아이시아의 염화가 들렸다.

「동쪽?」

리오는 얼른 몸을 돌려 동쪽을 봤다. 동문 앞의 숲에서 마물이 줄줄이 나타났다.

문 감시대에 있는 병사들이 기습을 알아차리고 황급히 종을 울렸다.

"음머어어어어어!"

그때, 새 미노타우로스가 나타나 사납게 울부짖었다. 경종 소리를 덮어버리고 도시 안을 향해 자신을 과시하며 포효했다.

"음머어!"

미노타우로스가 타고난 무시무시한 신체능력으로 내달리다가 도약해 앞선 고블린과 오크를 뛰어넘고 앞다투어 문으로 달려들었다. 그리고 반석 대검을 내리쳐 동문을 산산조각냈다.

"그히히힉!", "브힉, 브힉!"

고블린과 오크가 미노타우로스의 옆을 지나 도시 안으로 침입했다.

「……수가 많아. 전부 몇 마리지?」

어림짐작이지만, 동서쪽에 나타난 마물을 합치면 가볍게 천을 넘었다. 게다가 숲에서 나오는 마물의 수가 늘었다. 상황이 시시각각 악화됐다.

「하루토, 어떡할래?」

아이시아가 물었다.

「…….」

리오는 바로 대답하지 않고 일단 도시 전체를 내려다봤다.

서문과 동문이 돌파된 이상, 무사한 문은 남문뿐이었다. 남문 밖에는 전망 좋은 넓은 농지가 있는데 이쪽에는 마물이 아직 한 마리도 없었다.

한편, 리제롯테의 저택도 있는 북쪽 구역은 호수와 접해서 문 자체가 없었다. 돌로 만든 튼튼한 성벽으로 두껍고 높게 에워싼 북쪽 구역은 유사시에 피난 장소로 쓰는 듯했다. 서쪽 주민들의 움직임을 보니 북쪽 구역으로 가는 것이 보였다.

「일단 선생님과 방에서 대기해줄래? 마물이 당장 도시 안까지 들이닥칠 것 같지는 않지만, 주민이 서쪽에서 중앙으로 대량 유입되고 있어. 북쪽 구역으로 피난하는 모양이야. 지금은 밖으로 나와도 못 움직여.」

리오는 지상을 내려다보며 아이시아에게 침착하게 지시를 내렸다.

벌써 리오 일행이 머무는 숙소가 있는 광장 앞에도 서쪽에서 많은 주민이 몰려들었다. 앞으로 동쪽에서도 더 많은 주민이 밀어닥칠 것을 생각하면 아직 숙소 안에 있는 편이 안전할 터였다.

「……하루토는 어떡할 거야?」

아이시아가 다시 리오에게 물었다.

「동문 수비가 허술해졌어. 잠깐 막고 올게.」

현재, 동문 광장을 접한 통로를 지키는 것은 창을 든 병사 몇 명뿐이었다. 반면 마물은 약 수백 마리, 중과부적이었다.

이대로는 1분도 버티지 못한다. 그러면 아이시아와 세리아가 있는 숙소에까지 마물이 갈 수 있었다. 그러나 지금이라면 아직 시간이 있었다.

「조심해.」

「고마워. 마물이 거기까지는 안 가겠지만…….」

「응, 세리아는 맡겨둬.」

아이시아의 결연한 목소리가 들렸다.

◇ ◇ ◇

한편, 아망드 동문 부근 광장과 접한 통로 입구.

"히이이익! 수가 너무 많아!"

그곳을 지키던 병사들은 이도 저도 못했다. 수십 미터 앞에서 고블린과 오크 군세가 다가왔다.

"멍청아! 뒤에 피난하는 주민이 잔뜩 있어. 리제롯테 님을 위해서라도, 죽는 한이 있어도 사수해!"

그곳의 책임자인 병사가 기합을 넣었다.

그렇다. 그들이 이곳을 떠나서는 안 됐다. 그들의 뒤에는 아직 피난하지 못한 주민들이 많이 있으니까.

"그 말대로 이곳을 사수하죠! 저 혼자지만, 지원하러 왔습니다!"

그때, 아직 앳된 티가 나는 소녀의 목소리가 들렸다. 클로에였다. 허술한 동문 상황을 확인하려고 제일 먼저 파견됐는데 마물이 습격했다.

"크, 클로에, 꼬마!"

"꼬마라고 하지 마세요. 저도 이제 성인이라고요."

클로에가 쓴웃음 지으며 대답했다. 본가가 아망드에서 여관을 운영해 어릴 적부터 알아온 친지가 많은데, 꼬마라고 불리면 지금도 어린애 취급당하는 것 같아 마음이 조금 복잡했다.

"미안, 꼬마. 아니, 클로에. 시녀대인 네가 와주니 마음이 든든하다. 너만 믿을게."

"아니, 그러니까! 아니다, 시간이 없어요. 제가 접근하는 마물을 마법으로 위협할 테니 여러분께 다가오는 마물을 창으로 처리해주시겠어요?"

"맡겨줘!"

병사들이 고개를 끄덕였다. 그것이 개전 신호였다.

"《광탄마법》"

클로에가 앞으로 손을 뻗고 주문을 외웠다. 손 앞에 마법진이 떠오르고 마력을 에너지화한 빛의 탄환이 발사됐다.

"구엑?!"

빛의 탄환을 맞은 고블린이 날아갔다. 인간도 잘못 맞으면 한 방에 전투불능에 빠지는 마법이었다. 작은 고블린 정도는 한 방에 날려버릴 수 있었다.

'수가 많아! 어서 지원군이 오지 않으면…….'

그러나 클로에의 얼굴에 초조함이 깃들었다. 고블린 몇 마리를 날려버린 정도로 마물의 진군은 멈추지 않았다. 기분 나쁜 미소를 짓고 사정없이 거리를 좁혔다.

"그히히힉!"

거한인 오크들이 고블린의 벽이 되어 몇 미터 앞까지 다가왔다. 어린아이만 한 고블린과 달리 오크는 체격이 좋은 성인 남자 키 정도 됐고 살도 두꺼워서 《광탄마법》 한 방에는 쓰러지지 않았다.

"윽……."

클로에는 초조한 마음에 힐끗 뒤를 돌아봤다. 그러나 지원군은 보이지 않았고 대신 빈손으로 피난하기 시작한 주민들만 보였다. 절망적인 상황이었다. 이대로라면 몇 분도 못 버틸 것 같았다.

"브힉?!"

갑자기 왼쪽 대각선 위에서 바로 옆으로 폭풍이 불어닥쳤다. 동시에 클로에 일행의 눈앞까지 다가온 오크들이 가볍게 날아가 버렸다.

"어……?"

클로에는 깜짝 놀랐다. 다른 병사들도 놀라서 굳었다.

"괜찮다면 지원군이 올 때까지 돕겠습니다."
오크들이 날아간 직후, 리오가 클로에 일행의 눈앞에 착지했다.
"하, 하루토?! 앗, 아니, 하루토 님!"
클로에가 곧바로 그가 리오임을 알아챘다.
"클로에 씨였군요."
리오도 시녀복을 보고 클로에라는 것을 알아차렸다.
"저, 저기, 왜 이곳에?"
클로에가 쭈뼛거리며 물었다.
"나중에 공격당한 동문 수비가 허술할 것 같아서 도우러 왔습니다."
"고, 고맙습니다!"
리오가 간결하게 대답하자 클로에가 진심으로 안도하며 감사를 표했다.
"그럼 지원군이 올 때까지 마물 수를 조금이라도 줄이죠. 제가 앞에 나서도 될까요?"
리오가 검을 들고 마물을 마주하며 물었다. 마물들이 리오를 경계하며 걸음을 멈췄다.
"네, 네. 부탁드립니다."
클로에가 상기된 목소리로 부탁했다.
"그럼 여러분은 통로까지 온 마물을 맡아주세요."
리오는 마물과 거리를 좁혔다. 손에 든 검에 마력을 주입하고 폭풍을 만들어 마물들에게 내던졌다.

"그힉?!"

코앞에 있던 수십 마리의 마물이 문으로 떠밀리더니 가볍게 날아갔다. 리오는 곧장 마물에게 돌진해 근접전투를 벌였다.

"뭐, 뭐 하는 사람이야? 저 형씨."

그 엄청난 전투에 경직된 병사들이 멍하니 중얼거렸다.

◇ ◇ ◇

한편, 아망드 대관 저택. 리제롯테는 정원에 임시 지휘소를 설치하고 사태 대처에 나섰다.

"주민이 공포로 흥분했을 거야. 부드럽게 내부 성벽으로 유도하고 받아들여. 그리고 아까 새로 울린 경종과 미노타우로스로 보이는 마물의 울부짖음은? 정보가 필요해."

리제롯테가 부하들에게 호소했다.

"감시탑에서 마도 통신구로 연락이 왔습니다. 동문에도 미노타우로스와 대량의 마물이 나타나 침입에 성공한 모양입니다."

시녀 나탈리가 달려와 괴로운 표정으로 보고했다. 참고로 감시탑은 도시 전역을 내려다볼 수 있게 북쪽 구역에 지은 탑이다.

"뭐, 뭐라고?! 어디까지 침입했지?"

리제롯테가 황급히 확인했다.

"현재 자세한 내용은 모르지만, 동문 광장과 접한 거리 입구에서 막고 있다고 합니다. 다만, 중과부적이라 시급히 지원군을 보내야 한다고……."

"……후방에 있는 병사와 모험가를 보낸다 하더라도 거슬러 올라오는 주민과 충돌할 우려가 있어. 동문 부근에 파견한 시녀는?"

모든 시녀가 신체능력을 강화하는 마법을 습득했거나 마술이 담긴 마도구를 소지했다. 시녀들의 기동력이라면 신속하고 원활하게 이동할 수 있으리라.

"서문에 주요 인원을 파견한지라 지금은 클로에뿐입니다. 중앙지대에 피난을 유도하는 코제트 일행이 있습니다만……."

"그러면 어서 네가 가. 가는 길에 코제트를 데려가도 돼."

"……알겠습니다."

나탈리가 잠시 뜸을 들이고 고개를 끄덕였다. 자기가 없으면 리제롯테의 호위에 지장이 생기기 때문에 대답하는 데 잠깐 시간이 걸렸다.

현재, 저택은 나탈리를 제외한 시녀 대부분이 밖으로 나가서 숙련된 전투원이 거의 없었다. 남은 시녀도 있지만, 전투를 못 하는 사람이 많았고 지금 남은 시녀 중에서는 나탈리가 제일 숙련자였다.

그러나 지금은 저택 호위가 허술해지더라도 전투능력이 높은 사람을 전선에 보내야 하는 상황이었다. 그러지 않으면 전선이 와해할 수 있었다.

'서문과 습격 규모가 같으면 내가 가도 전력이 부족해. 코제트가 있어도 어떨지…….'

나탈리는 애가 탔다.

"저택에 유그노 공작파 기사분들이 있으니 내 경호는 신경 쓰지 마. 애초에 여기가 가장 안전한 곳이잖아? 너는 네 임무만 생각해. 자, 어서 가."

리제롯테가 나탈리의 불안을 간파하고 서둘러 출발하라고 했다.

"……알겠습니다. 그럼, 《신체능력 강화마법》."

나탈리가 주문을 외워 신체능력을 강화하고 곧바로 내달려 민첩하게 저택 부지를 나갔다.

"리제롯테 님, 보고하겠습니다."

잠시 뒤, 그레이스라는 다른 시녀가 왔다. 참고로 그는 싸울 수 있지만, 희귀한 치유능력 사용자라 저택에 남았다.

"말해."

"동문과 접한 광장에 숙련된 검사 등장. 홀로 마물을 막고 있다고 합니다."

"……하루토 님?"

"아마도."

"……또 큰 빚을 졌어. 하지만 다행이야. 나탈리도 달려갔으니 동문도 전력이 충분해."

리제롯테는 한순간 미안해서 표정이 어두워졌지만, 든든한 지원군이 있다는 것에 안도의 미소를 지었다.

◇◇◇

한편, 아망드 북쪽 내부 성벽 안. 인기척 없는 뒷골목.

"하하하, 이렇게 간단하게 잠입하다니. 식은 죽 먹기네."

루시우스가 너스레를 떨었다. 피난하는 주민 사이에 섞여 북쪽 구역에 침입하고 대열에서 나와 여기로 이동했다.

"쓸데없는 사담은 삼가세요."

레이스가 피곤하게 탄식했다.

"냉정한 놈. 모처럼의 전장인데 보류 상태니까 대화 정도는 어울려주라고."

"그럼 일 이야기를 하죠. 미노타우로스에게서 다음 신호가 오는 대로 행동에 나서겠습니다. 언제든지 움직일 수 있게 준비해두세요."

"알겠습니다요."

루시우스가 씨익 입가를 비틀었다.

'어디 보자, 인간형 정령의 기척은 계속 도시 중앙에 있군요. 방어 쪽 전력도 슬슬 다 나온 것 같은데…….'

레이스가 등 뒤에 있는 중앙 구역을 돌아보며 눈을 가늘게 떴다.

시간이 조금 지난 동문 부근 광장.

“굉장해……. 정말 굉장해!”

클로에는 광장과 접한 통로 입구에서 리오의 전투에 눈을 빼앗겼다. 리오는 혼자서 광장으로 뛰쳐나가 마물 무리를 상대했다.

“갸?!”, “브히익?!”

고블린과 오크가 리오에게 접근하는 순서대로 검에 베여 쓰러졌다. 어제 숲길에서 싸운 아리아와 비슷하거나 그 이상이었다.

“꼬맹이 클로에, 잠깐만. 저기서 싸우는 형씨는 누구야?”

새로 지원군으로 달려온 모험가 중 한 명이 놀라서 물었다.

“하루토 님이에요. 리제롯테 님의 은인인 숙련된 검사예요.”

클로에는 대답하면서도 광장을 물끄러미 바라봤다. 몇 년 전에 딱 한 번 만났던 상대가 종횡무진으로 검을 휘둘렀다.

“숙련된 정도가 아니잖아, 저건…….”

광장의 마물 대부분이 리오를 공격했다. 리오의 전투는 그야말로 일기당천이었다. 모든 마물의 공격을 받아치며 광장에 마물을 붙잡아 놨다. 안으로 침입하려고 산발적으로 통로로 가는 마물이 있었지만, 클로에 일행이 여유롭게 대처할 수 있는 정도였다.

“……안 도와줘도 되나?”

모험가가 쭈뼛거리며 물었다. 선불리 엄호하면 마물의

주의를 끌 테고, 걸림돌이 될 게 분명하지만, 묻지 않을 수가 없었다.

"……안 돼요. 우리는 발목만 잡을 테니까요. 여기서 통로 입구를 막는 것도 중요해요. 하루토 님이 흘린 마물을 처리하죠."

클로에가 냉정하게, 하지만 부끄러운 표정으로 대답했다.

'나는 안 돼. 적어도 선배들 실력 정도는 되어야…….'

차원이 달라서 정확한 실력은 모르지만, 리오의 힘은 아리아와 비슷하거나 그 이상이리라. 클로에 일행이 나서서 무능함을 드러낼 필요는 없었다.

'하루토…….'

클로에는 문득, 몇 년 전에 하루토가 본가 여관에 머물렀던 때가 떠올랐다. 당시에 하루토는 성인 모험가들과 얽히고 정당방위로 되받아쳤다. 그때, 클로에는 싸움을 지켜볼 수밖에 없었고 칼부림 사태로 소란스러워진 현장에 겁을 먹고 하루토와 거리를 두고 말았다. 그 사건이 왠지 무척 인상에 남아서 클로에는 계속 후회해왔다.

"알았어……."

남자 모험가가 부끄러운 표정을 지은 클로에에게서 무언가를 느꼈는지 조용히 수긍했다.

"……부탁드려요. 아무리 하루토 님이라고 해도 휴식이 필요할 거예요. 그때, 우리가 대신 싸워야 하니까 각오하세요."

클로에가 진지하게 말했다. 그렇다. 아무리 마검으로 일시적이나마 인간의 수준을 벗어난 힘을 얻어도, 마력이 고갈되면 마검의 힘을 끌어내지 못한다. 평범한 사람과 다를 게 없었다.

"오케이. 후방은 맡겨둬."

모험가가 결연하게 대답했다.

'……이상한데.'

한편, 리오는 싸우며 위화감을 느꼈다. 쓰러뜨린 마물 수가 정확하게 기억나지는 않지만, 세 자릿수를 넘게 물리쳤다.

'왜 미노타우로스와 인간형 마물이 앞으로 나오지 않지?'

그렇다. 마물을 통솔하는 강력한 개체들이 한 마리도 앞으로 나오지 않았다. 나오기는커녕 움직일 기척조차 없었다. 저 마물들의 돌파력이라면 단번에 도시 안으로 들이닥칠 수 있고, 미노타우로스의 완력이 있으면 일부러 문으로 침입하는 데 집착할 필요도 없었다. 벽을 부수거나 뛰어넘어서 안으로 들어오면 되니까.

그냥 지켜보고만 있으니 방어하는 쪽에는 잘된 일처럼 보이지만, 너무 얌전해서 기분 나빴다.

'노리는 게 있나?'

그래서 리오는 생각했다.

그래 봤자 마물의 습격이었다. 목적다운 목적은 인간 살해밖에 없는 흉포한 존재이니까 그 정도 지능밖에 없을 터였다.

그러나 이 정도 군세를 이끌고 침공하면서 단번에 공격하지 않는 게 신경 쓰였다. 이것은 마치…….

'……도시 침입이 목적이 아닌가?'

그렇다. 애초에 도시에 침입할 의도가 없는 것 같았다. 리오는 그런 걱정에 다다랐다. 왜 그런 짓을 하는가.

「아이시아, 도시 안에 다른 변화는 없어?」

리오는 염화로 아이시아에게 물어보기로 했다. 마물의 기척을 어느 정도 포착할 수 있는 아이시아라면 이변을 알아차렸을지도 몰랐다.

「특별히는. 이쪽 광장에 사람이 조금 줄었어. 주민 피난이 곧 끝날 거야.」

아이시아에게서 바로 답이 돌아왔다.

「마물 움직임에 변화는?」

「없어. 서쪽도 동쪽도 마물을 잘 막고 있어.」

「……그래. 고마워. 이제 돌아가도 되는지 교섭해볼게.」

리오가 등 뒤쪽 통로에 지원군이 충분히 집결한 것을 확인하고 아이시아에게 말했다. 아직 마물이 남았지만, 세리아와 아이시아가 걱정됐다.

「알았어. 무슨 일 있으면 바로 연락할게.」

「응.」

두 사람은 거기서 염화를 끝냈다.

"클로에!"

그때, 광장과 접한 통로 입구에 때마침 나탈리와 코제트가 달려왔다. 둘 다 클로에처럼 전투복을 겸한 시녀복을 입었다.

"나탈리 선배, 코제트 선배!"

믿음직한 선배들을 본 클로에의 표정이 확 밝아졌다. 병사와 모험가들도 침착하게 두 사람을 맞이했다.

"어, 피해는?"

나탈리가 예상외로 온건한 분위기를 느끼고 당황해서 물었다.

"저기, 하루토 님이 홀로 싸워주셔서……."

클로에가 대답하고 쭈뼛쭈뼛 광장을 봤다. 그곳에는 지금도 리오가 다가오는 마물을 무찌르고 있었다. 곡예사처럼 움직이며 싸우는 그 모습이 아름답기까지 했다.

"……역시, 대단해."

광장으로 시선을 돌린 코제트가 리오가 싸우는 모습에 홀렸다.

"굉장해……. 그런데 이제 그만 돌아오시라고 해야 하지 않아? 지금까지 계속 싸우신 거지? 마력이 못 버텨."

나탈리가 걱정스럽게 말했다.

"그 말이 맞아. 우리도 왔으니 슬슬 후퇴하시라고 하자."

코제트도 바로 찬성했다.

"하루토 님!"

그때, 타이밍 좋게 리오가 통로까지 후퇴했다.

“음, 분명 코제트 씨와…….”

“얘는 나탈리예요. 저를 기억해주셔서 영광입니다.”

코제트가 기쁘게 미소 짓고 나탈리를 소개했다.

“리제롯테 님의 시녀 나탈리라고 합니다. 처음 뵙겠습니다, 하루토 님. 힘을 보태주셔서 정말로 감사합니다.”

나탈리가 공손하게 인사했다.

“주인님을 대신하여 감사드립니다.”

코제트도 무척 귀엽게 웃으며 리오에게 고개를 숙였다.

“아뇨. 사실 부탁이 있어서요.”

리오가 짧게 도리질 치고 광장에 있는 마물들을 보며 단도직입적으로 말을 꺼냈다. 마물은 리오를 경계하는지 상황을 살피듯 거리를 뒀다.

“무엇인지요?”

“사실 일행이 숙소에 있는데 아직 피난하지 않았으니 합류하러 돌아가고 싶습니다.”

나탈리의 물음에 리오가 짧게 용건을 전했다.

“그러, 시군요…….”

나탈리가 망설이며 맞장구쳤다.

솔직히 리오가 빠지는 게 몹시 아쉬웠다. 고블린과 오크 뒤에는 미노타우로스와 정체불명의 인간형 마물이 있었다. 그것들이 갑자기 공격하면 방어가 어려웠다.

그러나 리오는 아망드의 병사도 모험가도 아니었다. 본래는 전투 의무가 없는 일반인이었다. 지금의 전투는 자원

봉사였고 나탈리 일행이 전투를 강요할 수는 없었다.

"물러나는 대신이라고 하긴 뭣하지만, 저 미노타우로스를 처리하죠. 어떠세요?"

리오가 나탈리 일행의 근심을 어렴풋이 알아차리고 타협안을 제시했다. 서문과 달리 동문에 나타난 미노타우로스는 한 마리뿐이었다. 레버넌트 수도 서문보다는 적었다. 미노타우로스만 무찌르면 위협도가 단번에 내려갈 게 분명했다.

"……하루토 님은 원래 일반인이시니 저희가 막을 이유가 없습니다. 하지만 저렇게 멀리 있는 것을요?"

나탈리가 문밖에 있는 미노타우로스를 보고 말했다. 쓰러뜨린다면 순서상, 마지막으로 쓰러뜨릴 위치였다. 공격마법으로 원거리 공격이 불가능하지는 않지만, 미노타우로스의 신체능력이라면 속도가 어중간한 공격은 피할 터였다.

"아뇨, 여기서 처리하겠습니다."

리오가 결연히 선언했다.

"……네, 네?"

대체 어떻게 무찌른다는 말인가. 나탈리가 당황한 얼굴로 고개를 끄덕였다.

"그럼 갑니다."

리오는 천천히 앞으로 나갔다. 손에 든 검의 날이 눈부시게 빛나자 리오가 미노타우로스를 향해 검 끝을 겨누었다.

"키힉?!"

마물들이 경계하며 리오를 노려봤다. 그리고 서로 눈짓을 하더니—.

"기히힉!"

일제히 리오에게 달려들었다.

"윽?!"

나탈리 일행의 눈이 휘둥그레졌다.

순간, 리오의 검 끝에서 바람의 정령술로 코팅한 마력 포탄이 뿜어져 나왔다. 그 공격은 발사와 동시에 음속의 벽을 넘어—.

"기힉?!"

리오에게 달려든 마물들을 여파로 날려버렸다.

"음, 머?!"

바람을 두른 마력 포탄은 정확하게 미노타우로스의 심장을 꿰뚫었다.

"음머……?"

미노타우로스는 무엇이 일어났는지도 이해하지 못했다. 반응할 새도 없이 정신이 드니 바닥에 무릎을 꿇고 있었다. 그리고 그대로 절명해 힘없이 쓰러졌다.

'마지막으로 한번, 공격해둘까.'

리오가 다시 검에 마력을 실었다. 검에서 폭풍이 휘몰아쳤다. 리오는 전방의 마물에게 접근해 폭풍을 해방했다.

"브힉?!"

오크와 고블린, 합쳐서 수십 마리가 바람에 떠밀려 날아갔다.

"……."

뒤에 있던 나탈리 일행은 어안이 벙벙했다.

"그럼 실례하겠습니다."

리오는 그들에게 꾸벅 인사했다.

"네, 네! 감사합니다!"

나탈리가 퍼뜩 정신을 차리고 감사를 표했다.

"……멋져요, 하루토 님."

코제트가 황홀해 하며 리오에게 말했다.

"네?"

리오가 당황했다.

"저, 정말 무슨 소리를 하는 거야! 하루토 님, 신경 쓰지 마시고 일행분에게 가세요. 조심하세요!"

나탈리가 황급히 코제트를 잡아당기고 리오를 배웅했다.

"……네, 여러분. 그럼."

리오가 재미있다는 듯이 웃고 중앙의 숙소로 씩씩하게 달려갔다.

◇ ◇ ◇

한편, 리제롯테 저택 안. 히로아키, 플로라, 로아나, 유그노 공작은 손님용 거실로 피난했다. 실내에는 호위 기사

넷이 서 있었는데 스튜어드 유그노와 친위대장 레이먼 브란트도 있었다.

"아― 마물이 원래 이렇게 도시를 자주 공격해?"

히로아키가 소파에 앉아 안절부절못해 다리를 흔들며 말했다.

"자주는 아니나, 없지는 않습니다. 과거에는 마물의 습격으로 도시와 마을이 사라지기도 했으니까요."

유그노 공작이 차분하게 대답했다.

"그래……."

히로아키가 요란하게 한숨을 내쉬었다.

'꽤 흥분한 모양이군. 지난 전투에서 맛본 공포가 어떻게 작용할까.'

유그노 공작이 눈을 가늘게 뜨고 생각했다. 평소의 히로아키라면 떡 버티고 앉아서 큰소리를 쳐댔을 것이다.

"흥."

스튜어드가 그런 히로아키를 보며 깔보듯이 콧방귀를 뀌었다. 신경질이 난 히로아키가 마음에 들지 않았는지 스튜어드를 노려봤다.

"……실례했습니다. 긴장으로 목이 말라서."

스튜어드가 아차 싶어 조금 요란하게 헛기침을 했다. 부친인 유그노 공작이 노려보자 황급히 시선을 피했다. 실내에 날카로운 분위기가 감돌았다.

◇◇◇

아망드 서문 앞 광장.

아리아는 부하 시녀들과 숙련된 병사, 모험가들을 이끌고 마물이 북적거리는 광장을 적극적으로 헤쳐나갔다.

"정말 숫자만 많군."

그랬다. 마물 수가 많았다. 쓰러뜨리고 쓰러뜨려도 문밖에서 안으로 밀려왔다. 아리아가 중얼거리며 담담히 눈앞에 있는 오크의 목을 날렸다.

'숲에서 습격당했을 때보다 마물 수가 확연하게 많아. 화려한 마법으로 쓸어버리고 싶지만, 마력 배분을 생각하지 않으면 금방 고갈될 거야. 밖에 저것들도 있고.'

아리아가 문밖에 서 있는 미노타우로스 세 마리를 봤다.

"그히힉."

미노타우로스들이 불쾌하게 웃으며 구경했다.

'왜 도시 안으로 침입하지 않는지 모르겠어.'

아리아가 의아해하며 미간을 찌푸렸다. 그도 리오처럼 미노타우로스들의 행동을 의심했다. 다만, 아리아는 의문이 들어도 리오처럼 자유롭게 움직이지 못했다. 적어도 미노타우로스들을 쓰러뜨리기 전까지는.

'조금 위험하지만, 더 치고 나갈 수밖에.'

아리아는 더 대담하게 앞으로 나가기로 했다.

"마티아스 천부장."

그리고 근처에서 싸우는 잘생긴 남자를 불렀다. 나이는 20대 후반으로 다른 병사보다 좋은 전투복을 입었고 손에는 독특한 검을 들었다. 리제롯테에게 일시적으로 빌린 마검이었다.

"왜 불러? 아리아."

마티아스라 불린 남자가 접근한 마물을 가볍게 쓰러뜨리고 전투 중이라 생각할 수 없는 장난스러운 목소리로 대답했다.

"미노타우로스들이 움직이지 않는 게 이상합니다. 이곳은 다른 사람들에게 맡기고 우리는 문밖으로 치고 나가야 한다고 봅니다만."

"……너와 나 둘이서?"

"예."

허를 찔린 마티아스에게 아리아가 조용히 대답했다.

"진심?"

"농담할 시간이 아깝습니다."

"그렇지이. 뭐, 아리아의 권유니까 해볼까. 체력만 소모하다가 마지막에 저것들과 싸우면 고생이니까."

마티아스가 표표하게 말하고 살짝 어깨를 으쓱했다.

"그럼……."

아리아가 뭐라 말하려던 그때였다.

"캬아아!"

문밖에 있던 거무스름한 레버넌트가 갑자기 괴성을 질

렀다.

"캬악!"

다른 레버넌트들도 호응하듯이 괴성을 지르기 시작했다.

"……대체 뭐죠?"

아리아가 의아해하며 미간을 찌푸리고 자세를 잡아 대비했다.

"음머어어어어어!"

미노타우로스가 무시무시하게 울부짖었다. 그 포효가 순식간에 아망드 전역으로 퍼졌다.

"뭐야, 뭐야?"

마티아스가 당황해서 의문을 꺼냈다.

"캬아아!"

스무 마리는 되는 레버넌트가 일제히 문 안으로 달리기 시작했다.

"뭣?!"

아무리 아리아라도 당황할 수밖에 없었다. 레버넌트들이 타고난 신체능력을 활용해 차례로 문 안으로 몰려들었다.

"무슨 일이 있어도 이것들을 무찌르세요!"

아리아가 결연하게 명령했다.

"음머어!"

그러나 미노타우로스까지 움직였다. 거구에 어울리지 않는 경쾌한 몸놀림으로 보조를 밟고 크게 뛰어올라 가볍게 광장에 침입했다.

"윽, 시녀대는 레버넌트를 격퇴하십시오! 다른 사람들은 지금처럼 고블린과 오크를! 마티아스 천부장!"

아리아가 초조한 표정을 지으면서도 냉정하게 명령을 내렸다.

"알겠어, 우리는 저 큰놈을 처리하자!"

아리아의 부름에 마티아스가 의연하게 대답했다.

◇ ◇ ◇

거의 같은 시각. 아망드 시내 북방 성벽.

루시우스와 레이스가 잠복한 뒷골목.

"신호네요. 동문에서는 안 들렸는데, 당했나 봅니다."

레이스가 중얼거렸다.

"드디어 내 차례인가. 몸이 둔해져서 큰일이야."

루시우스가 나른하게 몸을 풀었다.

"서두르죠. 미끼 마물도 생각보다 빠르게 전멸할지 몰라요. 당신이 제일 유력하니까 부탁합니다, 알폰스 군."

레이스가 출발을 권하고 근처에 서 있는 피부가 새까만 레버넌트를 봤다.

"어, 맡겨둬."

알폰스라 불린 새까만 레버넌트가 입가에 기쁨으로 물든 미소를 그리며 고개를 끄덕였다.

◇◇◇

그 무렵, 리오는 머물던 숙소로 이동했다. 마물이 습격할 때는 아직 주위가 어두웠지만, 지금은 해가 뜨기 시작해서 제법 밝았다.

여관 앞 광장에는 아직 피난 중인 주민이 있었지만, 수가 제법 줄었다. 수많은 피난민을 유도하던 병사들도 지금은 보이지 않았다. 피난은 순조로운 것 같았다. 리오가 광장을 둘러보며 숙소 앞에 다다르자—.

"음머어어어어어!"

서문에 있는 미노타우로스의 포효가 도시 안에 울려 퍼졌다.

'……서문에 있는 미노타우로스 소리.'

리오는 짐작했다. 상황이 시시각각 바뀌었다. 이 포효는 그다지 좋지 않은 징후일지도 몰랐다.

'조금 서두를까.'

리오는 빠르게 숙소로 들어가 방으로 갔다. 그러자 먼저 문이 열리고 아이시아가 리오를 맞이했다.

"어서 와."

"다녀왔어, 아이시아."

리오가 웃으며 대답했다. 그러자 아이시아의 뒤에서 세리아가 얼굴을 내밀었다.

"어서 와!"

세리아가 안심했는지 안도의 미소를 지으며 리오를 환영했다.
"네, 다녀왔습니다. 오래 기다리셨죠?"
"아니야, 그건 괜찮은데……. 바깥 상황은 어때? 아리아가 서문으로 가는 걸 창문으로 봤는데 조금 전의 포효는……?"
"동문은 마물 수를 제법 줄여놨으니 괜찮을 거예요. 포효는 서문의 미노타우로스가 지른 것 같은데 아리아 씨가 있으면 서문도 잘 하고 있겠죠."
리오가 단언은 하지 않고 자기가 파악한 전황을 가르쳐줬다. 아리아라면 복수의 미노타우로스와 레버넌트를 상대로도 호각 이상으로 싸우겠지만, 안타깝게도 서문의 마물 수가 너무 많았다. 무책임한 말은 할 수 없었다.
"이제 어떡할래?"
아이시아가 물었다.
"나는 이대로 도시 방어를 도울까 하는데, 아이시아와 선생님은 도시 밖으로 피난해줬으면 해."
리오는 괜히 불안해하지 않도록 마물의 움직임에 위화감을 느낀 것은 숨기고 다음 행동을 전했다.
"알았어."
아이시아가 어떤 망설임도 없이 바로 수긍했다.
"……응."
한편, 세리아는 리오의 안색을 살피며 불안한 듯이 고개를 끄덕였다.

"선생님이 안전한 곳에 계시면 저도 마음 놓고 싸울 수 있어요. 부탁드려도 될까요?"

리오가 난처한 얼굴로 세리아에게 말했다. 리오가 그렇게 말하면 세리아는 고개를 가로저을 수 없었다.

"……응."

세리아가 괴로워하면서도 지금은 순순히 고개를 끄덕였다.

"고맙습니다. 그러면 남문 밖으로 피난하죠. 남문 밖은 트인 농지고 마물도 없어요. 중간까지는 저도 동행할게요. 인기척이 없으면 하늘을 날아서 이동하기로 하죠."

"응, 알았어."

"그럼 당장 가요."

리오 일행은 일단 숙소 밖으로 나왔다.

숙소 앞 광장은 아까보다 사람이 줄었지만, 아직도 피난하는 주민이 드문드문 보였다. 조금 전, 미노타우로스의 포효에 움츠러들면서도 서둘러 발을 놀렸다.

"우리도 가요. 이쪽으로."

숙소 앞에서 피난민을 확인한 리오가 남쪽을 향해 걸음을 내디디고 세리아와 아이시아를 유도하려고 했다.

"하루토, 마물!"

그때, 아이시아가 퍼뜩 안색을 바꾸고 외쳤다.

"캬아아!"

레버넌트의 괴성이 숙소 앞 광장에 울려 퍼졌다.

"……미안. 늦게 알아차렸어."

아이시아가 미안해하며 사과했다.

"아니, 괜찮아. 감지할 수 있어도 감각적인 거잖아. 어쩔 수 없지. 일단 선생님을 데리고 숙소 안으로 물러나 줘."

리오는 아이시아와 세리아를 숙소 안으로 물러나게 했다. 다행히 광장에 밀려든 레버넌트들은 리오 일행을 알아차리지 못했다.

그러나 들킨 사람도 있었다. 마침 리오 일행의 앞에서 달리던 모녀가 회색 피부의 레버넌트의 눈에 걸렸다.

"히익……!"

모녀는 눈앞에 멈춰 선 회색 레버넌트를 보고 겁을 먹었다.

"으극……."

레버넌트는 흉포한 눈초리로 두 사람을 노려봤다.

"앗……."

서른 전후의 어머니는 놀라서 다리가 풀린 듯했다.

"안 돼, 오, 오지 마! 저리 가!"

이제 열 살 정도인 소녀가 용감하게 어머니 앞에 섰다.

"밀레유, 도망쳐!"

어머니가 황급히 딸을 불렀다. 안 좋은 상상이 리오의 머릿속을 스쳐 지나갔다. 뒤에 있는 세리아에게 절대로 그런 광경을 보여주고 싶지 않았다.

'위험해.'

리오는 반사적으로 세차게 땅을 박찼다. 바람의 정령술로 자기 몸을 밀어 가속하자 엄청난 속도로 순식간에 거리가 좁혀졌다.

"그흑?!"

레버넌트가 리오에게 얻어맞고 세차게 날아가 요란한 소리를 내며 바닥을 나뒹굴었다.

"캬아?!"

광장에 있던 레버넌트들이 이변을 깨달았다. 모녀 말고도 레버넌트의 눈에 들어온 사람들이 있었으나 레버넌트들의 주의가 전부 리오에게 쏠렸다. 지금 막 리오가 날려버린 개체도 포함해 전부 네 마리였다.

"이쪽이다!"

리오가 더 시선을 끌려고 크게 외치고 허리에 찬 검집에서 검을 뽑았다.

"캬악!"

레버넌트들이 일제히 리오를 공격했다. 리오는 가장 가까이에서 접근한 레버넌트에게 돌진해 심장을 찔러 일격에 죽였다.

"윽?!"

다른 두 마리가 깜짝 놀라 굳었다. 리오는 그 틈에 그중 한 마리에게 접근해 정확하게 심장 부위를 노려 검을 찔렀다. 그리고 검을 뽑아-.

"윽……!"

돌아서며 뒤에서 접근한 다른 한 마리의 명치를 무릎으로 찼다. 레버넌트가 가볍게 공중으로 떠올랐다.

리오는 바닥을 차고 순식간에 그 개체를 쫓아가 심장을 찔러서 다른 레버넌트처럼 일격에 죽였다. 남은 것은 리오가 처음에 날려버린 한 마리뿐이었다.

"으윽……."

리오는 마침 비틀거리며 일어난 마지막 레버넌트에게 순식간에 다가가 또 똑같이 심장을 꿰뚫어 마무리 지었다.

"……하아."

리오가 검을 뽑고 정신적으로 지쳤는지 작게 한숨을 내쉬었다.

"……가, 감사합니다!"

공격당하고 멍하니 리오의 전투를 지켜보던 어머니가 잠시 뒤, 퍼뜩 안색을 바꾸고 감사를 표했다.

"……아뇨, 다치지 않아 다행입니다. 서실 수 있겠어요?"

리오는 어머니에게 다가가 손을 내밀었다.

"네, 간신히……."

어머니는 리오의 손을 잡고 조심스레 일어섰다.

"고, 고마워요, 오빠! 엄마, 괜찮아?"

어머니에게 밀레유라고 불린 딸이 달려와 리오에게 인사하고 어머니를 부축했다.

"응, 괜찮아."

어머니가 어색하게나마 미소 지어 딸을 안심시켰다.

"어머니, 밀레유?!"

이번에는 시녀복을 입은 소녀 클로에가 달려왔다. 리오를 보고 멈춰 서더니 모녀의 얼굴을 보고 안색을 바꿨다. 가족인 모양이었다.

'클로에 씨의 어머니. 응? 그러면…… 그때의 사장님인가.'

리오는 눈앞의 어머니가 몇 년 전에 머문 여관을 경영했던 사람임을 깨달았다. 이름은 잊어버렸지만, 그러고 보니 동생이 있던 게 생각났다.

"저, 저기, 대체 왜 어머니와 동생이……?"

클로에가 당황해서 리오에게 물었다.

"마물이 공격했는데 이 오빠가 구해줬어! 엄청 강했어!"

밀레유가 자랑스럽게 설명했다.

"그, 그랬군요. 감사합니다!"

클로에가 이해하고 황급히 리오에게 인사했다.

"아뇨, 그보다 클로에 씨는 왜 여기에?"

"저, 저기, 음, 도시 안에 인간형 마물 몇 마리가 들어와서 선배들이 토벌하고 저는 일단 리제롯테 님께 가는 길이었거든요."

리오가 되묻자 클로에가 난처한 얼굴로 대답했다.

서두르는 모양이었다. 설명도 조금 요령 없이 했다.

"오, 클로에!"

"레베카 씨, 괜찮나?"
"형씨, 고마워. 아까는 대단했어."
그때, 주위에 있던 주민들이 다가와 갑자기 소란스러워졌다.
"아, 음…… 저기, 죄송해요. 제가 지금 좀 연락 때문에 바빠서. 여러분도 서둘러 북쪽 성벽 안으로 피난하시겠어요? 성벽 입구에서 병사분께 말을 걸면 받아주실 거예요."
클로에가 서둘러서 그런지 급히 필요한 지시만 전했다.
"음, 그래. 좋아, 다녀와, 클로에! 우리는 이 형씨와 함께 피난할 테니까."
마음씨 좋아 보이는 중년 남자가 리오를 봤다.
"아니, 그게……."
리오는 애초에 북쪽 구역으로 갈 생각이 없었던지라 말문이 막혀 바로 대답하지 못했다.
"보내드려, 하루토."
그때, 세리아가 아이시아를 데리고 나타나 리오에게 말했다. 둘 다 옷 위에 로브를 걸치고 후드로 얼굴을 가렸다.
"세실리아……."
리오는 세리아를 보고 괴로운 듯이 얼굴에 그늘을 드리웠다.
"응? 나는 신경 쓰지 않아도 돼."
세리아가 미안해하며 리오에게 말했다. 어차피 성벽은 바로 코앞이었다. 입구까지만 이동한다면 시간이 그리 걸리지 않을 수도 있었다.

"……알겠습니다. 그럴게요."

리오는 각오를 다지고 북쪽 성벽 문으로 가기로 했다.

◇ ◇ ◇

리오 일행은 몇 분 지나지 않아 성벽 문에 도착했다. 클로에의 말대로 문 앞에 있던 병사가 바로 안으로 들어가게 해줬다.

"후우, 일단은 안심이야. 고마워요, 오빠."

클로에의 동생 밀레유가 안도의 한숨을 내쉬고 리오에게 다시 감사 인사를 했다.

"아니, 별일 안 했어. 같이 걷기만 했잖아."

실제로 광장에서 성벽 문까지 짧은 거리를 같이 걷기만 했을 뿐이었다. 도중에 레버넌트가 나타나지도 않았다. 이제부터 밀레유 일행을 지키는 것은 병사들의 역할이니 리오의 역할은 끝났다.

"실례합니다. 주민을 호송해주셔서 감사합니다. 그런데 혹시 하루토 님이십니까?"

내부 성벽 문을 지키던 병사가 리오에게 말을 걸었다.

"……예, 그렇습니다만."

면식 없는 상대가 얼굴과 이름을 알고 있자 리오가 이상하게 여기며 고개를 끄덕였다.

"역시 그랬군요. 특징을 들어서 바로 알았습니다."
"특징을?"
"네. 그것이 사실은 당신과 일행분이 오시면 최우선으로 저택으로 피난시키라고 리제롯테 님께서 엄명을 내리셨습니다."
병사가 부끄러운 듯이 세리아와 아이시아를 보고 리오를 조금 떨어진 곳으로 데려가 작게 설명했다. 세리아와 아이시아는 밀레유와 이야기하느라 잠깐 로브 후드를 벗었다.
"아, 그랬군요."
리오는 병사가 말한 특징이 무엇인지 어렴풋이 알아차렸다. 확실히 아이시아와 세리아의 용모는 눈길을 끌었다.
"바로 안내할 테니 괜찮으시면 함께 가시죠. 지금은 저택이 가장 안전한 장소이니 일행분과 함께 보호하겠습니다."
병사가 자신 있게 리오에게 권유했다. 리오는 슬쩍 세리아와 아이시아를 봤다. 리오와 병사가 대화하는 사이, 마침 다른 병사가 밀레유 일행을 데리러 왔다.
"언니들도 고마웠어요."
밀레유는 예의 바르게 세리아와 아이시아에게 인사하고 병사를 따라갔다.
"……그럼 호의에 따르죠. 잘 부탁드립니다."
리오는 잠시 망설였지만, 곧 고개를 끄덕였다. 남문 밖으로 간다는 예정에서 크게 벗어나지만, 여기서 돌아가겠다고 하면 부자연스러웠다. 새삼스럽게 돌아간다고 해도 도중에 레버넌트와 마주칠 수 있었다. 저택으로 피난할 수 있다면 괜찮은 타협안이었다.

"알겠습니다. 그럼 제가 안내하겠습니다."

병사가 공손히 허리를 숙이고 안내를 청했다.

잠시 뒤.

리제롯테의 저택은 인원 대부분이 임시 지휘소를 설치한 정원에 나와 있어서, 안이 휑했다. 지금 저택 안에는 히로아키 일행처럼 주요 보호 대상뿐이었다.

"이쪽이다."

새까만 레버넌트가 저택 안을 당당하게 걸었다. 뒤에는 루시우스가 있었다. 거무스름한 레버넌트 네 마리가 묵묵히 뒤를 따랐다.

"역시 안내하는 사람이 있으면 편하다니까. 강화체 레버넌트한테는 무리야."

루시우스가 긴장하지도 않고 너스레를 떨었다.

"흥. 손님용 거실은 저 통로를 돌면 있다."

알폰스가 기분 나쁜 듯이 콧방귀를 뀌었다.

"알았어. 지금부터는 네 차례야. 왕녀한테는 손대지 마. 용사는 죽이지만 않으면 돼."

루시우스가 신경 쓰지 않고 알폰스를 불렀다.
"그래, 맡겨둬. 지금의 나는 미노타우로스보다 강해."
알폰스가 지금 나눈 대화와 맞지 않는 대답을 했다.
"아- 지성이 남은 건지 망가진 건지 모르겠네. 됐다, 가."
루시우스가 머리를 긁적이며 건성으로 알폰스를 재촉했다.
"누가 있나?"
대화를 들었는지 통로 너머에서 목소리가 들렸다. 방 앞에 호위 기사라도 있는 모양이었다. 뭐, 당연하다면 당연했다.
"어, 있어."
루시우스가 초조해하지 않고 느긋하게 대답했다.
"누구냐?"
통로 너머에서 의심하는 목소리가 들렸다.
"아니, 잠깐 볼일 보고 가는 길이니까 신경 쓰지 마."
"……멈춰. 나와라."
호위 기사로 보이는 남자가 통로 너머에서 무섭게 명령했다.
"이런."
루시우스가 성가셔하며 탄식하고 통로 너머로 걸음을 옮겼다. 그곳에는 두 기사가 서서 방문을 지키고 있었다.
"모험가? 너뿐인가? 누구와 떠들었지?"
한 기사가 다가와 루시우스에게 물었다.
"아뇨, **다른 사람은 없으니까** 확인해보세요."

루시우스가 협조적인 자세를 보이며 길을 열고 장난스럽게 어깨를 으쓱했다.

◇ ◇ ◇

잠시 뒤.

덜컹, 히로아키 일행이 대기하는 거실문에 무언가가 부딪히는 소리가 났다.

"……지금 문에 뭐가 부딪치지 않았어?"

히로아키가 물끄러미 문을 보며 실내에 있는 사람들에게 물었다.

"확실히."

유그노 공작이 고개를 끄덕이며 눈짓으로 호위 기사들에게 확인하라 재촉했다.

"넷."

실내에 있는 호위 기사는 스튜어드를 포함해 넷. 그중 한 사람이 천천히 문 앞으로 갔다. 그리고 끼익 문을 당기자—.

"이봐, 무슨 일 있어억?!"

새까만 주먹이 날아왔다. 기사가 얼굴을 맞고 방 안으로 날아갔다. 가구와 함께 요란한 소리를 내며 멈추자—.

"꺄악?!"

근처에 앉아있던 플로라가 참지 못하고 비명을 질렀다.

"무, 무슨 일이죠?!"

로아나가 놀라서 문을 봤다.
"하하하."
그곳에는 새까만 레버넌트 알폰스가 기분 나쁘게 웃으며 서 있었다. 그 뒤에는 거무스름한 레버넌트 네 마리가 있었다.
"마, 마물?! 왜 이런 곳에?!"
스튜어드를 포함한 세 기사가 반사적으로 검을 뽑았다.
"가라."
알폰스가 짧게 명령했다.
"으아악!"
휘하의 레버넌트들이 괴성을 지르며 실내에 돌입했다.
"《신체능력 강화마법》."
거의 동시에 기사들이 주문을 외웠다.
그러나 마법 발동에 필요한 1, 2초의 시간이 문제였다. 레버넌트가 기사들이 신체능력을 강화하기 전에 거리를 좁히고 공격했다.
"젠장!"
기사들은 부득이하게 마법 발동을 중단하고 검을 휘둘렀다.
"단단해?!"
그러나 신체능력을 강화하지 않고는 레버넌트에게 상처를 입힐 수 없었다. 철처럼 단단한 피부에 검이 튕겨 나갔다.
"크아악!"

거무스름한 레버넌트들이 기사들과 일대일로 붙고 즐겁게 웃었다. 기사들의 수는 셋이라 네 마리인 거무스름한 레버넌트 중 한 마리와 새까만 레버넌트 알폰스는 할 일 없이 따분하게 남았다.

"경비는 뭐 하는 거야?!"

히로아키가 복도를 향해 외쳤다. 그러나 아무도 도우러 오지 않았다.

"흥, 가라."

알폰스가 모멸감을 담아 콧방귀를 뀌고 남은 레버넌트에게 지시를 내렸다. 지시받은 레버넌트가 씩씩하게 달려 압박을 가하듯이 히로아키 일행이 있는 방 안으로 돌진했다.

"젠장! 문으로 가, 도망친다!"

이대로는 독 안에 든 쥐라는 생각에 히로아키가 곁에 있는 플로라 일행에게 지시를 내리며 황급히 달렸다. 허울만 용사는 아닌지 몸놀림이 인간 수준을 벗어날 정도로 빨랐다.

"으, 앗……."

그러나 플로라는 바로 반응하지 못하고 곤혹스러워했다.

로아나가 얼른 플로라의 팔을 잡았다.

"플로라 님, 이쪽으로!"

로아나는 앞서가는 히로아키의 뒤를 쫓아 달렸다.

다행히 기사들이 레버넌트를 한 마리씩 막아냈다. 거실이 넓어서 옆으로 빠져나갈 수 있을 만큼 공간이 여유로웠다.

그리고 방 안으로 돌진한 남은 레버넌트는 뭘 어쩌고 싶은 건지 즐겁게 웃기만 할 뿐, 플로라 일행을 공격하지는 않았다.

그래서 출입구에 진을 친 새까만 레버넌트만 어떻게 하면 탈출할 수 있을 것 같았다. 유그노 공작도 같은 생각인지 로아나 일행과 함께 히로아키의 뒤를 쫓았다.

지금은 용사로서 미지의 전투능력을 가진 히로아키만이 희망이었다. 일단 모의전에서는 기사들을 상대로 호각 이상의 전투를 펼쳤다.

지금은 흥분했지만, 예전 전투 때와 달리 스스로 마물에게 향했다. 겁을 집어먹어서 못 써먹을 것 같지는 않았다.

"물러서! 와라, 야마타노오로치!"

히로아키는 자랑인 신장을 손에 불러냈다. 아름다운 검을 잡아 알폰스에게 휘둘렀다. 그러나 알폰스는 히로아키의 움직임을 예측하고 가볍게 품으로 파고들었다.

"흥."

알폰스가 콧방귀를 뀌고 있는 힘껏 히로아키의 얼굴을 쳤다.

"크아악?!"

히로아키는 방 안으로 날아가 버렸다.

"이 자식의 얼굴, 있는 힘껏, 날려보고 싶었어."

알폰스가 만족했는지 즐겁게 낄낄 웃었다.

'마, 말했어?! 뭐, 뭐죠?! 정말 뭐예요?! 기분 나빠!'

로아나는 눈앞의 새까만 마물이 말하자 마음속 깊이 생리

적인 혐오감을 느끼고 부르르 떨었다. 인간을 닮아서 괜히 기분 나빴는데 인간의 말까지 하다니 기분이 최악이었다.

"프, 플로라 님, 뒤로……."

그러나 로아나는 의연하게 플로라를 자기 뒤로 감쌌다. 왕족의 방패가 되는 것이 귀족인 자신의 임무라고 믿으며.

한편, 유그노 공작은 상태가 안 좋은지 휘청거렸다.

"크……."

기사들은 지금도 레버넌트 세 마리와 싸우고 있지만, 마법으로 신체능력을 강화하지 못해 고전 중이었다. 돌파구였던 히로아키는 도리어 자기가 당했고 이제는 도망칠 길이 없었다.

"다음은 너다. 편하게 죽이지는 않을 거다."

알폰스가 유그노 공작을 보며 섬뜩하게 입가를 일그러뜨렸다.

"……뭐?"

유그노 공작이 의아한 표정을 지었다. 말을 한다는 것은 의사소통할 수 있다는 것이었다. 정보를 끄집어낼 수 있지 않을까 싶었다.

"아하핫!"

그러나 알폰스는 일약 유그노 공작에게 달려들었다. 그리고 절묘하게 힘을 조절해 주먹으로 명치를 때렸다.

"윽, 커, 커헉……."

유그노 공작이 버티지 못하고 바닥에 쓰러졌다.

"아, 아버님!"
유그노 공작이 공격당한 것을 깨달은 스튜어드의 표정이 변했다. 무작정 검을 휘둘러 대치하는 레버넌트를 쫓아내려고 했다.
한편, 알폰스는 유그노 공작의 멱살을 잡아 가볍게 들어올렸다.
"아직, 멀었다고?"
"윽, 헉……."
유그노 공작이 숨이 막혀 괴로워했다.
"아버님! 비켜, 이 괴물이!"
스튜어드는 필사적으로 검을 휘둘러 대치하던 레버넌트가 물러나게 했다. 대치하던 레버넌트가 "가각." 하고 불길하게 입가를 일그러뜨렸다.
"아버님! 놔라, 이 괴물아!"
스튜어드가 필사적으로 알폰스를 공격했다. 알폰스는 가볍게 스튜어드의 공격을 피하고 난폭하게 유그노 공작을 옆으로 던졌다.
"히히힛, 아- 알았어, 알았어."
알폰스가 즐겁게 웃으며 스튜어드를 마주 봤다.
"젠장, 죽어, 죽어!"
"안 통해."
스튜어드가 거칠게 검을 휘둘렀지만, 알폰스가 단단한 피부로 공격을 가볍게 튕겨냈다.

"……플로라 님, 당신만이라도 도망치세요."

그 사이, 로아나가 한 걸음씩 문으로 다가가며 플로라에게 작게 말했다.

"아, 다, 당신은, 다른 사람들은?!"

플로라가 놀라 안색을 바꾸고 몹시 난색을 보였다.

"저 괴물들의 신체능력은 상식을 벗어났어요. 지금은 재미있어하고 있지만, 이대로라면 전멸이에요. 도망쳐도 작정하고 따라오면 높은 확률로 마법을 쓰기 전에 잡힐 테니 당신께서 도망치실 미끼가 필요해요."

로아나가 애태우며 논리정연하게 설득했다.

"아, 안 돼요! 그런, 그런 건……."

플로라가 강한 거부감을 보였다.

"부탁드립니다. 지금 이때를 놓치면……."

로아나가 초조하게 스튜어드를 봤다.

"괴물, 괴물이!"

스튜어드가 기를 쓰고 알폰스를 공격했지만, 알폰스는 놀고 있었다.

"흐하, 흐하핫!"

알폰스가 소리 높여 웃고 스튜어드를 가지고 놀았다. 다른 기사들을 상대하는 레버넌트들도 마찬가지였다. 알폰스에게 감화되었는지 즐겁게 웃으며 기사들을 가지고 놀았다.

"젠장!"

대치하는 기사들의 숨과 안색이 나빴다. 이 상황이 그리 길게 이어질 것 같지 않았다. 플로라가 도망치려면 기회는 지금뿐이었다.

"플로라 님! 플로라 님!"

그때, 복도에서 플로라를 부른 소리가 들렸다.

"윽, 플로라 님은 무사해요! 도망가시게 해드려요!"

로아나는 열린 문밖으로 플로라를 있는 힘껏 떠밀었다. 그리고 문 앞에 서서 레버넌트들이 쫓지 못하도록 통로를 막았다.

"캬아아!"

방 안에 있던 남은 레버넌트가 로아나에게 달려들었다.

"로아나!"

넘어진 플로라가 황급히 로아나의 이름을 외쳤다. 그러자 밖에서 나타난 남자가 플로라의 손을 잡고 가볍게 일으켜 세워 끌고 갔다.

"플로라 님, 이쪽으로."

"노, 놓아주세요!"

"안 됩니다. 당신께서는 이쪽으로."

플로라는 강하게 저항했지만, 남자는 우격다짐으로 플로라를 데려갔다.

한편, 그곳에 남은 로아나는—.

"《광탄마법》."

레버넌트들을 붙잡아 놓으려고 공격마법을 썼다.

손에 마법진이 떠오르고 마력 에너지탄이 고속으로 발사됐다. 로아나의 조준은 정확했다. 방 안쪽에서 자신에게 달려드는 레버넌트를 맞췄다.

"윽?!"

레버넌트가 빛의 탄을 맞고 휘청거렸다.

"아직이에요!"

로아나는 스튜어드와 다른 기사들을 상대하는 레버넌트들에게도 빛의 탄을 맞췄다. 한 발, 두 발, 세 발, 사정없이 공격했다.

"아— 돌멩이인가?"

알폰스는 약간의 충격만 받았을 뿐, 태연하게 고개를 갸웃거렸다.

"윽?!"

로아나는 주눅 들지 않았다. 쉬지 않고 연속으로 빛의 탄을 레버넌트들에게 맞췄다.

"아아—!"

그때, 실내에 몹시 짜증이 난 고성이 울려 퍼졌다. 움찔한 로아나가 자기도 모르게 마법을 취소하고 공격을 중단했다.

"아아?"

레버넌트들의 주의도 고성이 들린 방향으로 쏠렸다. 유그노 공작은 바닥에 쓰러져 괴로워하고 있고 기사들은 피폐했다. 그렇게 되면—.

"아— 열 받았어. 진짜 열 받았어. 더러운 손으로 치다니, 역겨워."

그곳에는 사카타 히로아키가 서 있었다.

"……의외로 튼튼하군. 전력으로 때렸는데."

알폰스가 감탄하며 눈을 가늘게 떴다.

"바퀴벌레가, 죽어!"

히로아키가 소리 지르고 근처에 있던 레버넌트를 공격했다. 레버넌트가 얼른 양팔을 들고 방어 자세를 잡았지만—.

"윽?!"

몸통째로 깨끗하게 잘려버렸다.

"완전 거지 같아. 진짜 죽어."

히로아키가 이어서 근처에 있던 레버넌트를 베었다. 그 속도는 거무스름한 레버넌트의 반응속도를 웃돌았고 두 마리째도 가볍게 쓰러뜨렸다.

"아— 짜증 나!"

히로아키의 분노는 가라앉지 않았다. 증오가 담긴 눈으로 레버넌트들을 노려봤다.

"히, 히로아키 님?!"

로아나가 달라진 히로아키를 보고 눈을 크게 떴다.

"비켜, 로아나! 그 녀석을 죽여버리겠어!"

히로아키가 소리 지르고 알폰스를 향해 돌진했다.
로아나는 버티지 못하고 방 옆쪽으로 피했다.
"크악!"
그러자 남은 레버넌트들이 좌우에서 히로아키를 공격했다.
"짜증 나!"
히로아키는 엉망진창으로 있는 힘껏 검을 옆으로 휘둘러 레버넌트들을 단칼에 베어버렸다. 엄청난 솜씨였다.
"뭐, 뭣?!"
알폰스가 놀라서 눈을 번쩍 떴다.
"다음은 너다! 죽어!"
히로아키는 마지막으로 남은 알폰스에게 돌진하며 사정거리 밖에서부터 검을 크게 휘둘렀다. 그러자 날에서 심상치 않은 양의 물이 초고속으로 방출됐다.
"읏?!"
알폰스는 반사적으로 뒤로 물러나 복도로 후퇴하며 몸을 틀어 피하려 했다. 그 직후, 물의 포격이 허공을 꿰뚫더니 일직선으로 저택 벽을 부수고 밖으로 날아갔다.
"너, 너 이 자식!"
알폰스가 격앙하면서도 일단 복도로 물러났다.
"멈춰!"
히로아키가 얼른 뒤를 쫓아 복도로 뛰쳐나갔다. 방에는 만신창이가 된 로아나 일행만이 남았다. 히로아키가 복도로 뛰쳐나가자 좁아진 시야에 알폰스가 들어왔다. 곧장 달려들려고 하자—.

"정말이지."

담백한 목소리가 울렸다.

"앗?!"

히로아키가 목소리에 반응해 뒤를 돌아보려고 했다. 그 직후, 히로아키는 목덜미에 강한 충격을 느꼈다. 거의 동시에 뇌가 거칠게 흔들리고 순식간에 의식을 잃었다. 히로아키는 그대로 털썩 쓰러졌다.

"너, 너는?"

알폰스가 놀라서 눈을 크게 떴다. 그곳에는 레이스가 있었고, 그는 로브 너머로 날카롭게 히로아키를 내려다봤다.

"……당신은 밖으로 가세요. 이곳에서의 역할은 끝났습니다. 다른 레버넌트들과 함께 그가 도주할 시간을 벌어요."

레이스가 알폰스에게 차갑게 말했다.

"뭐라고? 하지만……."

알폰스가 반박하려 했다.

"됐으니 가세요."

그러나 레이스가 무척 공허한 목소리로 유무를 막론하고 명령했다.

"아, 알았어."

"좋아요. 밖에도 재미있는 사냥감이 있을 거예요. 그럼 저도 서두르는 중이라 이만."

레이스는 얼른 그 자리를 벗어났다. 한편, 알폰스는 히

로아키가 벽에 뚫은 구멍으로 뛰어내려 밖으로 나갔다.

조금 뒤늦게 로아나가 머뭇머뭇 방 밖으로 얼굴을 내밀었다.

"……히, 히로아키 님!"

로아나는 복도에 쓰러진 히로아키를 보고 황급히 달려갔다. 곧 숨을 쉬는 것을 보고 기절한 것뿐이라 판단하고 안심하며 가슴을 쓸어내렸다.

'루시우스, 역시 그 남자를 부른 것은 실패였나 보군요. 능력은 확실하지만, 흥이 오르면 바로 찰나적인 쾌락주의가 얼굴을 내밉니다. 사람이라기보다는 짐승이에요, 그는. 계획은 무사히 성공한 모양이지만, 이래저래 괜한 고생을 했군요.'

한편, 레이스는 복도 코너에 숨어 몰래 로아나 일행을 살피며 생각에 잠겼다.

'알폰스도……. 흥분하면 놀아대려고만 하니, 역시 완전체와 거리가 먼 불량품이에요. 뭐, 소재가 된 인간이 불완전한 생명체였기 때문이지만요.'

"그는 여기서 파기해야겠군요. 마지막으로 문제의 인간형 정령과 계약자의 힘을 측정할 기준으로 씁시다."

레이스가 마음속으로 한탄하고 중얼거린 뒤, 자리를 떴다.

한편, 시간을 약간 거슬러 올라간다. 플로라는 처음 보는 남자의 손에 끌려가는 중이었다. 남자는 난폭하게 손을 잡아당기며 플로라를 어디로 데려가려고 했다.

"놔요, 놓으세요! 어디로 가는 거죠?! 도움을, 도움을 청해야!"

플로라는 로아나 일행이 있는 방을 보며 자기 손을 세게 잡아끄는 남자에게 호소했다. 남자는 후드를 뒤집어써서 옆얼굴조차 보이지 않았다.

"아니, 이미 늦었어요, 그 아가씨는. 지금쯤 무참하게 죽었을걸요. 녀석들이 놀지만 않았으면 원래는 십여 초도 걸리지 않아 끝났을 겁니다."

앞서 걷는 남자가 즐겁게 낄낄대며 말했다.

"다, 당신…… 누구예요?"

플로라가 겁을 먹고 물었다. 얼핏 보면 저택을 지키려고 파견된 모험가로 보이지만, 상태가 이상했다. 설마 도둑인가.

그때, 남자가 갑자기 멈춰 섰다.

"아뇨, 이름을 댈 정도는 아니라고 할까요, 일단은 이름을 밝힐 수 없는 입장이라고 할까요. 뭐, 인간쓰레기예요."

플로라를 보면서 일단 후드를 벗고 싱긋 웃으며 대답했다. 플로라는 드디어 남자의 얼굴을 제대로 확인했다. 그렇다. 남자의 정체는 루시우스였다.

"어, 어……."

플로라는 말문이 막혔다.

“이야, 아까도 너무 재미있어서 넋 놓고 봤다니까요. 왕족과 귀족의 오래되고 아름다운 주종관계, 정말 멋진 장면이야. 무심결에 망쳐버리고 싶어졌어요.”

루시우스가 흥분해서 떠들어댔다.

“누, 누구?! 누구 없어요?!”

플로라는 이루 말할 수 없는 공포를 느끼고 황급히 소리 질렀다.

“하하하, 도움을 요청하십니까. 뭐, 하세요. 자유롭게.”

루시우스가 느긋하게 웃으며 플로라에게 말했다.

“다, 당신, 무슨 짓을……?”

플로라는 루시우스가 무엇을 노리는지 전혀 몰랐다. 위협적인 루시우스가 너무 기분 나빠 참을 수가 없었다.

“아니, 당신을 납치하려고 여기 있는 건데 솔직히 결과만 달성하면 과정은 아무 상관 없다고 할까요? 나는 나만 즐거우면 돼요.”

루시우스가 태평하게 말했다.

“……내, 내가 목적이에요? 이 혼란을 틈타서?”

플로라가 드디어 루시우스의 목적을 깨닫고 떨리는 목소리로 물었다.

“예, 뭐, 쉽게 말하면. 그런데 이렇게 간단하게 당신을 납치해서 돌아가면 시시하잖아요. 모처럼 손톱자국 좀 만들어주려고요.”

루시우스가 도도하게 대답하고 훗 웃었다.

"……?"

플로라는 침묵하고 의아해했다.

"예를 들어 당신을 내게 맡긴 그 아가씨에게 자기 판단이 틀렸다는 걸 가르쳐주면 어떤 표정을 지을까요? 상상만 해도 재미있네."

루시우스가 무척 경박하게 말했다.

"윽……."

그 지독한 악취미에 플로라는 태어나서 처음이라고 해도 될 정도로 형언하기 어려운 혐오감을 느꼈다.

"하하하, 일단은 당신의 그 얼굴을 본 거로 충분해요. 그리고 말했죠? 그 아가씨는 이미 늦었다고."

루시우스가 플로라에게 절망적인 현실을 들이대고 입가를 일그러뜨리며 웃었다.

"앗, 놔, 놔요, 놓아줘요!"

플로라가 퍼뜩 안색을 바꾸고 루시우스의 손을 뿌리치려고 했다.

"이 사람이 또……."

그때, 레이스가 나타나 뒤에서 루시우스를 불렀다.

"여."

루시우스가 태평한 목소리로 대답했다.

"이런 곳에서 농땡이 부리지 말고 어서 가세요. 문제의 인간형 정령이 저택까지 왔습니다. 그것과 대치하면 위험해요."

레이스가 질려서 탄식하고 루시우스를 재촉했다.

"호오……."

그러나 루시우스는 흥미를 보이며 눈을 크게 떴다.

"분명히 말해두겠는데요……."

"알았다고-. 이대로 합류 지점으로 갈 테니까 안심해. 뭐, 루트는 내가 정할 거지만."

레이스가 뭐라 말하려 하자 루시우스가 불편한지 말을 바꿨다.

"가세요."

레이스가 다시 한숨을 내쉬고 루시우스를 재촉했다.

"그렇게 됐으니 같이 가주실까, 공주님. 이 예쁜 다리가 잘리고 싶지 않으면 날뛰지 마."

루시우스가 다시 후드를 쓰고 다짜고짜 플로라를 어깨에 둘러멨다.

"힉, 꺄악?!"

플로라가 비명을 질렀지만, 상관하지 않았다.

"으쌰."

루시우스는 복도를 달려 어디론가 사라졌다. 히로아키가 폭발해서 엄청난 물 포탄을 쏜 것은 그 뒤의 일이었다.

정령환상기

【 제 8 장 】 ❈ 여명의 윤무곡

알폰스가 히로아키의 얼굴을 때렸을 무렵.

리오 일행은 병사의 안내를 받아 리제롯테의 저택에 들렀다. 정원에서 분주하게 지휘하는 리제롯테가 바로 눈에 들어왔다.

"리제롯테 님, 하루토 님과 지인 두 분을 모셔왔습니다."

병사가 서둘러 달려가 리제롯테에게 보고했다.

"……하루토, 저 저택에서 마물의 기분 나쁜 기척이 느껴져."

그때, 아이시아가 험악한 눈빛으로 저택을 보며 중얼거렸다.

"뭐?"

리오가 아이시아의 시선을 따라 저택을 바라봤다.

저택은 고요했다. 소란이 일어난 낌새가 없었고 리제롯테 일행도 특별히 이변을 느낀 것 같지 않았다.

"하루토 님, 일행분들도. 무사하셔서 다행이에요."

그때, 리제롯테가 리오 일행 쪽으로 달려왔다.

"네. 어찌어찌……."

리오가 조금 곤혹스러워하며 대답했다.

"동문에서 부대가 올 때까지 마물을 막아주셔서 정말로 감사합니다. 차분히 이야기하고 싶지만, 긴급사태입니다.

저택 안은 안전하니 그리로 가시죠. 안내하겠습니다.”

리제롯테가 서두르는지 바로 리오 일행을 저택으로 안내하려고 했다.

“……이쪽에는 마물이 침입하지 않았습니까?”

리오가 진지하게 물었다.

“인간형 마물 말씀이세요? 일부가 도시 안으로 들어왔다고 들었습니다만, 하루토 님이 협력해주기도 하셔서 시녀들이 성벽 밖으로 격퇴했습니다. 성벽을 순회하는 병사들도 그런 보고를 올렸습니다만…….”

리제롯테가 대답하고 이상하다는 듯이 리오의 안색을 살폈다.

“그렇, 습니까.”

리오가 초조하게 얼굴에 그늘을 드리웠다. 저택 안에 마물이 있다고 말해도 믿어줄 수단이 없었다. 만약 아이시아의 정체를 가르쳐주고 사정을 설명하면 믿어줄지도 몰랐다. 하지만-.

“……무슨 걱정 있으세요?”

리제롯테가 무슨 일이 있나 해서 리오에게 물었다.

“네, 저택에서 이상한 기척이 느껴져서요. 저택에 누가 있습니까?”

“지금은 용사님과 플로라 님이 피해계시고 기사분들도 경계를 서고 계십니다. 사용인에게 확인시키죠.”

리제롯테가 제안했을 때, 엄청난 굉음이 울렸다.

"꺅?!"
세리아와 리제롯테가 비명을 질렀다.
"저건……."
리오가 얼른 소리가 난 곳을 특정해 시선을 돌렸다. 저택 2층 벽에 생긴 큰 구멍에서 막대한 양의 물이 쏟아지는 게 보였다.
"뭐, 뭐야?!"
리제롯테가 놀라서 의문을 입에 담았다.
"하하하, 잠깐 지나간다!"
마침 그때, 후드를 뒤집어쓴 루시우스가 저택 정문에서 힘차게 뛰어나왔다. 어깨에는 발버둥 치는 플로라를 둘러멨다.
"놔! 아, 마물이 안에! 로아나가, 용사님이! 누가 도우러, 부탁해요!"
플로라는 루시우스에게서 빠져나오려다가 주변에 아군이 있는 것을 깨닫고 횡설수설 사정을 설명하고 도움을 청했다.
"날뛰면 다리를 자르겠다고 했잖아?"
루시우스가 둘러멘 플로라의 다리에 손날을 툭 가져다 댔다. 뒤로 둘러메진 플로라는 날붙이를 가져다 댔다고 착각하고 "히익." 겁을 먹고 말았다.
"윽, 아무나 저 남자를 잡아요!"
리제롯테는 왜 플로라가 저러고 있는지 이해하지 못했

지만, 좋지 않은 상황이 분명하다고 파악하고 얼른 명령했다.

"느려, 느려! 왕녀님은 받아가마! 도로 데려가 봐라!"

루시우스가 달리는 속도가 심상치 않았다. 포위망이 형성되기 전에 부지 밖으로 달려나갔다. 마치 뒤쫓기를 기대하는 듯했다. 한편, 리오는 루시우스의 목소리를 듣고 눈을 번쩍 떴다.

"……저 목소리는, 설마?"

리오는 심장이 요동치는 것을 느꼈다. 비슷했다. 잊을 수 없는, 귀에 거슬리고 최악인 그 남자의 목소리와. 그 순간, 리오는 당장 뛰쳐나가려고 했다. 그러나 저택 정문에서 거무스름한 레버넌트들이 줄줄이 나왔다.

"그아아악!"

레버넌트들은 근처에 있는 사람들을 잡히는 대로 공격했다. 저택 정원이 순식간에 아비규환에 빠졌다. 거기에 저택 벽에 난 구멍에서 새까만 레버넌트, 알폰스가 내려왔다.

"흥."

알폰스가 정원의 참상을 보고 기분 나쁘게 콧방귀를 뀌었다.

"캬아아!"

그때, 날뛰던 레버넌트 중 한 마리가 리오 일행을 공격했다.

"그악?!"

리오는 순식간에 검을 뽑아 다가오는 레버넌트의 심장을 찔렀다.

"……셋 다 물러나세요."

리오가 도망치는 루시우스의 등을 몹시 안타까운 눈으로 좇으며 뒤에 있는 세리아 일행에게 말했다.

"하루토, 가."

아이시아가 리오에게 말했다.

"……아이시아?"

"신경 쓰이지?"

리오가 눈을 크게 뜨자 아이시아가 꿰뚫어 본 것처럼 말했다.

"하지만……."

리오가 어두운 표정으로 세리아를 봤다. 레버넌트 수가 많았다. 이렇게 혼잡하게 뒤섞여 싸우면 세리아에게도 만약의 위험이 닥칠지 몰랐다.

"하루토, 그러면 안 돼."

그러자 세리아가 늠름하게 말했다.

"……세실리아?"

리오가 살짝 눈을 크게 떴다.

"말했지. 너는 네가 최선이라고 생각하는 행동을, 아니, 네 마음을 우선해서 행동해. 입장은 반대지만, 네가 나를 구해줬을 때와 비슷한 상황이야. 나 때문에 네가 그런 표정을 짓지 않았으면 좋겠어. 너 지금, 굉장히 힘들어 보여."

세리아가 안타까워하며 얼굴에 그늘을 드리웠다.

"……네."

리오는 몹시 겸연쩍게 고개를 끄덕였다. 지금 리오는 자기만을 위해 행동하려고 했다. 자신이 그래도 되는 건지 몹시 꺼려졌다. 그러나 비슷한 말을 하며 원치 않은 결혼을 하려 했던 세리아의 등을 떠민 것은 다름 아닌 자신이었다.

"이번에는 내가 너를 도울 차례야. 내가 너에 비하면 대단한 일은 못 할지 몰라도《지뢰마법》."

세리아가 갑자기 웅크리더니 바닥에 손을 대고 주문을 외웠다. 순식간에 바닥에 술식이 펼쳐졌다. 직후, 거의 시차 없이 마법이 발동했다.

리오 일행과 조금 떨어진 곳의 바닥이 사방에서 솟아나 그곳을 달리던 레버넌트를 흙으로 밀폐해 가뒀다. 참고로 지뢰마법은 이름 그대로 땅의 감옥을 만들어 대상을 밀폐해 가두는 마법이다.

"윽……."

리제롯테는 그 광경을 보고 놀라 눈이 휘둥그레졌다. 거의 시차 없이 마법을 발동시킨 기량만으로도 놀랄 노자인데 빠르게 달리는 대상의 움직임을 읽고 원격 발동으로 가볍게 포박하는 솜씨가 신들린 것 같았다.

"말했지? 나도 싸울 수 있어."

세리아가 생긋 웃고 리오에게 말했다.

"하루토, 걱정하지 마. 나도 있어. 세실리아는 내게 맡겨."

아이시아도 담담히 단언하고 리오의 등을 밀었다.

"그래. 자, 가. 너라면 아직 쫓아갈 수 있어. 그렇지?"

세리아가 리오에게 힘차게 기합을 넣었다.

"……네. 아이시아, 가능하면 리제롯테 님 일행도."

리오가 조용히 고개를 끄덕이고 아이시아에게 말했다.

"응, 맡겨."

아이시아가 결연히 대답했다.

"고마워. 리제롯테 님, 플로라 님은 제게 맡겨주세요."

리오는 그 말을 남기자마자 신체를 강화하고 전력으로 달렸다. 검을 매개로 바람의 정령술을 발동하고 폭풍을 만들어서 추진력을 더해 속도를 더 올렸다.

"뭣……!"

리제롯테가 깜짝 놀라며 리오의 등을 바라봤다.

"세실리아, 마력장벽을 펼치는 마법으로 그 사람과 함께 너를 지켜. 나는 저것들 수를 줄일게."

리오가 사라지자 아이시아가 뒤에 있는 세리아에게 지시했다.

"알았어. 《마력 장벽 마법》."

세리아가 바로 대답하고 주문을 외웠다. 세리아의 손에

마법진이 떠오르고 투명한 마력 장벽으로 변했다. 마력 장벽은 세리아의 앞에서 뒤에 있는 리제롯테를 감싸는 돔 형태로 펼쳐졌다.

"읏……."

리제롯테가 또 놀라 눈을 번쩍 떴다. 이유는 세리아가 전개한 마력 장벽 마법이 너무나 훌륭해서였다.

'순식간에 360도, 전 방위를 감쌌어?! 아까 지뢰마법도 그렇고 마력을 얼마나 능숙하게 컨트롤하는 거야, 이 사람! 뭐 하는 사람이지?'

마력 장벽 마법은 술자의 역량에 따라 장벽을 펼칠 수 있는 면적이 좌우되는 마법이다. 마력 제어를 잘하면 어느 정도 자유롭게 형태를 바꿀 수 있는데, 돔 형태로 펼치는 것은 상당히 난이도가 있었다.

게다가 펼친 것을 유지하기도 힘들고 전개 면적이 커질수록 장벽 강도를 유지하기 위해 소비하는 마력의 양도 비례해서 늘었다. 적어도 리제롯테의 시녀 중에 세리아와 같은 속도로, 같은 형태의 마력 장벽을 펼쳐서 실전에 버티는 정도로 유지할 수 있는 사람은 없었다.

하지만 지금은 놀라고만 있을 수 없었다.

"어, 어…… 저래도 되나요?! 저 사람, 무기도 없이?!"

리제롯테가 맨손인 아이시아를 보고 정신이 들었는지 황급히 세리아에게 물었다.

"괜찮아요. 저 아이, 하루토만큼 강하니까!"

세리아가 자신 있게 단언했다.

아이시아는 뒤에서 세리아가 마력 장벽을 무사히 펼친 것을 확인하고-.

"《신체능력 강화마술》."

주문을 외웠다. 마법을 쓴 것이 아니었다. 애초에 정령인 아이시아는 체내에 술식을 넣어서 마법을 습득하지 못했다.

아이시아가 사용한 것은 마술이었다. 남 앞에서 싸울 때, 눈속임용으로 쓰라고 리오가 팔찌형 마도구를 빌려줬다.

아이시아가 착용한 팔찌를 기점으로 술식이 떠올라 그의 몸을 감싸고 신체능력을 강화했다.

그러나 아이시아는 마술 발동과 동시에 취소하고 대신 정령술로 신체강화를 걸었다. 이제 주위에서는 마도구로 신체능력을 강화한 것처럼 보일 터였다.

그러나 정령술로 신체를 강화하면 마법으로 한 것보다 성능이 차원이 달랐다. 정령술에 기초한 신체강화는 신체능력만이 아니라 육체 강도도 강화했다. 그래서 인간 육체의 한계를 초월한 수준으로 신체능력을 끌어낼 수 있었다.

"캬악!"

그때, 어떤 레버넌트가 아이시아를 공격했다. 아이시아는 맨손으로 가볍게 레버넌트의 공격을 받아넘겼다.

"캭?!"

아이시아는 공격한 레버넌트의 태세를 무너뜨리고 근처

에 있던 레버넌트에게 힘차게 던졌다.

“그악?!”

클로에를 압도하던 레버넌트가 아이시아가 집어던진 개체와 부딪치고 꼴사납게 나뒹굴었다.

“……어?”

클로에는 눈앞에 있던 레버넌트가 갑자기 날아가서 굉장히 당황했다가 조금 후 안도의 한숨을 내쉬었다. 한편, 아이시아가 날려버린 레버넌트들은 “그그……” 하며 분하다는 듯이 아이시아를 노려봤다.

“빌려줘.”

아이시아가 클로에에게 다가가 손을 내밀었다.

“네?”

클로에가 멍한 얼굴로 고개를 갸웃거렸다. 지금 자기가 든 것은 길이 2미터짜리 단창뿐이었다. 설마 이걸 빌려달라는 건가.

“창, 빌려줘. 너는 물러나도 괜찮아.”

빌려달라는 거였다. 아이시아가 억양 없는 목소리로 말했다.

“저, 저기…….”

“클로에, 빌려드려! 너는 뒤로 물러나!”

클로에가 당황하자 리제롯테가 기지를 발휘해 명령했다. 지금 저택에는 시녀 외에 홀몸으로 레버넌트에게 대항할 수 있는 실력을 갖춘 병사가 거의 없었다. 그 시녀도 굳이

따지면 근접전투를 못 하는 사람이 많았다. 특히 클로에는 아직 한 사람 몫도 못 해서 혼자서 레버넌트를 상대하기는 힘들었다. 지금은 하루토만큼 강하다는 세리아의 말과 아까 본 아이시아의 훌륭한 체술을 믿는 수밖에 없었다.

"네, 네! 받으세요!"

클로에가 주인의 명령에 따라 손에 든 창을 아이시아에게 건넸다.

"고마워. 다른 사람들도 뒤로 물러나게 해. 뒤는 내가 맡을게."

아이시아가 말을 마치고 조용히 땅을 박찼다.

"빨라!"

클로에는 순간적으로 아이시아가 사라진 것처럼 보여서 놀랐다. 정신을 차리니 아이시아는 다른 곳에서 날뛰는 레버넌트의 옆으로 접근하고 있었다.

"그억?!"

레버넌트는 아이시아의 접근을 알아차리지 못하고 창에 베여 쓰러졌다. 눈앞에서 싸우던 레버넌트가 갑자기 쓰러지자 몇 명씩 달라붙어 상대하던 병사들이 놀라 "으어?!" 하고 소리를 질렀다.

"뒤로 물러나."

아이시아가 말하고 다음 레버넌트에게 접근해 쓰러뜨렸다. 그 뒤에도 계속 뒤와 옆에서 레버넌트를 기습해 묻어줬다.

레버넌트들과 싸우던 모든 이들이 넋이 나가 아이시아의 전투에 시선을 빼앗겼다.

'굉장해, 정말로 하루토 님 수준이야?! 아리아와 누가 더 강할까? 그보다 하루토 님도 그렇고 이 마도사도 그렇고 대체 뭐 하는 사람들이지?'

리제롯테는 경악과 의문이 뒤섞여 몹시 당황했다.

"그윽!"

너무 활약했는지 다른 레버넌트들의 주의가 아이시아에게 쏠리기 시작했다. 지금부터는 기습이 안 통하리라. 레버넌트들이 아이시아를 둘러싸듯이 줄줄이 움직였다.

"괜찮, 겠죠?"

리제롯테가 걱정스러운 표정으로 세리아에게 물었다.

"……믿죠."

세리아는 걱정스러워 표정이 어두워졌지만, 고개를 깊이 끄덕였다.

'이제 된 거지? 아이시아.'

다른 사람들을 뒤로 물러나게 한 것은 아이시아의 판단이었다. 지시대로 다른 사람들은 레버넌트와 거리를 두고 아이시아의 전투를 지켜봤다.

"……으응?"

한편, 구경하던 알폰스가 의심스럽게 눈을 가늘게 뜨고 아이시아를 물끄러미 바라봤다.

"저 여자, 여관에서!"

그리고 무언가를 깨달았는지 씩 입가를 일그러뜨렸다.
"어이, 그 여자는 죽이지 마!"
알폰스가 레버넌트들에게 소리 높여 명령했다.
"마, 말했어?!"
사람의 말 같은 것을 한 알폰스를 보고 리제롯테가 매우 놀랐다.
"네, 네. 정말로……."
세리아도 마력 장벽을 유지하며 눈을 크게 뜨고 고개를 끄덕였다.
"공격!"
알폰스가 레버넌트들에게 명령했다.
"그악!"
거무스름한 레버넌트들이 일제히 아이시아를 공격했다.
"캬학?!"
아이시아에게 얼씬도 못 했다. 아이시아가 끝이 날카로운 단창을 빙글빙글 자유자재로 휘둘러 다가오는 레버넌트를 튕겨냈다.
"윽……."
레버넌트의 피부가 아무리 단단해도 마법으로 신체능력을 강화한 기사에게 흉기로 공격받으면 충격을 받았다. 하물며 정령술로 신체를 강화한 아이시아가 휘두른 창을 막아낼 리가 없었다.
아이시아가 경쾌하게 스텝을 밟아 레버넌트들 사이를

빠져나가며 창을 휘둘러 종횡무진으로 움직였다. 환상적인 춤 같은 움직임이었다.

"그아악, 악?!"

레버넌트 수가 속도를 더하며 줄어들었다.

"다음."

아이시아가 레버넌트를 쓰러뜨릴 때마다 중얼거렸다. 그 아름답고도 무자비한 창의 무도에 레버넌트들은 꼼짝하지 못했다.

"윽, 그만 됐어! 내가 한다! 너희는 다른 놈들을 공격해!"

참다못한 알폰스가 화를 내며 땅을 박찼다. 그대로 곧장 아이시아에게 접근했다.

"시끄러워."

어느새 아이시아도 알폰스에게 접근했다. 아이시아가 카운터로 기선을 제압하듯이 알폰스의 심장에 창을 찔렀다. 그러나 완전체인 알폰스는 심장을 찔려도 바로 죽지 않았다.

"윽, 말도, 안 돼……. 하지만!"

알폰스가 입가를 비틀어 웃으며 심장에서 창을 뽑고 온 힘을 다해 아이시아를 세게 끌어안으려 했다.

"방해야."

아이시아가 조용히 뒷걸음질 쳐 온 힘을 다해 창을 옆으로 휘둘렀다. 알폰스의 머리가 공중에 날아올랐다.

"……?"

알폰스가 갑자기 풍경이 바뀌어 놀랐는지 이상하다는 듯이 눈을 크게 떴다. 그러나 눈 아래로 머리를 잃은 자기 몸을 보고–.

“빌……어먹으으을!”

입을 움직여 마지막 말을 남겼다.

◇◇◇

한편, 아이시아와 알폰스의 전투가 시작됐을 무렵.

리오는 저택에서 도망친 루시우스를 맹렬히 추격했다. 바람의 정령술로 자기 몸을 떠밀어 억지로 가속하니 순식간에 부지 밖으로 나왔다.

‘그 남자는 신체를 강화하고 도망쳤어.’

그러면 이동한 루트를 따라 한동안 마력의 흐트러짐이 남아있을 터였다. 평소 같으면 눈치채지 못 하고 지나갔을지도 모르지만–.

“찾았다.”

신경을 곤두세운 리오는 그 잔재를 보기 좋게 발견했다. 동시에 리오는 하늘 위로 크게 도약했다.

“……저곳인가.”

저 멀리서 플로라를 둘러메고 달리는 루시우스의 뒷모습을 포착했다. 후드를 뒤집어써서 얼굴은 보이지 않지만, 건물 지붕을 달리며 서쪽으로 향했다. 시간은 이미 완전히 새벽에 접어들었고 뜨기 시작한 태양이 남자의 뒷모습을 눈부시게 비췄다.

'빨라. 역시 평범한 신체능력 강화가 아니군. 저대로 가면 도시 전체를 감싼 성벽이 있어. 그걸 넘어 서쪽 숲으로 도망칠 셈인가?'

이대로라면 루시우스는 아마 몇십 초도 지나지 않아 도시 밖으로 나가버릴 것이다. 리오는 루시우스가 가는 곳을 짐작하고—.

'그러면 도시 밖으로 나갔을 때 따라잡자.'

바람의 정령술을 조종해 가속하며 급히 낙하했다.

그리고 얼마 뒤.

리오는 계획대로 도시 벽을 넘었을 때, 루시우스를 따라잡았다.

"설마 그 상황에 쫓아온 녀석이 있을 줄이야. 아니, 기대하기는 했지만……."

루시우스가 성벽 부근 바닥에 착지하고 급정지해 리오를 마주 봤다. 목소리가 기쁜 듯이 들렸다.

'이 목소리는, 역시…….'

리오는 검을 잡은 손에 힘을 줬다. 가까운 거리에서 들으니 역시나 아주 비슷했다.

"……묵묵부답? 아무 말이라도 해보지그래?"
루시우스가 가만히 서 있는 리오가 이상했는지 눈썹을 찌푸리며 말했다.
"……그러는 댁이야말로, 후드를 벗는 게 어때?"
리오가 낮고 날카로운 목소리로 명령했다.
"……뭐? 누구한테 말하는 거야? 너 이 공주님을 구하러 온 거잖아?"
루시우스가 어깨에 둘러멘 플로라를 살짝 띄워 고쳐 안으며 짐짓 인질 어드밴티지를 어필했다. 루시우스가 뒤로 둘러메서 플로라의 얼굴이 숲을 향해 있었는데-.
"꺅!"
의식은 있는 모양이었다. 고쳐 안자 작게 비명을 질렀다.
'플로라 왕녀가 방해되나? 아니…….'
리제롯테에게 약속했으니 플로라를 못 본 척할 수도 없었다.
'인질로 가치가 없다고 생각하게 만드는 게 좋겠어. 잘됐다. 나는 내 이야기를 하자.'
리오는 당장 망설임을 버리고 조용히 말했다.
"용건은 네게 있어."
"……뭐어?"
루시우스가 의아해하며 고개를 갸웃거렸다.
"너, 루시우스지?"
"호오……."

리오가 이름을 말하자 루시우스의 목소리가 흥미롭다는 듯이 바뀌었다.

"후드를 벗어."

리오가 다시 루시우스에게 명령했다.

"핫, 마음에 안 드네. 내가 루시우스면 어쩌려고?"

루시우스가 비웃으며 리오에게 물었다.

"죽인다."

리오는 어떤 망설임도 보이지 않고 말했다.

"……큭, 하하핫, 그거 재미있네, 재미있구만, 어이!"

루시우스가 무척 즐거워하며 웃었다.

'젊군. 이 녀석이 그 인간형 정령의 계약자인가? 처음 보는데, 내게 원한이 있다면 어디서 만난 게 분명해.'

루시우스가 후드 너머로 리오의 얼굴을 물끄러미 관찰하며 냉정하게 생각했다.

"뭐, 좋아."

루시우스가 칠흑의 검을 바닥에 꽂았다. 그리고 천천히 로브 후드를 벗어 얼굴을 드러냈다.

"어때? 네가 원한 사람이 나인가?"

그가 뻔뻔하게 웃으며 리오에게 물었다.

"……그래, 계속 찾았어."

리오가 몹시 담담하게 수긍했다.

"호오, 그런 것치고는 이렇게 만났는데도 반응이 담박한데?"

"아니, 그렇지 않아. 제대로 당신을 죽일 거야."

리오가 조용히 부정했다. 말투가 무척 담담했다.

"핫, 그럼 자신을 더 드러내! 원한을 갚으러 온 거잖아?"

루시우스가 마음에 안 들어 하며 말했다.

"드러내고 있어. 나는 너를 죽이면 그걸로 충분해."

리오가 조용하게 말했다.

"아, 그래. 거참 시시한 놈이네. 그런데…… 일단 좀 놀아달라고!"

루시우스가 실망해서 탄식하고 검을 잡더니 플로라를 둘러멘 채로 리오를 공격했다. 리오는 즉각 반응해 루시우스의 공격을 받아넘겼다. 그 힘으로 루시우스에게 카운터를 먹이려 했으나 루시우스가 어깨에 둘러멘 플로라를 방패로 썼다.

"윽……."

"핫, 반응 좋은데! 간다?"

리오가 반사적으로 검을 멈추자 이번에는 루시우스가 리오에게 검을 휘둘렀다. 한동안 두 사람의 공방이 이어졌다. 리오는 인질이 잡힌 전투가 처음이었다.

'싸우기 힘들어.'

생각보다 싸우기 힘들었다. 플로라를 둘러메서 루시우스의 움직임이 제한됐지만, 방패 대신 이용하며 리오의 공격을 견제했다.

그러나 그것은 루시우스도 마찬가지였다. 플로라를 둘

러멘 채로는 리오를 공격할 수가 없었다. 완전히 비기는 수였다.

"하하하, 이 공주님이 소중해? 아니면 복수에 다른 사람을 말려들게 하고 싶지 않은 건가? 어느 쪽이든 물러터진 녀석이군 그래!"

루시우스가 검을 부딪치며 비웃었지만, 흥이 나 열이 오르기 시작한 감정과 달리 머릿속으로는 냉정하게 리오를 관찰했다.

'이대로는 끝이 없겠어. 실력은 대충 파악했지만, 묘한 놈이군. 이렇게 강한 녀석을 잊을 리가 없는데.'

루시우스는 기억을 더듬으며 눈앞에 있는 리오가 누구인지 알아보려고 했다. 그러나 아무리 리오의 얼굴을 봐도 떠오르지 않았다.

'……안 돼, 안 돼. 생각이 안 나. 그보다 성장한 이 녀석과 만난 기억이 없는 건가. 그러면 내가 만난 건 이 녀석이 어렸을 때겠군.'

루시우스는 작게 혀를 차고 리오가 떠오르지 않는 이유를 짐작했다. 그리고 그러면 어떻게 해야 재미있을지 생각했다.

"안 해, 안 해. 이렇게 싸워봤자 하나도 재미없어."

잠시 뒤, 루시우스는 일단 리오와 거리를 두고 검을 내렸다.

"……."

리오는 리오대로 플로라가 방해되는지라 검을 내리고 멈춰 섰다.

"슬슬 내막을 밝히자고. 공교롭게도 남에게 원한을 너무 많이 사서 일일이 상대의 얼굴을 기억하지 않는 주의인데, 너한테는 흥미가 생겼어. 너는 나를 아는데 내가 너를 모르면 재미없지."

루시우스가 리오에게 정체를 밝히라고 요구했다.

"기억나지 않는다면 네게 나는 그 정도 상대였던 거겠지."

리오는 대답하려 하지 않았다.

"웃기시네. 너만큼 실력 있는 상대와 검을 부딪치면 인상에 남는다고."

"아, 그래."

루시우스가 도발했지만, 리오는 대답하지 않았다. 플로라가 인질로 잡힌 상태에서 곧이곧대로 알고 싶어 하는 정보를 가르쳐줄 생각은 없었다. 가르쳐준 순간, 만족하고 플로라를 인질로 최대한 활용할 우려도 있었다.

"……칫, 거드름 피우긴. 이 공주님한테 몹쓸 짓 한다?"

루시우스가 성가시다는 듯이 혀를 차고 둘러멘 플로라의 다리에 검을 댔다.

"아으……."

플로라가 놀라 몸을 떨었다.

"기껏 납치해놓고 이런 시시한 일로 위해를 가할 것 같지는 않은데."

그러나 리오는 동요하지 않고 루시우스의 협박에 정면으로 맞섰다.

"……핫, 배짱 한 번 두둑한데. 중요한 교섭재료인 모양이니까 됐어. 지금의 네 기억이 없다는 것은 내가 너를 어릴 적에 만난 거겠지?"

루시우스는 협박이 효과가 없다는 것을 깨닫고 즉각 말을 바꿨다.

"……."

"또 특기인 묵묵부답? 침묵은 긍정으로 받아들인다? 그런데 네 얼굴을 보고 있으니 위화감이 들어. 이 인근 나라 출신이 아니로군?"

"……."

리오는 아무것도 대답하지 않았다.

"칫, 어지간히도 감질나게 하시네. 그럼 교섭조건이다. 이 공주님을 일단은 풀어줄 테니 네 정체를 가르쳐줘. 그리고 일대일로 승부하자. 죽여줄게."

루시우스가 성가시다는 듯이 얼굴을 찌푸리고 리오에게 조건을 제시했다. 리오에게 제법 유리한 조건이었지만, 루시우스는 자신이 있었다.

'뭐, **시야에 들어와 있으면** 인질로 쓰는 데 지장이 없으니까. 어떻게 할지는 이 녀석의 정체를 확인하고 생각하자. 안 그러면 재미없어.'

루시우스는 자신이 있었다. 만약 리오와 제대로 싸워도

자기가 질 리 없다고. 그래서 대담하게 웃고 있었다.
"……."
리오는 의아하게 루시우스를 응시했다.
"이봐, 너무 겁이 많은 거 아니야? 오케이. 그러면 네가 이 조건을 받아들이면 내가 먼저 공주님을 풀어주지."
루시우스가 리오에게 유리한 조건을 또 제시했다.
"……알았다."
리오는 잠시 망설였다가 조용히 고개를 끄덕였다.
"교섭 성립이군, 자!"
루시우스가 플로라를 난폭하게 바닥에 던졌다
"윽……!"
플로라가 작게 비명을 흘렸다.
"오, 공주님. 우리가 볼 수 있는 중간 지점에 서 있어. 아직 주변에 마물이 있을지도 모르니까. 그리고 너도. 일단 공주님에게 다가가지 마."
루시우스가 플로라에게 무례하게 말하고 리오에게도 주의를 줬다.
"아으……."
플로라는 겁에 질렸지만, 그곳에 있는 게 하루토인 것을 확인하고 몹시 놀라 울 것처럼 얼굴을 찌푸렸다.
"조금만 떨어져 주세요."
리오가 조금 난처해 하며 플로라에게 말했다.
"네, 네."

플로라는 고개를 끄덕이고 후들거리며 두 사람과 거리를 뒀다. 이 순간부터 리오와 루시우스는 구조자와 유괴범의 관계에서 복수자와 피복수자의 관계로 바뀌었다.

"나는 조건을 지켰어. 말해."

루시우스가 날카롭게 명령했다.

"……10년도 전이다. 나는 벨트람 왕국 왕도에 살았다."

리오가 천천히 입을 열었다. 플로라가 들어서 과거가 알려질지도 모르지만, 천재일우의 기회를 놓치고 싶지 않았다. 리오는 이 순간을 위해 오늘까지 살아왔으니까.

원했다. 설령 논리에 맞지 않는 행위이더라도 눈앞에 있는 이 남자에게 복수해 자신의 마음과 과거를 청산하고 싶었다. 그러려면 루시우스에게 자신을 인식시키고 죽이는 것은 필요한 의식이고 본의였다.

"……호오."

루시우스가 흥미롭게 목을 울렸다. 한편, 플로라는 리오가 자기와 같은 땅에서 살았다는 말을 듣고 눈을 크게 떴다.

"당시, 너는 한 가족을 잘 돌봐줬을 거야."

리오가 조용히 설명했다. 그러자 루시우스가 드디어 이해한 듯했다.

"읏, 하, 하하하! 그래, 네 그 얼굴, 야구모 지방의 외모야. **머리카락 색이 완전히 달라져서** 생각이 안 났어!"

루시우스가 통쾌한 표정으로 소리 높여 웃었다.

"……."

한편, 리오는 조용한 복수의 화염을 불태우며 루시우스의 얼굴을 똑바로 바라봤다.

"핫, 그렇게 무서운 눈으로 노려보지 마. 하지만, 그래. 살았구나. 아니, 살아줬구나. 그때의 코흘리개가, 그 무력한 꼬마가."

루시우스가 사악하게 입꼬리를 끌어올렸다.

"정말 기억하는 모양이군."

"그래, 기억하지, 기억하고말고. 나도 너를 만나고 싶었어. 이런 순간을 원해서 그때 꼬마였던 너를 죽이지 않은 거니까."

"……."

리오는 역시 역겨운 남자라고 생각했다. 그러나 얼굴에도 목소리에도 드러내지 않았다. 리오가 루시우스에게 품은 감정은 이제 혐오와 증오라는 틀에는 없으니까.

담담히 갈고닦은 살의만을 품었다. 복수에 성취감과 만족감을 추구하지 않았다. 복수라는 원한에 근거한 자신의 사명을 다하는데 다른 감정은 필요하지 않았다.

복수에 그런 것을 추구하는 순간, 자신은 눈앞에 있는 남자와 동류가 된다고, 리오의 이성이 강하게 경고했다. 자기가 부정하려는 인간처럼 살고 싶지 않았다.

그것이 리오가 야구모 지방을 들러 부모님의 고향 묘 앞에서 도출한 답이었다. 리오가 나아가자고 정한 길이었다. 이상에 손을 뻗으면서도 현실을 받아들이기로. 깨끗하고

자 하면서도 때로는 추악함도 드러내기로. 이런 모순된 생각을 하는 것이 위선이라 해도 리오는 그 길을 나아갔다.

그러니까 핑계가 아니었다. 리오가 루시우스를 죽이는 것은 핑계가 아니었다. 그저 추악한 자신에게서 도망치고 싶지 않았다. 오직 그뿐이었다.

"내가 상상한 그대로 자란 것 같아서 기쁘다. 나도 슬슬 흥이 나기 시작했어. 나쁘지 않은데."

루시우스가 즐겁게 낄낄대며 말했다.

"……나도 네가 상상한 그대로라 다행이야."

"핫, 반성과 후회 좀 해줄까?"

리오가 조용히 말하자 루시우스가 도발적으로 물었다.

"나는 딱히 네가 기죽어서 반성이나 후회하길 바란 적이 없어."

리오는 도발에 넘어가지 않았다.

'칫, 의욕이 안 나네. 좀 더 흔들어볼까.'

복수하러 온 사람 죽이기는 루시우스에게 최고의 오락이었다. 그러나 상대가 감정과 본능에 취해 덤벼야 자신도 감정과 본능을 내던지고 상대방을 때려눕히는 것에 기쁨을 느낄 수 있었다. 상대의 격렬한 감정이 바로 극상의 스파이스였다.

"……그래. 그러고 보니 젠에게 들은 적이 있어. 아야메 녀석, 원래는 어느 나라의 왕녀였다던데."

루시우스가 리오의 부모님 이야기를 꺼냈다.

"어?"

플로라는 이 상황에 완전히 배제됐지만, 리오와 루시우스의 대화가 들려서 흐름은 이해했다. 그러나 왕족이라는 말을 듣고 혼란에 빠졌다.

"아야메는 좋은 여자였어. **좋은 양식이 되었고**. 죽기 직전에도 계속 너를 지키려 했지. '리오는 죽이지 마세요, 부탁합니다'라고."

루시우스가 몹시 냉소적이게 웃었다.

"……."

리오가 살짝 미간을 찌푸리고 검을 세게 쥐었다.

"어, 어……?"

플로라는 뭐가 뭔지 알 수가 없었다. 「하루토」에게 루시우스라고 불린 저 남자가 지금 「리오」라는 이름을 꺼냈다. 그렇다. 「하루토」를 「너」라고 부르고 「리오」라고 말했다.

그러면 플로라가 「하루토」에게 「리오」의 모습을 엿본 것은 역시 틀리지 않았던 것일까. 그러나 하루토의 머리카락은 회색이었고, 어머니로 생각되는 여자는 왕족이며 몹시 잔인한 짓을 당했고…….

충격적인 이야기뿐이라 플로라의 머리가 새하얘졌다. 그러나 상황은 시시각각 변하며 플로라를 따돌렸다.

"핫, 이제야 좀 괜찮은 얼굴이 됐네."

루시우스가 만족스럽게 웃었다.

"……남길 말은, 그것뿐인가?"

리오가 조용히 물었다. 더는 이야기 해봤자 기분만 상할 뿐이었다. 필요한 사실 확인은 이미 끝났다. 그러면 할 일은 하나뿐이었다.

"그래, 거의 10년만인가. 오랜만에 아저씨가 놀아줄게. 와라."

루시우스의 기분이 최고조에 달했다. 오른손으로 칠흑의 검을 정면으로 잡아들고 리오를 도발했다. 그것이 전투 개시 신호였다.

플로라라는 족쇄가 없어진 지금, 리오는 자신의 모든 힘을 해방했다.

"……읏?"

그 순간, 루시우스는 시야에서 리오를 놓치고 살짝 굳었다. 거의 동시에 몸이 살짝 무너진 것을 느꼈다. 정확하게는 왼쪽 반신이 가벼웠다. 무언가가 허공을 맴돌았다.

한편, 리오는 어느 틈에 루시우스의 뒤에 서서 검을 거두고 있었다. 조금 늦게 무언가가 바닥에 떨어졌다.

"윽?!"

루시우스는 그것이 자신의 왼팔임을 인식했다.

"혼자서 놀아."

뼛속까지 얼 것 같은 리오의 목소리가 울렸다.

“무, 슨?”

루시우스는 바닥에 나뒹구는 자신의 왼팔을 보고 놀라서 눈을 크게 떴다. 동시에 오랜 전투경험으로 반사적으로 뒤쪽의 리오를 향해 검을 휘둘렀다.

그러나 그 공격은 리오를 베지 못하고 헛되이 허공을 갈랐다. 리오는 뒷걸음질 쳐서 거리를 두고 차가운 시선으로 루시우스를 바라봤다.

‘말도 안 돼. 반응하지 못하다니? ……이 내가.’

루시우스는 동요를 억누르며 험악한 눈으로 리오를 노려봤다. 절대 방심하지 않았다. 언제든 응전할 수 있도록 임전 태세였다.

그런데 허를 찔렸다. 검을 정면으로 겨누고 있지 않았으면 목이 떨어졌어도 이상하지 않았다.

“윽!”

오랜만에 죽음의 감각을 맛본 루시우스는 이루 말할 수 없게 짜증이 났다. 그러나 동시에 리오를 놓친 이유를 밝히려고 냉정하게 머리를 굴렸다.

“윽?!”

리오가 정면에서 다시 급접근했다. 이번에는 아까보다 속도가 느렸다. 빠르긴 했지만, 반응할 수 있는 속도였다.

하지만 루시우스는 왼팔을 잃은 상태로 응전해야 했다. 양손으로 잡은 리오의 검을 오른손으로만 잡은 검으로 막았다.

"큭……."

그 순간, 루시우스는 압도적인 위력 차이를 느끼고 힘을 받아넘기려고 얼른 뒷걸음질 쳤다. 그러나 리오는 즉시 반응해 루시우스를 추격했다.

'빨라! 마력이 어떻게 되어 먹은 거야! 뭐야, 이 말도 안 되는 신체강화는?!'

루시우스는 리오의 온몸에서 샘처럼 넘쳐 나오는 신체강화 마력을 느끼고 격하게 동요했다.

"컥?!"

그때, 창처럼 날카로운 리오의 다리가 날아와 루시우스의 명치를 정확하게 치고 빠졌다. 얼른 뒤로 뛰어 위력을 죽이려 했으나—.

"헉……!"

심상치 않은 위력에 가볍게 떠밀렸다. 그래도 루시우스는 땅바닥을 구르며 낙법을 써서 빠르게 일어섰다.

'처음에 놓친 건 저 말도 안 되는 신체강화로 이동한 건가? 하지만 처음에는 지금 같은 마력은 방출하지 않았어. 무슨 속임수야?!'

끊임없이 머리를 굴렸다. 리오는 바람의 정령술로 자신의 움직임을 가속했는데, 정면으로 파고들거나 좁은 곳에서 이동할 때는 충돌을 피하기 위해 가속하지 말아야 했다. 지금 있는 도시 밖은 숲이 바로 근처에 있어서 조금 좁았다. 그러나 이 짧은 공방으로 루시우스가 그 사실을 깨달을 리 만무했다.

그러는 사이, 리오가 추가로 공격하자—.

"빌어먹을!"

루시우스가 욕지거리를 했다. 정확하고 매우 빠른 리오의 연속공격이 루시우스를 덮쳤다. 리오의 몸놀림에는 차갑고 담담한 살의만이 담겨있었다.

루시우스는 간신히 리오의 공격을 피했다. 갑자기 루시우스의 주변 바닥이 창처럼 솟아나 몸통을 꿰뚫으려고 했다. 루시우스가 얼른 반응해 숲을 등지고 뒤로 뛰어올랐다.

직후, 리오의 주변에 무수한 빛의 구가 생겼다. 리오가 루시우스를 향해 가볍게 손을 뻗자 빛의 구가 복잡한 궤도를 그리며 일제히 루시우스를 공격했다.

"칫!"

루시우스는 작게 혀를 차고 손에 든 검은 검을 휘둘렀다. 그러자 검에서 어둠이 부풀어 올라 주변으로 퍼져 다가오는 빛의 구를 전부 삼켜버렸다.

리오는 살짝 눈을 가늘게 뜨고 그 광경을 보고 아직 공중에 있는 루시우스를 향해 손을 뻗었다. 다음 순간, 리오의 손에서 충격파 포탄이 뿜어져 나왔다. 보이지 않는 공격은 정확하게 루시우스의 몸통을 노렸으나—.

"보인다고!"

루시우스가 소리치고 수직으로 검을 내리쳤다. 루시우스의 검에서 어둠 칼날이 뻗어 나와 충격파를 요격했다.

조금 늦게 루시우스가 착지하려고 하자—.

"꼬리에 꼬리를 물고……."

착지 지점 바닥이 창처럼 솟아나 다시 루시우스의 몸통을 찌르려고 날아들었다. 리오가 미리 상공에 흩뿌린 무수한 빛의 구가 루시우스를 향해 비처럼 쏟아지려 했다.

루시우스는 우선 발치의 공격에 대처하고자 바닥을 향해 검을 휘둘렀다. 그러자 어둠의 칼날이 솟아난 땅의 창을 깨끗하게 도려냈다.

이어서 루시우스는 상공의 빛의 구에 대처하기 위해 검을 휘둘렀으나—.

"으억?!"

검을 휘두르는 것과 거의 동시에 빛의 비가 루시우스에게 쏟아졌다. 어둠의 칼날이 빛의 구를 일부 삼켰지만, 전부 없애지는 못했다. 없애기는커녕 리오가 추가로 빛의 구를 사출했는지 이어서 새로운 빛의 비가 루시우스에게 쏟아졌다. 그러자 바닥이 부서지고 먼지가 피어올랐다.

"헤, 헤……."

루시우스가 먼지에 섞여 그곳을 벗어났다. 그러나 상당한 수의 빛의 구를 맞고 온몸이 너덜너덜했다. 리오가 쏜 빛의 구는 한 발, 한 발의 위력은 하지만, 육체 강도를 강화해도 충격을 받을 정도의 위력은 있었다. 육체 내부에 상당한 대미지가 축적됐을 것이다.

게다가 루시우스의 절단된 왼팔에서 현재진행형으로 대

량의 피가 흘렀다. 빈혈 때문에 의식도 좀먹고 있을 터였다.

리오는 루시우스에게 더 많은 빛의 구를 쏘았다.

"칫!"

루시우스가 혀를 차고 피폐한 육체를 혹사해서 달려 빛의 구를 피하려 했다.

'뭐, 뭐야, 이 전투…….'

플로라가 눈앞의 전투를 멍하니 바라봤다. 저곳에서 벌어지는 것은 플로라의 상식에서 완전히 벗어난 전투였다. 어전 시합에서 이름 높은 검사나 마도사의 고도의 전투를 본 적이 있는데 그게 전부 유치하게 느껴질 정도였다.

'……마법은 아니야. 마도구인가?'

플로라는 리오의 전투방식을 보고 의문을 가졌다. 지금도 어떤 마술적 현상에 근거한 원격 파장 공격이 루시우스를 덮쳤다.

"윽……."

루시우스의 도주는 그리 길게 이어지지 않았다. 육체가 비명을 질러 움직임이 둔해진 순간, 몸통에 무수한 빛의 구를 맞고 날아가 바닥을 뒹굴었다.

"크, 커헉……!"

루시우스가 고통에 발버둥 치다가 간신히 한쪽 무릎을 꿇고 자세를 가다듬었다.

'빌어먹을, 갈비뼈와 내장을 다쳤어. 피도 부족해. 팔을 붙여야…….'

루시우스는 힐끗 자기 왼팔을 봤다. 한동안 못 쓰겠지만, 순식간에 붙이는 방법이 있었다.

"윽!"

리오가 루시우스의 시선을 알아차리고 한달음에 달려가 바닥에 뒹굴던 루시우스의 왼팔을 주워들었다. 그리고 가볍게 위로 던지고 강력한 업화를 만들어 왼팔을 잿더미로 만들었다.

"꺄악……!"

플로라가 무시무시한 열기에 작게 비명을 흘리고 참지 못해 고개를 돌렸다.

"……핫, 지독한 녀석이군."

루시우스가 분에 받쳐 리오를 노려봤다.

"너만큼은 아니야. 슬슬 끝내자."

리오가 루시우스에게 접근했다.

"나를 붙잡지 않아도 되겠어?"

루시우스가 괴로운 나머지, 물어봤지만-.

"공교롭게도 그런 명령은 받지 않았어."

리오는 매정하게 고개를 젓고 세차게 바닥을 박차 속도를 붙이고 만신창이인 루시우스의 목을 날려버리려고 검을 휘둘렀다.

"……윽!"

루시우스는 힘을 짜내 몸을 비틀어 공격을 피했다. 그러나 리오는 루시우스에게 아직 힘이 남았다는 걸 알았는지-.

"크, 아아아!"

낮은 자세로 있는 루시우스의 안면을 무릎으로 찍었다. 왼쪽 눈 위치를 무릎으로 찍는 형태였다. 리오는 확실한 반응을 느꼈다. 루시우스는 바닥에 쓰러졌고 이 전투 중, 가장 극심한 통증을 느꼈는지 꼴사납게 고통을 호소했다.

'신체를 강화해서 그런지 끈질기네. 확실하게 숨통을 끊으려면…….'

리오가 검 끝을 루시우스의 심장으로 향하게 두고 똑바로 내리찍었다. 그러자 루시우스가 아주 살짝 몸을 틀어 직격을 피했다. 그러나 상복부를 검에 찔렸다. 다 죽은 목숨이었다.

"크, 헉……."

루시우스의 입에서 엄청난 양의 피가 흘러나왔다.

"끈질겨. 아예 이 세상에서 흔적도 남기지 않고 지워주마."

리오가 검에 마력을 실었다. 그러자 검이 엄청난 고열을 내며 루시우스의 육체를 녹이기 시작했다.

"으, 아아아?!"

루시우스가 견디지 못하고 고통에 비명을 질렀다. 리오가 잡은 검의 날이 더 강하게 빛나자 효과 범위를 넓혀 몸통이 녹아내리기 시작했다.

"공주, 님을, 지키, 셔야지!"

루시우스가 정말로 마지막 힘을 짜내 외쳤다. 오른손에 잡은 칠흑의 검 끝에서 소량의 어둠이 흘러나왔다.

"윽?!"

리오는 반사적으로 검을 뽑고 눈 깜짝할 사이에 플로라 곁으로 이동했다. 그 몸을 끌어안고 그 자리를 피했다.

"꺄악?!"

플로라가 작게 비명을 질렀다. 아까까지 서 있던 위치에 약간의 어둠이 흘렀고, 거기서 루시우스가 쥔 검 끝이 모습을 드러냈다. 리오가 구하지 않았으면 플로라가 찔렸으리라.

"핫, 하, 하……."

루시우스가 마지막으로 속았냐는 듯이 고통을 견디며 비웃었다. 왼팔을 잃고 왼쪽 눈이 뭉개지고 몸통에는 큰 바람구멍이 났다. 신체강화로 육체를 강화했다고 해도 살아있는 게 신기할 정도의 중상이었다.

"으…… 아."

플로라는 리오가 자기를 구한 것을 깨닫고 몸을 떨었다. 겁을 먹은 듯 손을 떨고 매달리듯이 리오에게 몸을 기울였다.

'풍전등화로군.'

리오는 그곳에서 플로라를 안은 채, 검을 수직으로 내리쳤다. 리오의 검에서 마력을 띤 바람의 칼날이 날아가 땅을 기며 루시우스에게 다가갔다.

그러나 바람의 칼날은 루시우스가 쓰러진 위치를 지나 등 뒤의 숲에 있던 나무 여러 그루를 베었다.

"이 자식, 늦었잖아……."

루시우스가 어느새 위치를 바꿨다. 머리를 들어 멍하니 오른쪽 눈의 시야에 비친 인물에게 원망을 늘어놨다.

"큰 실수를 했군요. 그 이상한 장난기만 안 나오면 좋을 텐데."

그곳에는 레이스가 서 있었다. 로브를 걸치고 후드로 얼굴을 가리고 다친 루시우스를 안고 있었다.

"……그 남자한테 볼일 있어."

리오가 플로라를 바닥에 내려주고 레이스에게 날카롭게 말했다.

"공교롭게도 저도 이분에게 볼일이 있어서요."

"선약은 나다."

"이런. 당신, 이분을 죽일 거죠? 그러면 제 용건을 끝낼 수가 없잖아요."

레이스가 뻔뻔하게 말했다.

"그럼 어쩔 거야? 도망칠 건가? 루시우스, 너도. 꼴사납게 도망칠 셈이야?"

리오가 레이스에게 묻고 루시우스를 도발했다.

"……윽, 레이스, 이거 놔. 저놈을, 죽인다!"

루시우스가 짜증이 나서 피를 토하며 레이스에게 말했다.

"레이스?"

리오가 그 이름을 똑똑히 들었다.

"……안 돼요. 신체강화가 풀린 순간 죽어요, 당신. 가령 육체를 계속 강화해도 몇 분도 지나지 않아 죽겠죠. 지금은 일단 물러나는 수밖에 없습니다."

레이스가 한숨을 쉬고 루시우스에게 말하자 무수한 빛의 구가 주변에 떠올랐다.

"도망치게 해줄 것 같아?"

리오는 리오대로 막대한 마력을 검에 흘려 넣으며 레이스에게 말했다.

"뭐, 도망치는 것과 기척을 지우는 데에는 자신 있습니다. 하지만 당신이 상대라면 어떨까요. 안 해본 일은 뭐라 말할 수가……."

레이스가 표표한 말투를 가장하면서도 후드 너머 날카로운 눈초리로 방심하지 않고 리오를 바라봤다. 리오의 검에서 눈부신 빛이 가득했다.

"……가죠."

레이스는 웃으며 말했다. 동시에 리오는 레이스와 함께 루시우스를 소멸시킬 공격을 하려고 했다.

「하루토, 상공을 조심해!」

그때, 리오의 뇌리에 아이시아의 목소리가 울렸다. 리오가 순간, 의식을 위로 향하자—.

"윽?!"

리오와 플로라가 선 지점을 향해 칠흑의 섬광이 쏟아졌다. 리오는 얼른 검을 레이스에게서 상공의 섬광을 향해 휘둘렀다.

"윽?!"

무시무시한 충격파가 단번에 넘쳐흘렀다. 리오의 공격과 상공에서 쏟아진 섬광이 부딪쳤다.

"아, 아아……?!"

놀란 플로라가 리오의 뒤에서 그 광경을 바라봤다.

"제 뒤에 숨으세요!"

리오가 강한 목소리로 플로라에게 명령했다. 플로라는 허둥지둥 리오의 뒤에 숨었다. 영원할 것 같은 몇 초가 지나자—.

"하아아아!"

리오의 공격이 검은 섬광을 밀어냈다. 눈부신 한 줄기 빛 공격이 하늘을 갈랐다.

'……사라졌어.'

어느새 루시우스를 안은 레이스가 사라졌다. 주위를 둘러봤지만, 아무것도 보이지 않았고 기척도 없었다. 정령술로 마력원을 찾으려 해도 전투 때문에 주변에 체류하는 마력이 몹시 흐트러졌다. 이러면 두 손 드는 수밖에 없었다.

리오가 날카롭게 하늘을 올려다봤다. 그러다 머나먼 서쪽 상공을 표표히 나는 검은 용으로 보이는 생물을 발견하고 아까 저게 공격했을지도 모른다고 짐작했다.

'그 남자가 저것을 불렀나?'

왜 레이스 일행에게 유리하게 자기들을 공격했는지 생각하고 자기도 모르게 그 이유를 추측했다. 지금 그런 의심은 아무래도 좋았다.

'놓쳤어……. 젠장.'

리오는 창피한 표정으로 이를 갈았다. 그만한 중상을 입혔으니 살아나질 못할 가능성이 컸다. 보통은 즉사할 상처를 입혔고 가령 살아남더라도 두 번 다시 싸울 수 없을 정도의 육체적 피해를 당했을 것이다.

하지만 그러면 안 됐다. 아마 그 남자는 살 것이다. 확실한 근거는 없지만, 그런 기분이 들었다.

'찾는다. 반드시 루시우스를 찾아내 죽인다. 그리고 레이스…….'

리오는 곱씹을수록 불구대천의 적인 남자의 생존을 믿고 그 단서가 될 인물의 이름을 기억 깊은 곳에 새겼다.

"저, 저기……."

그때, 플로라가 리오의 뒤에서 조심스레 말을 걸었다.

"……."

리오는 묵묵히 뒤를 돌았다.

플로라는 자기가 말을 걸어놓고 무슨 말을 해야 할지 몰라 입을 움직이며 뭐라 말하려다 말았다.

"저, 저기, 리, 리오 님……."

그러나 잠시 뒤, 리오의 옷자락을 잡고 그 이름을 중얼거렸다.

"네."

리오는 플로라에게서 시선을 떼지 않고 모호한 표정으로 고개를 끄덕였다.

'리오……. 그래, 나는 리오야.'

자기가 누구인지를, 이 자리에서 다시 확인했다.

어제도, 오늘도, 그리고 내일부터도, 리오는 계속 리오다. 그것은 앞으로도 변하지 않았다. 리오는 리오 외의 다른 누군가가 될 수 없었다.

그래서 내일부터도 리오가 살아야 하는 길이 이어진다. 그것은 미래가 아닌 과거의 인과에 사로잡힌, 길고 허무한 전투의 길.

그러나 오늘은 어두운 길에 새로운 빛이 비쳤다. 루시우스가 살아있는 것을 알았으니까. 비관할 필요가 없었다. 지금까지는 앞이 보이지 않았던 텅 빈 길에도 종착점이 있었으니까. 자신이 걸어온 길은 틀리지 않았다. 그러면 이제부터는 단지 앞으로 나아갈 뿐이다.

리오는 천천히 하늘을 올려다보고 미래로 이어지는 여명의 태양을, 눈부시게 바라보았다.

◇ ◇ ◇

한편, **아망드에서 멀리 떨어진** 프로키시아 제국 성의 지하실.

"커헉, 커헉."

루시우스가 바닥에 쓰러져 입에서 대량의 피를 토했다. 아니, 입에서만이 아니었다. 잃어버린 왼팔의 절단 부분에서도 대량의 피가 흘러나왔다. 또 복부에는 거대한 바람구멍이 뚫려 전신이 피투성이었다.

레이스는 그런 루시우스를 차가운 눈으로 내려다봤다.

"왼쪽 안구 파열과 복부에서 흉부에 걸친 소실, 왼팔 손실. 거기에 온몸의 뼈도 복잡하게 부러지다니, 육체의 손상이 좀 심한데요. 어쩔 수 없네요."

그리고 품에서 피처럼 붉은 거대한 보석을 꺼냈다.

"이번 일은 좋은 약이 되겠죠. 일단, 당신을 죽일 수는 없어요. 도와드리겠습니다."

레이스가 보석을 루시우스의 소실된 복부에 넣었다. 보석이 소리를 내며 녹아 루시우스의 복부에 동화되었다.

"크악! 제, 젠장. 외, 왼쪽, 왼, 팔이, 있으면…… 이겼, 어!"

루시우스가 극심한 통증에 얼굴을 일그러뜨리면서도 허세를 부렸다.

"……치유가 시작되자마자 말할 기력이 돌아오다니. 하지만 왼팔이 있어도 결과는 바뀌지 않았을 겁니다. 포기해요. 지금의 당신은 절대로 그를 이길 수 없어요."

레이스가 몹시 기막힌 표정으로 강하게 단언했다.

"윽……!"

루시우스는 굴욕과 분노가 뒤섞인 표정을 지었다.

"이번 일에는 저도 반성할 점이 있습니다. 그의 힘을 과소평가했으니까요. 솔직히 두 손 들었습니다. 이번에는 얌전히 우리의 패배를 받아들이죠. 앞으로 적어도 그 사람에

대한 대처는 보류예요. 간섭하지 않는 게 제일이에요."

"뭐, 라고?!"

레이스의 말에 루시우스가 불만스러운 표정을 지었다.

"싫다는 말은 하지 않겠죠? 당신은 약자였으니까."

레이스는 루시우스에게 거부권을 주지 않았다.

정령환상기

【 에필로그 】 ❈

대체 지금은 몇 시일까. 여기는 어디일까. 흐릿한 의식 속에서 미하루는 멍하니 의문을 가졌다.

"미하루."

누군가가 미하루의 이름을 불렀다.

'아이…….'

그렇다. 아이시아의 목소리였다.

정신이 드니 미하루의 앞에 아이시아가 서 있었다.

"임시라고 해도 패스를 이으면 나와 미하루의 혼이 이어져. 괜찮아?"

아이시아가 미하루의 얼굴을 물끄러미 바라보다가 갑자기 물었다.

"음, 혼이 이어지면 무슨 문제가 일어나?"

미하루는 자기 의사와 상관없이 입을 움직여 조심스럽게 확인했다.

'아, 이건 꿈이야. 우리가 마을에 오기 전의…….'

미하루는 지금 자기가 꿈속에서 과거의 일을 체험하고 있다는 것을 자각했다.

"특별히는. 가끔 감응할 때가 있을지도?"

아이시아가 고개를 갸웃거리며 대답했다.

"감응?"

"서로의 정신이 이어질지도 몰라."

"음, 그러면 어떻게 돼?"

미하루가 당장 상상이 안 되는지 더 자세한 설명을 요구했다.

"상대의 정신과 기억이 어떤 형태로 전해질지도 몰라. 예를 들어 데자뷔 같은 거. 접촉하고 있으면 내가 의도적으로 감응을 일으킬 수도 있지만, 떨어져 있으면 의도해서 일으키지 못해. 빈번하게 일어나지도 않아. 제어 불능. 한쪽의 감정이 고조됐을 때는 일어나기 쉬울지도?"

아이시아가 미하루를 위해 술술 해설했다. 보통은 기분 나쁘다며 싫어할지 몰라도-.

"그럼 괜찮아. 하루토 씨가 돌아올 때까지 내 마력을 써."

미하루는 아무 거리낌 없이 아이시아와 임시 패스를 연결하기로 했다.

"……알았어, 고마워."

아이시아가 인사했다.

그렇다. 이렇게 미하루는 아이시아와 임시 패스를 연결했다. 그런데 왜 이제 와서 이런 꿈을 꾸는 걸까. 미하루가 흐릿한 머리로 생각했지만, 알 수가 없었다. 그러는 사이에, 다시 시야가 바뀌고 다른 꿈이 시작됐다.

'누구지?'

미하루는 눈을 깜빡였다. 눈앞에 머리카락이 검은 다섯 살 정도의 어린아이가, 똑같이 머리카락이 검은 어머니와 손을 잡고 행복하게 걷고 있었다. 장소는 슈트랄 지방의 어느 도시로 보였다.

"있지, 엄마. 왜 나랑 엄마는 머리카락이 검어? 우리만 주변 사람이랑 색이 달라."

소년이 이상하다는 듯한 얼굴로 어머니에게 물었다.

"그건 말이지, 리오. 나와 네 아버지가 먼 곳에서 왔기 때문, 일까?"

어머니가 난처한 얼굴로 소년의 의문에 대답했다.

'리오? 하루토 씨, 인가? 하루토 씨의 어머니? 아름다운 사람…….'

미하루는 어린 소년을 리오로 인식하고 멍하니 어머니를 바라봤다.

"먼 곳에 사는 사람은 다 머리카락이 검어?"

리오가 신기해하며 물었다.

"응, 그래. 너랑 나만 그런 게 아니야. 네 아버지의 머리카락도 검었고, 할아버지와 할머니 머리카락도 검었어."

어머니가 부드럽게 미소 지으며 대답했다.

"와— 나 할아버지, 할머니랑 만나보고 싶어."

리오는 어머니의 미소를 보고 천진난만한 미소로 대답하며 말했다.

"……그래. 네가 크면 데리고 갈게. 야구모 지방이라고 해."

어머니가 조금 난처한 미소를 지으며 말했다. 하지만 리오가 너무 천진난만하게 웃어서—.

“정말? 약속이야.”

“응, 약속.”

어머니가 부드러운 미소를 짓고 자애로운 목소리로 긍정했다. 따뜻하고 아름다운 모자의 일상이었다. 미하루의 시야가 다시 바뀌었다.

그곳에서는 방금까지 리오와 손을 잡고 걷던 어머니가 체격이 좋은 남자에게 떠밀려 쓰러져있었다.

“리오, 분해?”

남자가 오싹한 미소를 짓고 어머니의 몸을 흉기로 찔렀다. 어린 리오는 눈물을 흘리며 웅크리고 앉아 멍하니 어머니에게 손을 뻗었다.

‘윽…….’

미하루는 그 광경을 보고 자기도 모르게 시선을 돌렸다. 그러자 곁에 성장한 리오가 서 있었다. 회색 머리카락에 미하루가 아는 모습이었다.

리오는 부서져라 검을 쥐고 그 처참한 광경을 가만히 바라봤다.

‘아, 하, 하루토 씨…….’

보면 안 돼요. 미하루는 그렇게 생각했지만, 입이 움직이지 않았다.

리오는 미하루를 신경 쓰지 않고 몹시 냉담한 시선으로 그 비참한 광경을 바라봤다. 잠시 뒤, 리오는 남자를 향해 터벅터벅 걸어갔다.

미하루는 그 광경에서 눈을 떼지 않았다. 리오가 무엇을 하려는지 바로 알았다. 그다음 순간, 리오는 아무 망설임도 없이 남자의 목을 베었다.

'윽!'

거기서 미하루의 의식이 다시 흐릿해졌다. 의식이 급속히 끊어졌다. 아침이 되어 눈을 뜨면 이 꿈을 기억하지 못할지도 몰랐다.

'안 돼, 안 돼. 깨지 마…….'

이렇게 슬픈 이야기는 싫었다. 하지만 미하루는 잊고 싶지 않았다. 이 꿈의 기억을. 절대 잊으면 안 된다고 생각했다. 아무리 괴로워도, 직시해야 한다고 생각했다. 무섭고, 슬프고, 안타깝고, 어찌할 수가 없어서, 하지만 뭔가 하지 않을 수가 없어서 미하루는 꿈속의 리오를 끌어안았다.

가슴이, 아팠다. 그러나 기억의 문은 거기서 굳게 닫혔다. 미하루의 의식이 마침내 끊어졌고—.

아침이 밝았다.

『 후기 』

여러분, 안녕하세요. 키타야마 유리입니다. 『정령환상기 7. 여명의 윤무곡』을 읽어주셔서 정말 감사합니다.

자, 인터넷에서도 말했지만, 이번에는 안타까운 공지가 있습니다. 작년 9월부터 연재한 코믹스판 『정령환상기』가 만화가 tenkla 선생님의 건강상 문제로 3화를 끝으로 연재를 종료하게 되었습니다. 선생님께서 하루라도 빨리 쾌차하시길 기원합니다. 멋진 코미컬라이즈, 정말 감사했습니다.

『정령환상기』 코미컬라이즈는 이걸로 영원히 끝이 아니라 다시 시작한다고 합니다. 다음 소식을 기다려주시면 감사하겠습니다.

마지막으로 이번 권을 발매하며 『정령환상기』 한정소설을 읽을 수 있는 캠페인과 캐릭터 인기투표를 트위터에서 개최합니다. 여러분, 꼭 참가해주세요. 그러면 이번에는 이쯤에서. 실례하겠습니다.

2017년 2월 말 키타야마 유리

루시우스와 가열차게 해후하고
자기 안에 뿌리내린 복수심을 재확인한 리오.

뜨겁게 끓어오르는 격정을 가슴에 품으면서도
리오는 겉으로나마 냉정함을 되찾은 뒤
사실을 알고 동요하는 플로라를 데리고
무사히 아망드로 귀환한다.

한 번이 아니라 두 번이나 왕족을 위기에서 구하자
리제롯테를 포함한 귀족들의
신뢰를 포석으로 깐 리오는
상을 주고 싶다는 그들에게 이렇게 말했다.

용사님이 나오시는
야회에 참가시켜주시겠습니까?

정령환상기

8. 추억의 저편

정령환상기 7 —여명의 윤무곡—

2021년 10월 30일 1판 2쇄 발행

저 자 키타야마 유리
일러스트 Riv
옮 긴 이 이은혜
발 행 인 유재옥
본 부 장 조병권
담당편집 정영길
편집 1 팀 이준환 박소연
편집 2 팀 정영길 김민지 조찬희
편집 3 팀 오준영 곽혜민 이해빈
디 자 인 김보라 서정원
라이츠담당 한주원 이다정
디 지 털 박상섭 이성호 최서윤
발 행 처 ㈜소미미디어
제 작 처 코리아피앤피
등 록 제2015-000008호
주 소 서울시 마포구 토정로 222, 403호 (신수동, 한국출판콘텐츠센터)
판 매 ㈜소미미디어
마 케 팅 한민지 최정연
물 류 허석용
전 화 편집부 (070)4164-3962, 3963 기획실 (02)567-3388
판매 및 마케팅 (070)4165-6888 Fax (02)322-7665

ISBN 979-11-6611-653-7 (04830)
ISBN 979-11-6611-646-9 (세트)